鱼庐记

於可训 著

CNS PUBLISHING & MEDIA
湖南文艺出版社
HUNAN LITERATURE AND ART PUBLISHING HOUSE

图书在版编目（CIP）数据

鱼庐记 / 於可训著. -- 长沙 : 湖南文艺出版社, 2023. 4
ISBN 978-7-5726-0987-9

Ⅰ. ①鱼… Ⅱ. ①於… Ⅲ. ①中篇小说—小说集—中国—当代 ②短篇小说—小说集—中国—当代 Ⅳ. ① I247.7

中国版本图书馆 CIP 数据核字（2022）第 250393 号

鱼 庐 记

YULU JI

作　　者： 於可训
出 版 人： 陈新文
责任编辑： 徐小芳　李雪菲
责任校对： 艾　宁
装帧设计： 尚燕平
出版发行： 湖南文艺出版社
（长沙市雨花区东二环一段 508 号　邮编：410014）
印　　刷： 湖南天闻新华印务邵阳有限公司
开　　本： 787mm × 1029mm　1/32
印　　张： 7.5
字　　数： 118 千字
版　　次： 2023 年 4 月第 1 版
印　　次： 2023 年 4 月第 1 次印刷
书　　号： ISBN 978-7-5726-0987-9
定　　价： 42.00 元

目录

鱼庐记

一

想生家的鱼庐已传了四五代人了。

他太爷爷开这个鱼庐的时候，刚从武昌回来。那年是辛亥年，革命党刚在武昌起过事。想生的太爷爷在武昌读书的时候，就参加了革命党。起事前，想生的太爷爷常被人追得躲躲藏藏，有时候也跑回家来，从他娘手里取点银子。怕他爹知道，总是夜半翻墙进来，天明前又翻墙出去，来无影去无踪，跟说书人说的夜行侠一样，全然不像一个读书人。有一次翻墙的时候，正碰上他爹上茅房，被他爹逮了个正着。他爹年轻时习过武，有手劲儿，一把薅住他的后脖领，把他掼到院墙下的一个花坛上，搜出了他身上的银子，低声喝道："好小子，都当上家贼了，老子花钱送你读书，你就长这点本事呀，说，快说，你偷银子干什么？"到这时候了，想生的太爷爷情知少不了一顿皮肉之苦，就梗着脖子说："不干什么，干什么，说了你也不懂。"想生的太爷爷的爹一听，顿时火冒三丈，说："什么，你说老子不懂，四书五经，老子哪样不懂？你跟老子说说看，你这些年在外头花了老子那么多银子，都学了些什么玩意儿？"想生的太爷爷见逼急了，就回了他爹一句说："英格里希，你懂吗？”想生的太爷爷的爹说：“僧格林沁，谁不知道哇，死了多少年的老王爷，你学他干什么呀，看你这点出息。”话未说完，想生的太爷爷就趁他爹不备，一个鹞子翻身，手扒院墙跳出去了。想生的太爷爷的爹见儿子的动作这般利索，望着院墙摇头笑笑说：“这倒像我。”又把手中的银包呼地一下甩到了院墙外头。

想生的太爷爷再回来的时候，就不用翻墙，而是大摇大摆地从正门走进。他现在是革命功臣，众人都敬着他，连他爹也得让他三分。他爹说：“你们造反成功了，得了天下，你小子也该混个一官半职，上对得起祖宗，下对得起我那大把的银子！你放着大官不当，跑回来搞么事？”想生的太爷爷说：“狗屁的天下！一群乌合之众，江山还没坐稳，就狗扯羊腿，你争我夺。我看不出三天，天下还得还给人家。我才不当他什么狗屁的官，眼不见为净，让他们争去扯去，我回来图个清静。”他爹搞不懂外面的事，听儿子这样一说，也只有望着他干哈气。

想生的太爷爷回来的时候，是这年的腊月。不久，他就做了一件惊天动地的事，让四乡八镇的人都知道了革命党的厉害。十冬腊月，泥干水枯，正是开挖鱼庐的季节。想生的太爷爷的爹早就想为自家挖一个鱼庐，好在过年的时候车干了水，取出里面的龟鳖鱼虾、莲藕蒿芭，供一家人食用。只是自己年岁大了，家里除了在外面浪着的想生的太爷爷这根独苗，就没有别的男丁，只有眼羡人家腊月里头大担大担地往家里挑水鲜，自己却不得不打发人上街去买。现在好了，儿子回来了，可以派上用场了。革了一场命，没捞到一官半职，保住小命回家来挖鱼庐也不错，总比丢了脑袋还要回家来挖坑埋强。当下就跟儿子商量，鱼庐选在什么地方，挖多大多深，什么时候开挖，用多少人工，上水的时候，要不要办几桌酒席，请一下本房的族人等。谁知想生的太爷爷的爹说了半天，想生的太爷爷就像没听见一样，只顾低头想心事，一声不吭。想生的太爷爷的爹就拿手中的烟管戳了一下他的脑门心子说：“你倒是放个屁呀，现在命也不革了，革命党也当不成了，还摆个狗屁臭架子呀？”想生的太爷爷冷不丁被烫了一下，就像被蝎子蜇了，猛地从坐着的板凳上跳起来说：“你干什么呀，这些事还用得着你瞎操心，也不看看你儿子是什么人，到时候你只管去看热闹就是。”想生的太爷爷的爹被儿子这样一顶，只有干瞪眼，正想狠狠地教训教训这没大没小的臭小子一顿，手上的水烟壶举起来，在半空中画了一个圈，又轻轻地放下了。

鱼庐开挖这天，是个大晴天。一大清早，想生的太爷爷就领着他从武昌带回来的两个勤务兵和村里的一帮青壮，扛着洋镐铁锹，来到内湖草滩的一块空地上，分内外两圈依次站定，而后便开始排兵布阵。他先把站成两圈的人分成小组，命他们在自己站立的位置开挖，挖出一个簸箕大的洞口后，又要这些人往深处掘进。等到有人跳进洞口，报告说已到齐肩深了，才命人把一个油纸包着的四方小包，放入挖好的洞内，在每个洞口插上一面小旗，敷上干土，指挥这些人后退。

晌午时分，闻讯赶来看热闹的村民，把现场团团围定。起先以为像往常一样，搭一个香案，烧几炷香，放一挂炮仗，朝四方拜一拜就开挖。看了半天，既不见摆香案，又不见有往里开挖的迹象，却只见挖了一些坑坑洼洼的小洞，就有点摸不着头脑，不知想生的太爷爷要搞什么名堂。想生的太爷爷的爹也端着个水烟壶站在人群中间，起先也是一头的雾水，渐渐地便看出了一点眉目，等到挖洞的人退出现场，现场只剩下一些在寒风中摆动的小旗，细细一数，共有一十八面，分内外两圈，九九对应，像十八颗小星在寒风中忽闪，想生的太爷爷的爹便全明白了。心想，你小子还真把这片湖滩当成革命起义啊！你以为挖鱼庐就比革命造反容易呀，我看你小子往下怎么弄。正这样想着，却见人群一阵骚动，原来是赶大家上堤，要大家站到安全的地方去，想生的太爷爷的爹于是也跟着人群往堤上移动。刚到堤顶站定，就听得堤下一声号令，接着便是一阵惊天巨响，堤下的湖滩上霎时冲起根根泥柱，像从地底下蹿出的大树，箭一样射向天空，堤上顿时发出一阵欢呼。没等欢呼声落地，这些冲天的大树，又如瞬间遭遇强风，未及伸展枝叶，便颓然倒地，零落成泥。守候在堤下的村民，顿时一拥而上，铲土的铲土，推车的推车，挑担的挑担，半天工夫，眼前就出现了一个比晒场还大的天坑，挖出的泥土堆在天坑的边沿上，围成一道堤围子，鱼庐的外廓便大功告成。接下来，便见有几个砌匠师傅下到坑底，就着已搬到坑底的一堆青砖，蹲下身子，在掏掏砌砌，看热闹的人不知就里，也觉得乏味，便渐次散去。

吃中午饭的时候，想生的太爷爷的爹就问想生的太爷爷："你小子到底要干什么，你那是开鱼庐吗，你那是在挖鱼塘，摆这么大阵势，连炸药也用上了，我家用得着那么大的鱼庐吗，难不成你小子想开鱼行卖鱼不成？"想生的太爷爷往口里扒了一口饭，望着他爹笑笑说："我说你不懂吧，你老人家还生气，你晓得我开挖的时候摆的是个什么阵吗？"他爹说："什么阵，狗屁的阵，不就是从你们那个九角十八星旗上搬下来的九角十八星阵吗？你以为我真不懂哇？糊弄糊弄村里人还行，想糊弄你老子，你小子还嫩了点！居正早就告诉我了，说那是你们起事时举的义旗，还给我看了《申报》上登的照片。"想生的太爷爷知道父亲跟居正熟，是多年的老朋友。居正是邻县人，同盟会的元老。见爹这样一说，想生的太爷爷就说："知道就好，那你知道我为什么要摆这个九角十八星阵吗？"想生的太爷爷的爹说："谁知道你的鬼心思，我又不是你肚子里的蛔虫。”想生的太爷爷就端起架子说：“居正先生也该跟你说过吧，这九角十八星都有个说道：中国古分九州，所以旗上有九角；汉地有十八行省，所以旗上又有十八颗星，合起来的意思是，十八省联合起来，共建九州。”想生的太爷爷还要说下去，他爹却打断他说：“你小子用不着给我上课，这些居正也都跟我说过，直说吧，你小子到底憋的什么屁？”想生的太爷爷见他爹什么都知道，就干脆大声说：“我想挖个公庐，供族人共同使用，以实现民族共和、天下为公。”想生的太爷爷的爹就问：“这鱼庐是一家一户之物，又如何共得？”想生的太爷爷说：“你没见我让那些砌匠师傅下去，就是在公庐里给一家一户砌私庐，内圈三十六，外圈七十二，合天罡地煞之数，本族正好也有百来户人家，都在一个公庐里，公庐广种蒿芭菱藕荸荠鸡头慈姑水芹，私庐蓄养龟鳖鱼虾黄鳝泥鳅螺蛳蚌壳，公庐的共享，私庐的私有，公私兼顾，家家富足。”听到这里，想生的太爷爷的爹这才恍然大悟，就笑笑说：“你小子少跟我装神弄鬼，我就知道你断不了革命党的那点天下大同的念头。”接下去便埋头吃饭，不再说话。

二

想生的太爷爷开公庐的事，传得很广，连县城里的人都知道了。这知道的人当中，就有时任知县金心异的大小姐金慕华。辛亥首义这年，新成立的军政府还来不及制定新的官制，旧有的县官还知县知县地叫着。首义后，金心异率先反正，表示反对帝制，拥护共和，所以便继续留任。金心异的这个女儿也在武昌上过学，上学的时候也是个热血青年，钦慕女侠秋瑾，好读邹容的《革命军》，也参加过共进会和文学社的一些外围活动。听说有个从武昌回来的革命党开了一个公庐，就想下乡去看个稀奇。金心异觉得现在天下未定，最后鹿死谁手还是个未知数，自己反正不过是个权宜之计，女儿就没有必要和革命党搞得太近，所以就不同意她去蹚这趟浑水，凑这个热闹。偏偏这金慕华从小养成了一副大小姐的脾气，那点拗劲儿一上来，谁也挡不住，就是亲娘老子也不行。这天，她便瞒着家人，一个人出了县城，直奔想生的太爷爷开的公庐而去。

金慕华从小在城里长大，从未一个人到过乡下，出了县城，就不辨西东。好在她还记得父亲说过"路在口边"这句俗谚，就一路找人打听，好不容易找到想生的太爷爷开鱼庐的那个湖区，却又见白茫茫的一片冰湖横在面前。原来想生的太爷爷开的鱼庐，是在这片冰湖的那边，与这片冰湖隔着一道大堤，堤的那边称为内湖，堤的这边称为外湖。从这个方向去内湖，要穿过外湖的这片湖水，平时都靠渡船，否则就要弯十里八里旱路。金慕华站在这片冰湖面前，举目四顾，阒无人迹，顿感束手无策。正是向晚时分，寒风呼呼，寒气逼人，不知道从什么时候开始，大片大片的雪花已纷纷扬扬地从半空飘落下来。金慕华只穿了一套紧身的棉衣，没有带上冬日出门时常披的丝绒大氅，一会儿工夫，头上脸上，都布满了冰凉的雪花。她跑了大半天路，没有进食，腹内空空，早已是饥肠辘辘。金慕华觉得，像这样又冷又饿，前进不能，后退不得，一会儿非冻死在这里不可。正在这时，她突然发现不远处的湖面上，有一个黑影，看上去像一堆土，但又似乎时不时在动，就扯开嗓子大喊了一声："喂，是人吗？是人应一声。"许是顺风，这一喊，那个黑影果然就变成了人。虽然应没应金慕华，完全听不见，但分明看见他朝自己这边跑了过来。临危得救，绝处逢生，金慕华也禁不住跳上冰面，迎着那人飞跑过去。谁知没跑出几步，就踩塌了冰面，呼啦一声掉进了湖水之中。等到那人跑到跟前，金慕华已在一个冰窟窿里没抓没挠地胡乱扑腾。幸好岸边水浅，那人只一伸手，就把金慕华拽出了冰面，然后不由分说地往自己的肩上一背，像扛着个包袱一样，朝堤岸那边飞奔而去。翻过湖堤，进了一个窝棚，又找了些枯枝残荷，点上一堆篝火，那人就背过身去，一边脱下自己身上的棉衣棉裤，一边让金慕华宽衣解带，把自己脱下的棉衣棉裤换上。等到两人都收拾停当，坐到火堆边上，这才发觉模样都有点古怪，一个冬着夏服，一个女扮男装，都有点不伦不类。换上了干衣服，烤了一会儿火，金慕华的脸上已恢复了惯常颜色。这时候她才想到要动问恩公的尊姓大名。这一问不打紧，直把金慕华惊得半天说不出话来，这真叫“踏破铁鞋无觅处，得来全不费工夫”，世上真有这等巧事，可见万般皆有上天安排。

原来救得金慕华性命的不是别人，正是她要见的那个修公庐的革命党。当下便学着革命党的江湖做派，拱手道谢。听金慕华说她一天未曾进食，想生的太爷爷又去找了些荸荠莴芭，丢到火堆里，烧熟了给金慕华充饥。这些野生的荸荠莴芭，风干了，放蔫了，烧了吃格外香甜。金慕华一边大口大口地吞食这些她从未吃过的野物，一边细说原委。想生的太爷爷说：“你冒着性命危险来看这个稀奇，不值当。”金慕华一边嚼着口里的食物，一边说：“有什么值当不值当的，人生一世，难得见到几件稀奇事！我在武昌读书的时候，也想参加革命党，可惜没有人引荐，又是个女儿身，人家觉得是个累赘，所以错过了首义这个旷古未有的稀奇事。如今有你这个参加过首义的革命党回家来修鱼庐，还修的是个公庐，我再要不来，就永远也见不着这世上的稀奇事了。”想生的太爷爷被她说得不好意思，就说：“你言过了，我不过是厌倦了人事，看不惯那帮旧权新贵文人武夫的明争暗斗、你争我夺，这才跑回家来寻个清静。想不到中山先生的大同理想才开了个头，就这样四分五裂，还能指望以后有什么好日子过？正好我爹要我修鱼庐，就想到拿这件事来做个试验，让金小姐见笑了。”金慕华真的就咯咯咯咯地笑了起来，而后又一脸正经地说：“你就是真的试验成功了，也是一族一姓之事，未必能适用天下。天下为公，人各有私，这事自古就难，要不大同理想写在《礼记》里，一两千年了，到现在还没见到天下大同。”想生的太爷爷想想，也是，就不再作声，只望着那堆篝火出神。金慕华见想生的太爷爷不作声，就赶紧岔开了话题，半是玩笑半是认真地说：“这大冷天的，你趴在冰面上干什么，难不成也是在试验你的大同理想？”想生的太爷爷见问，就回过神来冲金慕华笑笑说：“不瞒你说，还真与这事有关。”就把他趴在冰上做的事跟金慕华说了一遍。

原来这开鱼庐有个讲究，就是新开的鱼庐，须有拱庐之物。所谓拱庐，皆因新开的鱼庐，土质板涩，不易生长鱼虾，也不易深藏龟鳖，须有活物拱动。这活物就是湖中出产的一种鳗鱼，体扁皮白，人称白鳝。这白鳝传说是吃腐尸长大，湖上风高浪急，常会翻船死人，所以白鳝家族便饮食无忧，子息绵绵。因为沾着这个晦气，一般人都不敢进食，只作拱庐之用。白鳝牙坚喙利，体态灵活，刚健有力，平日里好拱烂泥，无烂泥处则喜欢打洞深藏。新开的鱼庐，放上几十条白鳝，任多板涩的黄泥，过不了多少日子，就到处都是大洞小洞。再等野生的蒿芭荸荠慈姑水芹长成了，烂泥深处繁密的根须，就是白鳝最好的藏身之所。白鳝性好迁徙，像喜鹊做窝，每搭新窝，必弃旧巢，这旧巢就成了各色鱼虾的免费住房。尤其是喜欢深藏的乌龟甲鱼、鲇鱼黄颡、黄鳝泥鳅，更把这根须深处的住房，当成了它们的盘踞之所。所谓鱼庐，大半是指这种洞穴。历年的洞穴不断加深扩大，所藏鱼鳖也就不计其数。有时一庐的出产，就有百十来斤，供一家人过年食用绰绰有余，所以这一带的村民，家家都要开一个鱼庐。

听到这里，金慕华顿时就对白鳝来了兴致，便急着问想生的太爷爷："你大冷天趴在冰上，就是在抓白鳝？"想生的太爷爷笑笑说："不是抓，是钓，抓是抓不到的。"金慕华立即接口说："哦，我知道，鳝鱼身上有涎，滑，抓是抓不住的，我见过我家厨子杀鳝鱼。"金慕华本想表明自己并非完全外行，谁知想生的太爷爷却笑着纠正她说："不是滑，是刁。"刁，怎么个刁法？白鳝又不是人，难不成还会放刁？这让金慕华顿觉大惑不解。想生的太爷爷说："不是有意放刁，是生性便刁。平常时节，你在这偌大的一片湖水里，是看不到白鳝的，它们都躲到丈把深的烂泥里去了。只在入冬之后，冰封雪盖，它们才从烂泥深处冒出一个头来。一来是吐吐气，顺便也吞吃一些螺蚌的腐肉。这时候，你在冰上凿一个碗口大的窟窿，用钓钩挂上一些游食，才有可能钓它上来。"金慕华便问："你今日钓得几条？"想生的太爷爷说："几条？一天能钓一条就不错了，有时候连钓几天都打空手。"金慕华又问："这又是为何？"想生的太爷爷说："白鳝刁就刁在这里，你放下去的游食，只要还在动，它是不会吃的。只有这些游食静止不动了，过了半日，它才咬食。有时候鱼食是咬着吃了，却不着钩。就算是钩着了，它头摆身子摇的，也容易挣脱。只有它的上半身进了冰窟窿，没法挣扎了，才能钓它上来。这样一来，钓上一条白鳝，往往要跟它纠缠大半日，有时甚至要花上一天的工夫，才能引它出洞。"听想生的太爷爷这样一说，金慕华更觉得眼前的这个革命党好生了得，连钓条白鳝、修个鱼庐，都有这么多说道、这么些讲究，真要把天下交给他治理，一定是一个勤政爱民善于谋事的好官。她心里这样想着，眼里就禁不住放出了一种异样的光彩，加上烤了这半天火，又填饱了肚子，藏在一个男人的棉衣棉裤下的那点人之大欲，就不经意间在轻轻拱动，周身上下顿感燥热难当。想生的太爷爷对着一个陌生女子讲了半宿，起先只当她是一个闲极无聊，跑到乡下来寻找新奇刺激的官家小姐。由她那专注的神情、幼稚的问话，看出了她的单纯和天真。这单纯和天真，透过她一双秀美的大眼，便钻进了自己的心灵，渐渐地便生出了一丝情愫，把被那堆篝火烤热了的胸腔，撩拨得奇痒难耐。眼见得那堆篝火渐渐地由明变暗，由热变凉，却禁不住这一对陌路相逢的男女心里另有一堆野火烧得正旺。夜半时分，这两堆野火终于合到了一起，在鱼庐边这个堆放杂物的小窝棚里，烧得火星四溅，噼啪乱响。

三

辛亥前后，是一个半新不旧的年代，那时的百姓还守着旧规，变局中的青年已渐染新潮。金慕华在武昌读书期间，就和邻校的一个男生交往过，只是这个男生也和想生的太爷爷一样，是个革命党。交往了一阵，已渐入佳境，正欲谈婚论嫁，这男生忽然不见了人影，只留下一封短笺，说已献身革命，不当有家室之累、儿女之情，尔等女性，亦不当以柔弱之躯而涉险境云云。金慕华心灰意冷，便辍学回家，但心中的那点怨恨，却愈积愈深。听说有个放着大官不做回家修鱼庐的革命党，就想看看这个古怪的革命党是不是也这副德行。原以为他也像那个男生那样，染了红尘，又想洗净，回乡来逃避责任。没想到，经过那一夜之后，她发觉这个革命党不但满腹经纶，还有一腔侠骨柔情，于是整日里就想着他坐在火堆前的那副模样，茶饭不进。最后干脆找个借口，一个人跑到临湖的一个小镇上去，借住在金心异的一个同年家里，闭门读书，说是不到想回家的时候，决不回家。

金心异的这个同年曾留学日本，思想较为开明，对金慕华的这种出走行为，并不以为怪，相反，却宽慰金心异说："令爱在我这儿，就如同在你身边一般，我必待她如亲生女儿，你只管放心就是。”金心异虽然比他的这个同年老派，但遇上这样一个我行我素的新派女儿，也拿她没有办法。那天只问了她一句，“你昨晚到哪里去了，为何一夜不归”，就触动了她的大小姐脾气，自己把自己关在房里，几天不跟家人照面。怪只怪当初不该让她出去读书，不如留在身边跟着塾师学点三从四德，在自家屋里修习德言容功，反倒省心一些。但事已至此，也别无良法，只得由她去了。金慕华便在这个年伯家中住了下来，一边读书，一边扒拉着她那个早已打好的如意算盘。

金心异的这个同年原以为金慕华的离家出走，不过是年轻人的意气，过个三五日，顶多十天半月，也便回心转意，那时候再好言相劝，送她回家。谁知金慕华住在这儿，吃喝有人侍候，进出无人管束，比在自家屋里还自在，压根儿就没有回家的意思。金心异的这个同年原本不过是想尽一点同年之谊，并不想像管教自己的儿女那样，约束金慕华的行动自由，但后来服侍她的一个老妈子却来禀报说，金小姐常常披着一身白袍出门，头天出去，第二天才回，她不敢问，又怕出了什么事，自己担当不起。金心异的这个同年一听，顿生警觉，就打发一个长工，在金慕华出门的时候，远远地跟在后边，看看她到底干什么去了。盯梢的长工回来说，金小姐出门之后，就直奔镇外的大湖而去，湖上结着冰，金小姐到了湖边，一步不停就上了冰面，一直走到很远的地方才停了下来。金小姐停下来的地方，有一个黑点，像人又不像人，冰上太亮，容易暴露，再跟下去，就会被小姐发现，只好回来如实禀报。金心异的这个同年就想，这不是散心，这是出去跟人幽会。冰上的那个黑点，一定是个青年男子。又一想，就是幽会，也没必要选在这个大冷天，冰天雪地，四野茫茫，又在一片冰湖之上，如何柔情蜜意？难不成这女子是个异物，或是狐魅花妖所变，缠住了那个男子，令其不觉？当下便把这份狐疑存在心底，只嘱咐那个长工，以后金小姐每次外出，必得跟去跟回，绝对保证小姐的安全，只是不要被她发觉便是。

就这样冬去春来，不知不觉，金慕华在她的这个年伯家里，一住就是半年，只在过年时回去过几天，年后来拜年时又赖着不走，说她早已把这儿当作自己的家了。金心异的这个同年也无法拒绝，只好让她继续住下去。好在金慕华平日里温良恭谨，对年伯夫妇也极孝顺，上上下下都喜欢她。

说话间就到了第二年的春夏之交。去年冬天，想生的太爷爷在湖上已钓了数十条白鳝，都放到公庐里去了。公庐也上过水了，上水的那天，想生的太爷爷虽然没按他爹的意思，办几桌酒席，但也请了族里的长老和各户的当家，在鱼庐边上摆了香案，插了高香，放了炮仗，围着鱼庐转了三圈，拜了三拜，又撒了鱼鳞，泼了鳝血，捉了两只乌龟甲鱼当场放生，扎了几把蒿芭秧子凌空抛撒，而后便让各家各户认领公庐中已经砌好的私庐，在私庐上立碑为记。完成了这个仪式，想生的太爷爷便让人扒开堤围，往鱼庐里灌水。等到鱼庐水满，这个公私兼顾的大同天下便告功成。站在鱼庐边上一望，想生的太爷爷觉得，这个公庐看上去就像一个八卦图形，外圈是天圆，自不待说，中心的那个山包虽不成阴阳鱼眼，但也有虚实之分，实者为土，虚者为庐，日后待蒿芭荸荠慈姑水芹长成，绿禾覆盖，又有莲藕菱芡周遭环绕，俨然庐中一座仙岛。像这样的一族和合、万物共生的理想之境，到哪里去找！想生的太爷爷想到这里，顿觉心旷神怡激情飞涨，他此刻的心情，只有跟首义的弟兄们把九角十八星旗插上蛇山才能相比。

这年的汛期来得早，刚过立夏，顺着后河下来的山洪，沿着长港倒灌的江水，让消瘦了一冬的外湖顿成汪洋。陡涨的湖水漫上湖堤，通过湖堤上的闸门泻进内湖，把内湖的塘塘堰堰沟沟坎坎都填得满满当当，内湖顿时也成了一片泽国。成群结队的水族，随着这股汛期的潮水涌进内湖，在内湖的塘堰沟坎里寻找合适的地方安营扎寨，生儿育女。等到这股潮水退去的时候，它们已经繁殖了一个庞大的家族，早已把这里当成了它们的温柔之乡安乐之国。一年一年的湖汛，退去的是水，留下的是各类水族，鱼庐里的龟鳖鱼虾，也就是这样留下来的。留下来的龟鳖鱼虾虽然被圈养在鱼庐之内，但鱼庐里有各种水草和蜉蝣虫藻，足够它们就近取食，胜过在大风大浪里颠簸沉浮。日复一日，年复一年，这些伴着湖汛涌入鱼庐的龟鳖鱼虾，便成了上天赐给湖区人的一笔天然的财富。

四

自从有了公庐之后，想生的太爷爷吃住都在公庐边的一个窝棚之内。这个窝棚原本是开挖鱼庐时一个堆放杂物的地方，自那夜跟金慕华缠绵之后，想生的太爷爷就让人拾掇成一个能住人的处所。头年一整个冬天，想生的太爷爷都在湖上钓白鳝，钓上的白鳝放到鱼庐里，他就听这些白鳝在鱼庐里打洞。白鳝打洞，不像鳝鱼一样悄无声息，而是头翘尾巴摇的，搅得泥水一阵乱响。想生的太爷爷听着这样的响声，就像听首义之夜的枪炮一样开心。这时候，常常有一个白色的身影，伴随在他身边，跟着他在窝棚里出出进进，或是围着鱼庐转着圈儿，有时好像是在向鱼庐里投食，有时站在鱼庐边，又好像是在指手画脚地说些什么。谁也没见过这白色的身影，连一日三餐送饭的长工也只是隐约知道有这么个人。只是想生的太爷爷倘若吩咐明日要送两份饭食，长工就知道那人又要来了。但临到这天，想生的太爷爷在窝棚门口接过饭食之后，又不让长工等着收拾碗筷，就让他回去，说是明日送饭时再收拾不迟，依旧见不到人形鬼影。长工好生纳闷，就回去跟想生的太爷爷的爹说了。想生的太爷爷的爹知道儿子的脾气古怪，行为乖张，就笑笑说："他钓了一冬的白鳝，一定是被白鳝精缠上了，你别理他，也别问他，他叫你干什么，你就干什么，白影来的时候，你也不要靠近，他身上有枪，我见过的，小心情急中他打你一枪。"长工一听，就更加紧张，自此无论白影来与不来，都不敢多看多问。

后来，长工把想生的太爷爷的爹说的话传了出去，村里人就都知道想生的太爷爷被白鳝精缠上了，又听说他身上有枪，就更不敢靠近鱼庐边的那个窝棚，也不敢随便打听，怕想生的太爷爷知道了见怪。这样，鱼庐边的这个小窝棚，在村人眼里，就成了一个谁也不敢沾边的神秘处所。好在这是一个涨水季节，湖水四溢，鱼鳖乱窜，村人既不能下湖打鱼，也就没有谁无事找事地去接近这个窝棚。直到潮汛期过，湖水平定，鱼鳖落窝，才有人陆续下湖，打鱼的打鱼，看水的看水，窝棚里的那点秘密，才为众人所知。

这天晚上，送饭的长工因为要顺带着给几处湖田看水，回去得晚，转着转着，夜半时分，就转到了窝棚附近。月光皎洁，四野清明，正是各色鱼类忙着生产的季节，周围的浅滩杂草间，一片泼剌唧咕之声。长工爱看这夜色，爱听这声音，他觉得世界上最好看的景致是万物生长，最好听的声音是阴阳交合。有时候，为了看稻子拔节生长，他可以在田埂上铺上一张草席，趴在地上眼睛眨都不眨地盯着稻秆的长势，虽然这种微妙的变化肉眼看不出来，但他觉得稻秆在他的注视下已然长了一截。有时候，为了看蜻蜓交尾，他可以追着两只首尾相接的雌雄蜻蜓，满田畈乱跑，虽然听不到空中传来的任何响动，但他却觉得它们在一起咂嘴的声音，一定十分好听。现在，他站在清朗的月光下，放眼四望，到处都是忙着交配的鱼群，到处都有摇头摆尾咂嘴撒子的声音。就在公庐中间那个小岛的浅滩上，一群公鲤正围着一条母鲤在月光下旋转，等到转成了一个圆圈，圆圈正中的母鲤就把肚皮翻转过来，朝水面喷出许多淡黄色的鱼子，围在周边的公鲤也把肚子里的鱼白排挤在水面上。等到这些鱼子和鱼白搅和在一起，都沉落到水下的草叶和沙砾上。过不了多少时日，就会有成群结队的鲤鱼幼仔从浅滩上游下来，成为公庐的第一批居民。鲤鱼的个头儿虽大，但交尾却很文静。有一次，看鲤鱼交尾，想生的太爷爷对长工说，鲤鱼交尾就像洋人跳圆圈舞，中间一个女的，周围都是男人，女的张开裙子转圈儿，男人不停地朝圈里踢腿，跳完了各走各的，连碰都不碰一下。长工没有想生的太爷爷见的世面多，不知道洋人的圆圈舞怎么跳，但说男女碰都不碰一下，他听得懂。鲤鱼交尾公母就不碰，大庭广众之下，面对青天明月，从不藏着掖着。不像黄角鱼，正经八百地生儿育女，搞得像野汉子偷情。公的先在低洼处用胸鳍挖个巢躲起来，等着母的到来，母的悄悄地来了以后，完了那事扭身就走，留下公的守着一窝孩子，直到它们长成形了游出鱼巢才离开。说起来这公的也不容易，成天守在鱼巢边，一有风吹草动，就冲上前去跟人拼命，生怕人家抢走了它的孩子，长工就被这看孩子的公黄角鱼刺过一回。不管怎么说，这两种鱼在鱼类中，都算有德行，不像那些浪荡的大板鲫，母的漫天撒子，公的就地播种，砂石水草芦根蒿丛间，到处留情。生得多，死得也多，生了又死，死了再生，湖滩上就到处可以听到鲫鱼撒子的声音。要说热闹，就算这公母俩干这事最热闹。

送饭的长工在鱼庐附近的湖田边转着，一边听着这满湖滩各色鱼儿的交尾撒子之声，一边给这块田堵堵漏，给那块田挖个口，水少了招旱，水深了涝秧，他得像伺候孩子那样照看好这片湖田。正在这时，他耳边突然传来一种异样的声音，像人哭又不像人哭，像鱼叫又不像鱼叫，嗷儿嗷儿的，就像猫儿叫春，听起来让人瘆得慌。长工顿感毛骨悚然，心想，在这荒郊野外，又是深更半夜，如何会有猫儿跑到这里来叫春？举头四望，发现不远处的窝棚里透着一丝亮光，这声音就是从那里传出来的。长工觉得奇怪，就大着胆子向窝棚靠近。越靠得近，那声音越响，嘿哈嘿哈，噼噼啪啪，竟像有人在里面厮打。长工禁不住好奇，就走上前去轻轻扒开窝棚的草帘，偷偷地朝里面窥看，原来是两个赤条条白生生的男女肉身扭在一起，正在行那好事，旁边有一堆柴火烧得正旺。那男的是自家的少爷自不必说，那女的想必就是老爷说的白鳝精。长工虽然也是有家室的人，但从没见过男女间的事搞得如此轰轰烈烈，你死我活，别说湖滩上的鱼儿交尾没有这么癫狂，就是猪牛配种也不像这样发疯。长工不敢多看，放下草帘就一口气跑回家里。第二天一早，就把他昨晚看到的一幕原原本本地向想生的太爷爷的爹说了一遍。谁知想生的太爷爷的爹听了，并不以为怪，只淡淡地说了一句："他这是在给鱼儿催情，不信你看，今年鱼庐里的鱼虾保险比往年多。"

想生的太爷爷给鱼儿催情的事，村人很快就知道了。有那眼馋的后生禁不住心痒，每到白鳝精要来的日子，常常深更半夜地爬起来，溜到窝棚边去看稀奇，凑热闹，比在洞房外扒窗户听墙脚还起劲。看过了，听过了，第二天还要绘声绘色地跟村人描述一番。前村有个去偷看过的后生说："难怪满湖滩的鱼儿要欢蹦乱跳，就是千年的乌龟万年的鳖，也要发情。说起来怕吓死你，我就从没听说过做那事还要明火敞亮的，生怕人家看不见。不怕你们见笑，自打媳妇娶进门，到如今我还不晓得我老婆的皮肉是白是黑，是老是嫩。"众人便笑这说话的后生说："那你今晚就回去点个灯照照。"后生说："照照？只怕灯没点亮就得满地找牙。"众人又笑。

这事一传十，十传百，很快就传遍了四里八乡。乡下的日子过得沉闷，除了讲古，就是张家长李家短，听多了也没意思。像这种大油大荤的事，又发生在本乡本土，百年不遇，千载难逢，说书的人想编都编不出来，那还不添油加醋地四处传扬？果然没过多久，这事便通县上下，妇孺皆知。事情传到金心异的耳朵里，金县令自然是颜面扫地，但又想不出善法。自己的女儿是绝对不能惹的，搞不好会出人命。惩办对方吧，又没有正当的理由。毕竟现在已经是民国了，连自己的官称也已改叫知事，不再叫知县了，无端办人，弄不好会激起民变。

金心异正左右为难，忽一日，他的那个同年突然出现在他面前，说是上门请罪。事到如今，罪不罪的都无所谓，金心异就想让他的这个同年给他出个主意。金心异的同年沉吟片刻，说："主意倒是有一个，就怕委屈了令爱。"金心异就催着他的同年快说。同年说："为今之计，只有就汤下面，顺水推舟，成全了他们的好事。"金心异说："那有何不可，听说对方也是个乡绅人家，县令的千金嫁个乡绅的公子，也算不得委屈，皇帝的女儿有时候还要招个寒门出身的状元做驸马呢！何况人家也进过学堂，又是首义功臣，要说，还高攀了呢。"当下便说定由金心异的这个同年出面说合，择日完婚。这事也便这样尘埃落定，烟消云散。

金心异的这个同年从日本留学回来之后，闲散多年，仗着有些家资，吃穿不愁，既无意出仕，也不想课徒，只在家中吟诗作赋，间或也写些笔记杂文，自得其乐。这日无事，便把这则催情故事写进了他的《乡俗记趣》。说是乡俗，实则是为亲近者讳，免得县令的千金日后遭好事者闲话。不想这则乡俗故事，后来竟被人收进了补修的县志，真的成了本县湖区的一个民间风俗。只是这风俗在想生的太爷爷离家出走之前，就已渐渐地发生了变化。虽然在鱼儿发情的季节，窝棚里还有人值守，值守的后生有时也带着年轻的媳妇做伴，但无论做没做那事，都与催情无关。盖因年来人心不古，一些村民趁着夜色，常常对公庐里刚长成的整窝小鱼下网，有时连同它们守候在旁的父母都一网打尽。窝棚里有些光亮和响动，偷捕的人就不敢轻易下手。

五

想生的太爷爷离家出走的时候，想生的爷爷已长成了个大小伙子。想生的太爷爷跟金慕华完婚后，第二年，想生的爷爷就出生了。想生的太爷爷要他爹给儿子取个名字，他爹想都没想就说："就叫白鳝哪，白鳝精生的，不叫白鳝还能叫青蛇呀？"到这时候，想生的太爷爷才知道，去年把这个野合的媳妇娶进门，老爷子碍着县知事的面子，虽然当时没说什么，但憋在心里的那口恶气，至今还未消尽。事到如今，生米煮成了熟饭，儿子都出生了，再计较也没有意思，就认下了这个名字。回到房里，夫妻俩一琢磨，觉得叫白鳝也挺好哇，百善孝为先，百善，白鳝，叫起来是一回事。不如大名就叫孝先，小名才叫白鳝，这大名小名，不都有了嘛。只是想生的爷爷终其一生，都以白鳝行世，这孝先的大名，反倒被人忘了。这是后话，按下不表。

白鳝天赋异禀，从小就跟别的孩子不一样。家里还未请塾师之前，就能识文断字。有爹娘教着，自不消说。但那没人教的装笼捕鱼、下网捞虾、翻泥鳅、抓黄鳝、钓乌龟、叉甲鱼，却无师自通。爹娘教认的字，要背的书，不消半宿，便滚瓜烂熟，早起还能倒背如流。背完了书，便跟长工骑在牛背上，赶着一窝猪仔下湖。到了湖滩上，长工也像放猪牛一样，把他野放了。湖滩上有很多像他这样野放的孩子，他跟这帮孩子玩耍，也把爹娘教认的字、教背的书，转教给他们，做他们的小先生。这教书的地方，就在鱼庐边的窝棚里面。孩子们在湖滩上打闹乏了，也跟着白鳝摇头晃脑地背诵诗文。后来村里人想办私塾，想生的太爷爷干脆把窝棚改建成一明一暗的两间平房，外间教书，里间住人。教书先生也便一身而二用，一边教书，一边帮忙看着这群野孩子。

教书先生姓程，是后山的一个落第秀才。人家落第，是因为四书五经读得不熟，圣贤的意思领会得不深；程先生屡试不第，却是因为他压根儿就没把四书五经当回事，把圣贤的意思看作有亦无。程先生的家靠着后山一座寺庙的山门，从小就跟庙里的和尚交好，一下学就跑到庙里去听那些和尚讲经，看那些信徒修禅，有时候也跟庙里的几个小和尚一起上树抓鸟，下河玩水，到溪涧里翻石头，像跟村里的孩子一样，在一起玩耍。程先生的父亲是庙里的一个长年的施主，庙里的师父都说这孩子有慧根，有意为他剃度。程先生自己也想，当了和尚，就可以名正言顺地住进庙里，日日听师父讲经，天天跟小和尚玩耍，省得进庙来玩还要偷偷摸摸躲躲藏藏。无奈程先生的父母一心要程先生金榜题名，光宗耀祖，说什么也不情愿。万般无奈，程先生只好自己让自己落第。大比之年，程先生也不刻意准备，坐进考场，看了一眼考卷，不待破题，便自由发挥。程先生发挥的，大半都是从庙里听来的那些半生不熟的佛理，儒佛异道，结果就难免你说东，我说西，你说南，我说北，你说林中有鸟，我说天上打雷。每次大比回乡，县学的先生问起，常常气得暴跳如雷。程先生的父亲也自知作孽太深，只好在菩萨面前重新发愿，不敢再求菩萨保佑儿子金榜题名，但求保佑儿子迷途知返便好。如此再三，直到家道中落，程先生的父亲看儿子成龙无望，便给他娶了一门亲，彻底断了光宗耀祖的念想，只要他能为老程家传宗接代便好。

有家无业的程先生不久便干起了设馆课徒的营生。程先生的特立独行，后山一带，无人不知，无人不晓。但众人也都知道他肚子里装的学问，是和尚庙里的学问，不是天子庙堂的学问，所以都不愿意把自家的孩子送到他门下来学当和尚，学馆的生意就不免清淡。正好这时候想生的太爷爷着人到后山延聘塾师，去的人不知就里，只听说程先生有名，就把他请了回来。等到程先生发觉这塾馆竟设在荒郊野外，自己竟成了湖滩上一群野孩子的孩子王，便生悔意。但转念一想，既然人已经来了，就不好坚辞不受，再说，家里还等着米下锅，过了这村就没这店，再找一家愿聘他的塾馆，想想也难，于是便抱着一点“既来之，则安之”的意思，半推半就地在主家吃了一顿接师酒。

这顿接师酒倒也不怎么丰盛，都是想生的太爷爷家的长工媳妇做的一些家常饭菜，不过是按当地的规矩应个景儿罢了。但吃完了这顿接师酒之后，程先生就再也不想悔不悔的事儿，铁了心留下来。原来这程先生爱吃水产，但他吃水产有个讲究，不吃有鳞有鳍的青草鲢鳙、鲤鲫鳊鲌，就爱吃无鳞有壳的黄鳝泥鳅、乌龟甲鱼。这倒不是因为程先生家有多么殷实富足，从小吃惯了这些稀罕物儿，而是程先生从小就跟这些无鳞有壳的生灵打交道，它们给程先生的童年带来了无尽的乐趣，也免不了要成为程先生这些山里孩子的囊中之物，满足他们的齿牙口腹之欲。原来这后山干旱少水，每年夏季的山洪穿山而过，只留下一些残汤剩水，顺着山间溪涧，绵绵不断地流淌。但就在这些溪涧中，顺着山洪冲下来的碎石底下，却藏着无数的小生灵。这些小生灵以茶杯盖大小的乌龟甲鱼和螃蟹居多，有时也有细如笔杆的黄鳝泥鳅，在其间繁衍生息。秋冬季节，翻开这些大大小小的碎石，如囊中取物，不到半日工夫，就成札累串，篮满桶满，大获丰收。抓回来的这些小生灵，小和尚不敢拿到庙里，程先生也不敢带回家中，就想着法子装进肚子里，回去了谁也见不着。有壳的龟鳖螃蟹，用黄泥和着茅草一裹，放在火里烧了，剥开来香喷喷的，吃得连壳都不剩。无鳞的黄鳝泥鳅，用石头拍碎了，切成段儿，扯几根野葱，放在石板上一炒，比家里的炒鸡蛋还香。就这样，年复一年，竟惯了程先生的肠胃，以后但凡过年过节，程先生放着大鱼大肉不吃，就吵着要吃乌龟甲鱼、黄鳝泥鳅。偏偏这些东西，在乡下人眼里，平日里因为少见，看得稀罕，到了年节，那副黑不溜秋、形如蛇蝎的模样，就不免要视为秽物，是从来不上正席的。吃不上这些宝贝，程先生就觉得这个年节没过好，年节后的日子，还一直想着，实在馋得急了，就撺掇庙里的小和尚偷了池子里放生的乌龟和佛前上供的香油，躲到山里背着人造孽。结果仍不免被庙里的师父发觉，害得小和尚挨罚不说，程先生自己也免不了一顿皮肉之苦。

现在好了，老天有眼，终于把他带到了一个泥鳅黄鳝之国、乌龟甲鱼之乡。以后别说过年过节，只怕一日三餐，都少不了有这些爱物消受。看着满桌的菜肴，不是红烧乌龟、清炖甲鱼，就是小炒黄鳝、干煸泥鳅，程先生禁不住心花怒放，不等主人说请，就急忙下箸，连吃带喝，一刻不停，嘴里还要一迭连声地夸赞："好吃，好吃。"想生的太爷爷本不会待客，见程先生这样旁若无人，一个人吃得高兴，就乐得坐在旁边看热闹。看了一会儿，渐觉无趣，说了声先生慢用，便起身离席。正在兴头上的程先生也不以为意，还要举起酒杯说："有偏，有偏[①]。"依旧埋头苦干。先前还担心用这些杂鱼待客，怕慢待了程先生的长工媳妇，到这时候才长舒了一口气，在厨下偷偷地对长工说："看样子，这先生也好招待，用不着大鱼大

① 有偏：方言，偏待、慢待、得罪、失陪的意思。

肉。”长工笑笑说：“别的好东西没有，这乌龟甲鱼、黄鳝泥鳅，湖田里多的是，只怕他吃腻了不想吃。”

说来也是程先生口福不浅，想生的太爷爷家的长工这些时日正为这满湖田的黄鳝泥鳅乌龟甲鱼犯愁。湖田不比平地上的稻田，平地上的稻田，每到春种秋收的季节，也少不了有黄鳝泥鳅乌龟甲鱼混杂泥水之间，等到犁翻耙耖过了，泥平水静，就在其间偎泥打洞，所以春秋二季，平整过后的稻田，不出半日，一眼望去，泥水之间，就布满了大大小小的洞口，看上去就像一张麻脸。这是看得见的，看不见的，就是偎在田埂边的龟鳖，都在等着田里的稻子长起来，好啜食其间的鱼虾浮藻虫蚁花粉。这倒也不是什么稀罕事，俗语云，地上有一棵草，天上就有一滴露水，万物求生，都有自己的活路。只是这黄鳝的洞要是打过了田埂，龟鳖的窝要是做到了田埂底下，就不免要把田里蓄着插秧的水漏个干净，或留下一个碗大的窝巢，成了日后稻田跑水的一大隐患。所以，农人在整好稻田之后，必得细心修整田岸，堵住每一个漏洞，填实每一个窝巢，方能保证田水不至外泄。在平地上的稻田里做这些事不难，也易生实效，但在湖田里要想堵住这些洞穴，却千难万难。盖因湖田经常淹水，大水过后，老田埂子冲垮了，都要再垒新的田埂。湖田泥烂，极易黄鳝打洞，龟鳖做窝，新垒的田埂就提供了极大的方便。偏偏湖田里的黄鳝泥鳅乌龟甲鱼又多，这就苦了想生的太爷爷家的长工，整日里围着田埂子打转，东填西补，防不胜防。

程先生来了以后，长工看先生爱吃这些杂物，心中暗喜，就跟先生商量，习字背书之余，留点屙屎撒尿的时间，让学生伢帮着他到湖田里去把这些乌龟甲鱼黄鳝泥鳅，捉来与先生下酒。程先生一听，自是欢喜不尽，当下就说定上下半日，各一个时辰，塾馆里的学生听长工调遣。这些在塾馆里关久了的孩子，听说先生要他们去捉乌龟甲鱼黄鳝泥鳅，都跃跃欲试。时间一到，长工一声号令，就像燕子一样飞出塾馆，撒向周边的那片湖田。湖边长大的孩子，多精此道，自此而后，程先生果然餐餐都有这些爱物消受。捉得多了，一时消受不完，长工就让学生把捉来的乌龟甲鱼黄鳝泥鳅，都放到公庐里养起来，先生要吃，随时去捞。

六

拿着主家的束脩，又享了这等口福，程先生觉得这比中个举人进士，给皇帝老儿当差要强，从此乐不思蜀，连四时八节的假日也不回去，一年四季都待在塾馆里面。渐渐地，程先生发现，当初以为主人慢待于他，是冤枉了主人，新式人物就是这样的做派，随心所欲，不拘格套。再说，主家给的束脩还算优厚，主人对他也很客气，只要在家，还常常要过来与他说些闲话。次数多了，程先生便发现，这家的主人也像自己一样，一肚皮的不合时宜，总对现在的东西不满意，总想去改变点什么，结果却什么也改变不了。就说这几年外面发生的变乱，本来与他这个功成身退归隐田园的闲人无关，但他却又放心不下那点革命胜利的果实，就像割回来的稻子，堆在打谷场上，总怕被人家偷去了，抢去了，所以但凡外面有个什么响动，他都要出去看看。袁世凯称帝，蔡锷护国，张勋复辟，段祺瑞讨逆，他都自备马匹，自带川资，南下云贵，北上津京，追随蔡段，护国讨逆。转了一圈，不知道为什么，又转回来了，依旧是去时的一匹瘦马、一口皮箱。家人问他，也永远是一句话：“好啦，没事啦。”程先生觉得这人有趣，便问他为何如此。想生的太爷爷说：“我也不晓得为么事，到时候就有人在耳边唤我，我也就去了。”后来有一天，想生的太爷爷又觉得耳边有人唤他，就又牵出马匹，带上皮箱，朝村外的大路去了。这一去，就再也没有回来。

想生的太爷爷出走之后，程先生就成了这湖滩之主。上学的孩子像湖滩上野放的猪牛一样，早出晚归，看水的长工也像放猪牛的村人一样，随来随去，只有他这个教书先生，吃住都在这湖滩上。别说主家的村子是大是小，他全然不知，就连去村里的那条大路，自从来到塾馆以后，就再也未回头走过。这时候，想生的太爷爷的爹娘已先后过世，想生的太奶奶见丈夫一去不归，也无心管理家业，整日里吃斋念佛，只叫长工守住几亩湖田，先生帮着管好鱼庐，能供母子二人吃喝穿用便好。这金慕华原本也是个新式女子，对家事从来就不过问，这时候只要有人能帮她替事就行，教书的先生和看水的长工，于是就成了她的蒲团座前一文一武两个护法尊神。

日子就这样过下去，倒也平平静静。只是这世上的事，也像一湖春水，平静久了，就不免要生波澜。忽一日，想生的太奶奶念经念得乏了，说是想出去转转。乡下没有好转的地方，长工媳妇就把她带到了内湖滩上。好多年没到这地方来了，物是人非，鱼庐还是当年的鱼庐，窝棚却成了如今的塾馆。看着满湖滩的猪拱地牛吃草，听着塾馆里传来的琅琅书声，想生的太奶奶禁不住心有所动。只是她的这颗心早已皈依佛门，任世间多少情事，自信不过是微风拂面，激不起半点涟漪。偏偏她这时候正站在公庐边上，眼睛刚好落在密密匝匝的水面，但见水面上有群鱼攒动，头摇尾摆，状若游蛇，形如白鳝。想生的太奶奶禁不住大吃一惊，心想，这鱼庐开了多少年了，鱼也不知道吃了多少茬了，为何还要这拱庐的白鳝？想起与白鳝有关的前情种种，一念既生，想生的太奶奶一时把持不住，竟心旌摇动，便问身边的长工媳妇，这是何人所为，为何还要白鳝拱庐？长工媳妇见问，就回答想生的太奶奶说："太太您看仔细了，那不是白鳝，是黄鳝，白鳝比这要大。里边还有乌龟甲鱼，喏，那些只露个头见不着身子的，就是乌龟甲鱼。天阴了这些日子，黄鳝泥鳅乌龟甲鱼在烂泥窝里憋不住，趁天晴都跑出来透气。”又顺口把这满鱼庐的黄鳝泥鳅、乌龟甲鱼的来历，跟想生的太奶奶说了一遍。想生的太奶奶听罢，顿时长叹一声说：“作孽啊，作孽，佛门放生，此处杀生，佛门皆有放生池，此处竟成杀生地，真是作孽呀。”一边说着，一边双手合十，对着鱼庐不停地念经，弄得旁边的长工媳妇不知所措，也只好把两个巴掌合在一起，跟着太太，口中不停地念着，阿弥陀佛，阿弥陀佛。

有了这件事，想生的太奶奶就再也静不下来。每日里一坐上蒲团，脑海里便浮现出鱼庐里的那番景象，心想，白鳝的父亲当年功成不居，回乡来修这个公庐，供族人共同使用，原本是想试行未竟的理想，不想而今竟为满足一人的口腹之欲，而让万千生灵碎身刀俎，这岂不也是作孽？又转念一想，世间万事，皆有因果业报，今为刀俎，明为鱼肉，原本也脱不了轮回之道。今既不能断人口腹之欲，也不能立免这些水族的无妄之灾，何不每日里念些经文，一来为这些葬身口腹的鱼鳖超度，二来也广施佛法，让众生得免轮回之苦。她想起《金光明经》中的一则故事，说是有个叫流水的长者，他的儿子有一次救了一个即将干涸的水池中的鱼，给它们水和食物，又跟它们讲说大乘经典，让它们死后同升忉利之天，共成正果。于是，就在每日夜间，让长工媳妇陪她到公庐边上，设坛打坐，对着水面念诵往生、大悲、波罗蜜多诸经咒，一年四季，风雨无阻。遇上雨雪天气，就让长工媳妇给她戴个斗笠，披上蓑衣，口中照样念念有词。这样，过了一些时日，水面上探头探脑、摇头摆尾的鱼鳖果然少了许多，又过了些时日，居然风平浪静，满公庐的鱼鳖，都不见了踪影。长工媳妇觉得好生奇怪，回去就跟长工说了，长工说：“怕是信了太太念的经，也躲到鱼庐里修炼去了。”

有天夜晚，月朗星稀，风平浪静，想生的太奶奶像寻常日子一样，又在公庐岸边打坐念经。念了片刻，长工媳妇忽然发现，那些躲起来了的黄鳝泥鳅、乌龟甲鱼，又浮出了水面，只是不再像以前那样，摇头摆尾，藏身露脑，密密匝匝的，乱成一团，而是都朝着太太打坐念经的方向，上上下下地忽闪，就像听人说话，在点头应答一样。长工媳妇就想，难不成它们真的听懂了太太念的经文？就轻轻地推了太太一下，示意她朝水面看看。等到想生的太奶奶睁开眼睛朝水面一看，水中的那些黄鳝泥鳅、乌龟甲鱼，竟齐刷刷地朝着她不停地点头。想生的太奶奶见此情景，便想起生公说法、顽石点头的故事，于是就对着这些黄鳝泥鳅乌龟甲鱼说："尔等既已领受佛法，就当各自随缘，无须在此盘桓，速速去吧。"说完用手一挥，不消片刻，水面竟动静全无，明澈如镜，就像被月光融化了一样。

想生的太奶奶在公庐边打坐念经，对近在咫尺的程先生视而不见，听而不闻。连对夜间陪想生的太奶奶念经，每日里仍然少不了要做这些鱼鳖给程先生吃的长工媳妇也问都不问一声，让程先生照样享他的口腹之欲，仿佛压根儿就没有这事一样。一向嘴紧的长工媳妇终于有一天忍不住把她见到的奇观跟程先生说了，程先生哦了一声，仍不以为意。心想，这不过是礼佛之人自炫其诚，心生幻觉罢了。直到有一天，程先生发觉饭桌上少了他最喜欢吃的那道菜肴，才禁不住问做饭的长工媳妇，这是为何。长工媳妇没好气地说，这大冷天的，钻洞的钻洞偎泥的偎泥，哪还见得到黄鳝泥鳅、乌龟甲鱼！程先生遭这一顶，就像吹足了气的猪尿泡，突然被人扎了个洞，连回句话的气都提不上来，只好一个人站在那里嗫嗫嚅嚅地唧咕："那……那……那以后就吃不到了。"长工媳妇说："也不是吃不到，到过年干庐就有吃的了，想吃几多就吃几多，只怕到时候太太不要我杀生，你就吃不成了。"见还存有一线希望，程先生也不管太太到时候让不让，就急切地问："何谓干庐，为何要等到过年？"长工媳妇见先生这样急切，就有意逗他说："干庐你也不晓得，到过年你就晓得了。"听了这句车轱辘话，程先生哦了一声，还是不明就里。从此以后，就像三岁孩童一样，日里夜里都盼着早点过年。

七

说话间，就到了十冬腊月，年关在即，家家户户，无论穷富，都在忙年。当地风俗，每到年关临近，有鱼庐的家庭，都要用水车把鱼庐里的水车干，取出里面的龟鳖鱼虾、莲藕蒿芭，供过年食用。想生的太爷爷的爹当年就是眼羡人家鱼庐里的出产，才决意要儿子也为自家挖一个鱼庐，岂料儿子的心大，挖的竟是一个合族共用的公庐。这公庐在养成之后，想生的太爷爷的爹生前也见过几次干庐。鱼庐里的水车干后，总是由族里的长老出面，先分了鱼庐里公共的出产，这些出产大半是在公共的水域里繁殖生长的各色鲜鱼，水下的莲藕和长在公庐岸边、庐中岛沿的蒿芭荸荠慈姑水芹之类的水菜。想生的太爷爷说，这是公产，理应由族人共同享用。公产之外的，就是各家各户私庐里的出产，谓之私产，理当归各家各户所有。与公共水域的出产不同，私庐里的出产，大半都是些黄鳝泥鳅、乌龟甲鱼。这是因为，私庐都是单个的洞穴，又有蒿芭荸荠慈姑水芹的根须密布其间，适合黄鳝泥鳅、乌龟甲鱼深藏，游鱼很少入内。藏量的多少，并无定数，全凭各家运气。干庐的程序是先分公产，后取私产。分完公产，取尽私产之后，照例也要抢庐。这是湖区的百姓年前最后一个狂欢节日，比年后舞狮子耍龙灯要狂野得多。

抢庐也是当地的风俗，一来是图个热闹，二来也是讨个喜庆。干庐是为年饭备料，像吃年饭一样，是件大事，也讲究个年年有余。主家把鱼庐里的水车干以后，一般都不将庐中鱼鳖取尽，而是有意留下一些来供人哄抢。哄抢的时候，主家着人在岸边用掀板朝人群泼洒烂泥，抢的人便在泥水中打滚，嘻嘻哈哈地闹成一团。待到抢完之后，不论所得多少，都兴高采烈，心满意足，仿佛人人都抱回了个金元宝。有那细心的主家，看那抢得少的，或打空手的，还要送上几尾鲜鱼，说是捡他抢漏了的，这样，便皆大欢喜。往常时节，抢的都是各家各户的小鱼庐，所得有限，这回听说要抢一个全族人共有的大公庐，想必大有收获，所以除了本村的人之外，四乡八镇还来了不少专程前来的抢庐之人。来人聚集在公庐岸边，像车水的水车一样，把鱼庐团团围定，只等一声呼喝，便扑进鱼庐。

晌午时分，太阳金晃晃的，想生的爷爷脱光了衣裤，只在腰间围了一块围裙，手里提着个木掀板，站在公庐中间的小岛边上，看看岸边跃跃欲试的人群，突然大喝一声："开抢！"人群便像江堤决口，呼地一下冲进鱼庐，鱼庐里顿时泥水飞溅，抢庐的人拉拉扯扯，推推搡搡，你争我夺，搅成一团。想生的爷爷居高临下，左一掀板右一掀板地朝人群泼洒脚下的烂泥，一边寻找那些重点关注的对象。有那搅成一团的，就连着送去几大掀板烂泥，意在助兴，也佯作驱赶。有那缩手缩脚，试试探探，生怕跌进泥水，污了衣衫的，就瞄准了，劈头盖脸地洒上一掀板。都成了泥人儿了，不怕你不豁出去抢。也有那个子小的，气力弱的，抢了半天，不但一无所获，还常常被人群挤得站立不稳，踉踉跄跄的，这时候，想生的爷爷就撮起几条鱼，借着泼泥之机，准确地送到那人脚下。精明点的往往心照不宣地望想生的爷爷笑笑，以示感谢，也有那实在不开窍的，得了鱼还要抬头望天，不知道这天上的馅儿饼是怎么掉下来的。站在岸上看热闹的，就攒足了劲起哄，想生的爷爷每洒出一板烂泥，不管泼到哪里，都要发出一声喝彩，就好像戏台上的角儿出台亮相一样。

这日天上无风，想生的爷爷赤着上半身，不但丝毫不觉得冷，相反，泼洒了半日烂泥，自己也成了个泥人儿，被这满身的泥袍一裹，自觉比穿着衣裳还要暖和。向晚时分，鱼庐里的鱼抢得差不多了，抢庐的人也意兴阑珊，除了不死心想捡漏的还恋恋不舍，都跟着看热闹的家人先后散去。想生的爷爷也扛起掀板，准备上岸。但就在他转身的一瞬间，忽然发现一个半大孩子在他脚下的一片蒿芭丛边摆弄一条黄鳝。这条黄鳝不过笔杆粗细，因为沾了烂泥，滑溜无比。抓黄鳝的孩子看样子也不内行，不是用指爪去套，而是用巴掌去捧，结果就不免一次次从他的掌中滑脱。想生的爷爷在旁边看了着急，就伸出手去，用中指猛地卡住黄鳝的腰身，又用食指和无名指同时发力，那条黄鳝就像被铁钳钳住了一样，被想生的爷爷稳稳地抓在手里。想生的爷爷一边把手中的黄鳝放进孩子随身带的布袋里，一边说："快回去吧，不早了，晚了大人着急。"谁知这孩子却朝着那蒿芭丛后边一指，意思是蒿芭背后的鱼庐里还有。想生的爷爷适才放黄鳝的时候，看这孩子的布袋里空空如也，就想到一定是怕打空手回去挨骂，就说："好，好，好，我帮你再抓几条。"于是就伏下身子，用两条臂膀扑扇着泥水，像两把蒲扇一样，朝鱼庐里鼓荡。一会儿，鱼庐里果然又跑出几条黄鳝，想生的爷爷都一一抓起来，装进孩子的布袋里，这才拉着孩子的手，一起爬上岸去。直到这时，想生的爷爷才感到先前还暖和的身子，适才被冰冷的泥水一泡，浑身上下，到处都冷飕飕的。

这天，因为鱼庐的事忙得晚，程先生就留想生的爷爷在塾馆里一起吃晚饭。塾馆里平时只为程先生一个人开伙，想必十分孤单，想生的爷爷也就答应留下来陪陪先生。他正想到灶间问问弄饭的长工媳妇有什么好吃的，却见一个年轻姑娘端着饭菜从灶间走了出来。想生的爷爷正感吃惊，程先生却指指想生的爷爷，又指指那姑娘说：“都见过了，见过了，你们是相见不相识，我还是来报个家门吧。”接着就指着那姑娘对想生的爷爷说：“这是小女，大名慧梅，小名灵儿。”又对慧梅说：“这是你的师兄，就是帮你抓黄鳝的那人，大名孝先，小名白鳝。”那姑娘听了，禁不住扑哧一笑说：“刚抓了黄鳝，又碰上白鳝，想必我跟鳝鱼有缘。”想生的爷爷也笑，却笑得满脸通红。

三人一边吃饭，一边说话，言谈间，想生的爷爷才知道，原来程先生的女儿是来接父亲回家过年的。来了以后听说父亲这些日子吃不上他的心爱之物，心有戚戚，又听说今日干庐，抢庐时说不定能抓到几条黄鳝泥鳅，捉到几只乌龟甲鱼，就瞒着父亲，提了一个布袋，跟着人群来到公庐边上。山里长大的慧梅，不知道抢庐是怎么回事，等到稀里糊涂地跟着人流来到公庐边上，还没站稳，听得一声呼喝，就被人流挤进了鱼庐，而后又不断有泥水劈头盖脸地泼洒过来，不到片刻工夫，就被浑身的烂泥裹得严严实实。慧梅本来个子就小，让烂泥一裹，不辨头脸，分不清男女，也看不出年纪大小，最后躲到一个角落里想抓一条黄鳝，竟被想生的爷爷误认为是哪家的小子。现在，这小子就坐在自己面前，原来竟是一个长得这么好看的山里妹子。湖区的姑娘长年遭风吹浪打，很少有像慧梅这样长得细皮嫩肉的。想生的爷爷一边埋头往口里扒饭，一边趁搛菜之机偷看慧梅，扒一口饭，看一眼，又扒一口饭，又看一眼，好像慧梅也是碗里的一道菜，不夹一筷子，这口饭就不能下咽。一来二去的，看得慧梅不好意思，就借口收拾锅灶，起身去了灶间，把程先生和想生的爷爷撂在饭桌上，半天都不出来。

想生的爷爷偷看慧梅，程先生都看在眼里，等慧梅进了灶间以后，程先生就问想生的爷爷："么样，看得中吗？"想生的爷爷这时候满脑子还是慧梅，没醒过神来，听先生突然这样一问，不知如何回答，只望着先生呵呵呵呵地傻笑。程先生也笑着说："别不好意思，师徒如父子，你那点心思我看得出来。不瞒你说，我也有意把小女许配于你。慧梅从小没娘，是我一手拉扯大的，吃得苦，下得地，屋里屋外的事，样样都会，你今天吃的这桌饭菜，就是她亲手弄的，她来的这几天，我就让她接手弄饭，怎么样，还吃得吧？"到这时候，想生的爷爷才想起来，适才的饭菜，确实很对自己的胃口，菜里面竟有一盘韭菜炒黄鳝，莫非就是他帮着抓的那几条？就随口问了一句："那盘韭菜炒黄鳝也是她做的？"程先生见问，就提高了声气说："当然。这是我们老程家家传的一道菜，起先是我娘在做，后来是慧梅她娘在做，现如今轮到慧梅亲自动手，只是少了野葱，换成韭菜，味道淡了不少，日后叫慧梅从山里带些野葱炒给你吃，保险你放不下筷子。"听先生说话的口气，都成一家人了，还有什么好说的！再说，自己的父亲四海云游，浪迹天涯，母亲全心礼佛，不问世事，先生如父母，他老人家的意思，也就是父母之命，想生的爷爷就在饭桌边站起身来，对程先生深深地鞠了一躬说："全凭先生做主。"

听长工的媳妇说想生的爷爷应了慧梅这门亲事，想生的太奶奶的心里只咯噔了一下，就复归平静。儿子大了，婚姻大事，本该由他做主，就算还在前朝，不是民国，也轮不到她这个礼佛之人操心。只是，一瞬间，她又想到了那一池子的黄鳝泥鳅、乌龟甲鱼，从此就不免永堕口腹之欲，万劫不复。想生的太奶奶不敢往下多想，就止住念头，口中不停地念道："我佛慈悲，众生普度。去彼岸界，得大菩提。揭谛揭谛，波罗揭谛。波罗僧揭谛，菩提萨婆诃。"

八

想生的爷爷应下这门亲事的时候，不过十七八岁的年纪，慧梅也就十五六岁。乡下人结婚早，程先生本想当年就把他们的婚事给办了，不想这年夏天，发了一场大水，就耽搁了下来。大水期间，湖区人没个去处，纷纷到上乡的山地躲水，有了这层关系，想生的爷爷自然就想到了程先生在后山的家，于是就收拾了些随身衣物，把自己的母亲送到程先生家暂避。程先生虽然家道中落，但山地还有几亩，房屋还有几间，加上自己的课徒所得，日子也还过得去。平日里有本房的叔伯兄弟家帮着种那几亩薄地，照应慧梅的生活，他也不太操心。现在好了，未来的女婿和亲家母都来了，虽不是入赘上门，也算是在一起过日子了。想到日后还得跟着女儿女婿养老送终，程先生觉得这场大水成全了两家的好事，来得正是时候。

安顿了母亲之后，想生的爷爷就想着回去封盖一下鱼庐。自从父亲开了那个公庐之后，自家也就成了公庐之主。村人各家有各家的事，在这个公庐中的私庐之外，也有各家自己另开的鱼庐，难免不怀着各自的私心，没有非要他们帮衬不可的事，平时一般都不要他们出钱出力。现在，大水来了，就更别指望他们了。慧梅听说想生的爷爷要回村去盖鱼庐，就自告奋勇地跟去帮忙。程先生也乐意他们搭帮干点事，日后好在一起过日子，虽然也担心慧梅不会水性，想想还是让她去了。

封盖鱼庐是有鱼庐的人家在发大水的时候，必定要做的一件事。一般是趁水头还未完全到来的时候，就在鱼庐周围打下木桩，再用麻绳或铁丝纵横交织编成一张大网，然后又在这张大网上密密麻麻地敷上破旧渔网封盖起来，以便大水过后重启鱼庐，不至于被泥沙填实。这年的大水来得急，各家各户的鱼庐还未来得及封盖，内湖外湖就汪洋一片，村民只好顶着风浪，在深水中下桩盖网。

慧梅从没下过湖，也没坐过船，更不用说坐船在风浪中颠簸，上船以后，就头晕眼花，站立不稳。到了鱼庐附近，想生的爷爷就抱着木桩下水，让慧梅坐在船上不动，等到鱼庐周围都打上了木桩，才让慧梅帮着把船上的铁丝放下来编织成网。想生的爷爷把着木桩的那头，一根一根地固定铁丝，慧梅在船上比着对应的木桩，按需要的长度剪断铁丝，等着想生的爷爷固定了那边以后，再来拴牢这边的铁丝。两人就这样配合着把鱼庐上面的铁丝网都编织好了，正要把船上的那些破旧渔网卸下来敷到铁丝网上，突然一个浪头打来，慧梅在船上站立不稳，一个趔趄，竟从船板上栽了下去，等到想生的爷爷从鱼庐这边拼命划到小船旁边，慧梅早已不知去向。湖滩上各家各户开的鱼庐很多，都未来得及封盖，大水来了以后，内湖外湖连成一片，风推浪涌，流急涡旋，不知道到哪里去找。找了半日，见无结果，看看天色将晚，想生的爷爷只好驾船返回，连夜赶往后山。

慧梅的死，对程先生来说，有如晴天霹雳，五雷轰顶，不久便病倒在床，一蹶不振。想生的太奶奶一向认为程先生作孽太深，迟早要遭报应，这时候也心有不忍，天天在菩萨面前念经，为慧梅的亡灵超度。还特意到后山庙里去请师父为慧梅做了一场法事，自己又陪着念了一场经。庙里的师父有些是当年跟程先生一起玩耍的小伙伴，听说是程先生的女儿，也格外用心。后来，大水退了，慧梅的尸身找到了，原来是被大水卷到了一个鸭笼里面。鸭笼是一个酒甑大小的竹罩，慧梅静静地躺在里面。看见的人说，鸭笼上还沾满了水草，爬满了水蛇黄鳝，远远看去，就像把戏班子搭的棚子。想生的太奶奶觉得这事这样蹊跷，必定有菩萨显灵，就在去庙里行香的时候，跟一个与程先生相熟的师父说了。师父说："这是自然，程先生虽然好食鱼鳖，杀生无数，但与慧梅姑娘无关。众生平等，各结善缘。再说施主为程先生的口腹之业，竭尽慈悲，广布佛法，也当得果报。”想生的太奶奶说：“我不过是为公庐里的黄鳝泥鳅、乌龟甲鱼念了几部经典，怎么就报到了慧梅姑娘身上，让这些水族都去护持慧梅姑娘的尸身？”师父说：“善哉，佛法无分别之心，施主既已让公庐里的黄鳝泥鳅、乌龟甲鱼开悟，焉知其他水族就不能证悟佛法，既悟佛法，则我佛慈悲，众生普度，护持一下慧梅姑娘的尸身又有何奇？”师父的这番话，想生的太奶奶并未完全听懂，她自知自己的根底太浅，修炼不深，还未得佛法要领，就决意在庙里跟从众师继续修炼，稍得佛法，便行剃度。庙里的师父说：“施主既发此愿，就可在这寮房住下，潜心修行，做个常住的居士即可，不必剃度。”想生的太奶奶后来就一直住在庙里，再也没有下山。大水过后，想生的爷爷见程先生孤身一人，无人照顾，就带着他一同回到村里。

最先发现慧梅的尸身的，是邻村的一个放鸭的姑娘，名字里也有一个慧字，名叫慧芹。慧芹家的鸭棚就搭在湖滩中间的一块高地上。大水过后，慧芹想把大水冲垮的鸭棚收拾一下，重新搭建起来。走近鸭棚，发现住人的茅棚和圈鸭的篱笆，都被冲得七零八落，但鸭棚中间的空地上，却有一个罩鸭子的鸭笼立在那儿，纹丝不动。走近一看，见鸭笼上面沾满了水草，里面还爬了些水蛇黄鳝之类的活物，鸭笼里面的泥地上躺着一个人。虽然面目不清，但从那披散一头的长发，却看得出是一个年轻姑娘。那姑娘显然已死去多日，但尸身却完好无缺，像睡着了一样躺在一摊烂泥中间。烂泥中有小鱼小虾，有泥鳅螃蟹，蹦蹦跳跳，好像要逗醒她，陪她玩耍一样。慧芹知道鸭笼内外的这些水蛇黄鳝、小鱼小虾和螃蟹泥鳅，都是因为水退得急，一时跟不上水头退去，留在这鸭笼内外暂时栖身的，就轻轻移开鸭笼，把这些水蛇黄鳝、小鱼小虾、螃蟹泥鳅用篓子装起来，倒到附近的一个鱼庐里面，而后再打一桶清水，细细地擦洗那姑娘的尸身。等到擦洗完毕，又脱下自己的罩衣给姑娘穿上。经过这一拾掇，这姑娘就像又活过来了一样。慧芹让她躺在自己身边，再转身去收拾鸭棚鸭圈，还时不时回过头来，跟躺在地上的姑娘说几句体己的话，就好像自己的亲姊妹一样。慧芹说："我也不晓得你是谁家的媳妇还是谁家的姑娘，看你这身段轮廓、眉目头脸，生前一定是个俏姐儿，怎么就这么没福气呢。你那口子要是晓得了，还不哭死，就是没出嫁，你的心上人也要伤心得背过气去。还是我这样好，心里没有个人，无牵无挂，哪年大水把我卷走了，我就去给你做伴儿去。"

正这么说着，慧芹忽然听见身后有脚步声响，知道有人来了。回头一看，原来是自己的冤家对头，邻村的后生白鳝，就没好气地说："你跑到我的地盘上来干什么？"白鳝也没好气地回答说："你把我要找的人藏起来了，还问我到你的地盘上来干什么，干什么，找你要人。"慧芹一听，顿时火冒三丈，就冲着白鳝说："谁藏起来啦，谁藏起来啦，人不就在这儿躺着吗，她是你什么人哪，是你媳妇哇，还是你的相好哇，还找我要人，真是'狗咬吕洞宾，不识好人心'，不是碰上我，她就该烂在泥巴里了。"慧芹的这一顿乱棒，打得白鳝既无招架之功，更无还手之力，只好嗫嗫嚅嚅地说："还不是我媳妇，也不是我相好，是程先生的姑娘。"慧芹一听是程先生的姑娘，满肚子的火气顿时烟消火灭。她没入过学，但认识程先生，也知道程先生的姑娘跟白鳝订婚的事，就说："未过门的媳妇也是媳妇呀，不看好自家的媳妇，怎么让她淹死在湖滩上啦，亏你还是个男人。"白鳝说："帮我封盖鱼庐被水冲走了。"慧芹一听鱼庐，刚压下去的火气，噌地一下又蹿上来了，就又没好气地说：

“帮你封盖鱼庐，还好意思说！你那头公骡到底要害多少人才够？害了我的鸭子瘸腿不说，如今又害程先生的姑娘丢了性命。”白鳝说：“不是公骡，是公庐，我的公庐又碍着你什么啦，你的鸭子到公庐里吃了我的鱼苗，我还不该管管哪？”慧芹说：“管哪，管哪，这下管得好吧，把自己的媳妇也赔上了，再管，我看你自己也得搭进去。”白鳝说：“借你的吉言，到时候就等你来帮我收尸哭坟。”慧芹说：“美得你，到时候就让你在这湖滩上，听野狗拖，猪娘拱，老鸹啄。”说完，自己禁不住笑起来了。发泄过了，就又和颜悦色地说：“说吧，你打算么办？”白鳝说：“么办，只能在这堤坝上找个地方埋了，我娘留在庙里，程先生我带回来了，往后只有我为他养老送终。”慧芹说：“这样也好，有我们跟她做伴，她也不孤单。”白鳝当下就回村里去把这事跟程先生说了，怕程先生伤心，也没让他去看，就择个日子把慧梅葬下了。

九

说起来，想生的爷爷和后来成了想生的奶奶的这个慧芹，还真是一对冤家。两人虽然不同村，但一年四季，几乎天天见面。慧芹从小就没了父母，跟着爷爷长大，一直在鸭棚里陪爷爷放鸭。慧芹家的鸭棚和想生的爷爷读书的塾馆，就隔着一个公庐。慧芹每天看那些学生出出进进，听塾馆里传出来读书笑闹的声音，眼羡得要命，有时就故意使坏，趁他们不注意的时候，把鸭子赶进公庐，让它们在里面觅食。鱼庐里，春夏有昆虫鱼虾、水藻浮萍，秋冬有芡实菱米、螺蛳蚌壳，还有莲藕芽子、蒿芭心子、荸荠根子、水芹蔸子、慈姑禾子，都是鸭子爱吃的食料。只是鸭子进庐，就像鬼子进村，凡是它喜欢吃的，不管该不该吃，吃的是时候不是时候，都扫荡干净。对鱼庐的主人来说，损失一点鱼虾倒不打紧，还可以留下点鸭粪做鱼的食料。把鱼庐的水搞浑了，种的东西踩烂了，也不要紧，等水清了，过些时日再长起来就是。唯独在母鱼撒子公鱼放白，或乌龟甲鱼下蛋的季节，倘若让鸭子进了鱼庐，把沾在蒿芭荸荠慈姑水芹和各种水草叶子上的鱼子鱼白都撮着吃了，或把乌龟甲鱼蛋也踩碎吞了，那就是做了一件断子绝孙的事，鱼庐的主人要是发觉了，就要跟你拼命。慧芹有时候就免不了做下这种让公庐的水族断子绝孙的事，所以想生的爷爷有几次都想把慧芹抓住痛打一顿。无奈想生的爷爷从小嘴巴就笨，每每事到临头，还没等动手，嘴巴就吃了败仗。慧芹也就乐得把这个笨嘴笨舌的白鳝当作下饭菜，时不时要找点事逗弄他一下，自己寻了开心，却要给他找点不痛快。

让白鳝不痛快的慧芹，做梦也没有想到，白鳝不敢给她找不痛快，有人却饶不了她，这人就是白鳝家的长工。长工虽然也知道慧芹姑娘有时候是跟白鳝逗着玩儿的，但在鱼撒子鳖下蛋的季节，放鸭子到鱼庐里糟蹋鱼种，他却不能不管。于是就去湖堤上砍了些猫儿刺，敷到公庐中的小岛上。鸭子到公庐觅食，必在岛上盘桓，或从岛上经过，都要踩到这些猫儿刺。踩上之后，轻则破皮，重则穿洞，雄赳赳的鸭阵就免不了要成为瘸腿的残军。慧芹自然要把这事怪到想生的爷爷身上，想生的爷爷本来口拙，这时候更是百口莫辩，搞急了，只好赌咒发誓说："我要是害了你的鸭子，日后就让你的鸭子把我啄死。"

日久天长，慧芹和想生的爷爷就这样冤家对头地好上了。过了几年，想生的爷爷就由程先生做主，把她娶了过来。慧芹过门以后，好几年没有生育，程先生就托人在后山抱了一个孩子，这孩子后来就是想生的爹。帮忙抱孩子的是个稳婆，这稳婆知道想生的爷爷有个亲娘在后山的庙里修行，抱孩子下山的时候，就留了个心眼，特意绕道到庙里去跟想生的太奶奶知会一声。稳婆对想生的太奶奶说这事的时候，想生的太奶奶还在念经，对这事并不在意，只是在稳婆要她跟孩子取个名字的时候，才抬头看了孩子一眼。看这一眼的时候，想生的太奶奶的口里还念着经，稳婆正好听到想生的太奶奶口里吐出卵生两个字，以为这就是想生的太奶奶给孩子取的名字，于是就抱着孩子欢天喜地地离去了。到了想生的爷爷家，稳婆把孩子的奶奶给孩子取的名字告诉了家人，还绘声绘色地把当时的情景描述了一番。想生的爷爷和慧芹都觉得莫名其妙，生孩子又不是母鸡下蛋，还能从卵里爬出来呀，都说是稳婆听错了。程先生在一旁却说："想必老太太当时正在念《金刚经》,《金刚经》的经文中说，'诸菩萨摩诃萨，应如是降伏其心：所有一切众生之类，若卵生，若胎生，若湿生，若化生，若有色，若无色，若有想，若无想，若非有想，非无想，我皆令入无余涅槃而灭度之'。"稳婆一边听一边眨巴着眼，听到若卵生三个字，就把巴掌一拍说："是，是，是，就是这个，老太太就是这样说的。"程先生说："既然是从孩子的奶奶口里说出来的，管他是么事，就叫卵生吧。抱人家的孩子，等于是到人家的鸡窝里取蛋，不是卵生还能是自家的肚子里掉下来的呀？"说得慧芹满脸通红，也不敢作声。

卵生十来岁的时候，世道就变了，田地归到一起，鱼庐不准私有，公庐也就名副其实地成了公家的鱼庐。成了公家的鱼庐之后，合作社还是让想生的爷爷代管，卵生于是就跟着他爹成了鱼庐的管理员。说是管理员，其实既没有什么可管，也没有什么可理的。合作社加固了内外湖之间的堤坝，又整修了内外湖通水的水闸。湖汛来了，打开水闸，想往内湖灌多深的水就灌多深的水，外湖的鱼鳖少不了要跟着潮水涌进来。等外湖的水退了，打开水闸，内湖的水一样是想放多少就放多少，留下来的鱼鳖都落了窝，照样跑不了。

想生的爷爷只要带着卵生看看水情，管好水闸就行。慧芹的爷爷已过世多年，跟白鳝成亲以后，娘家没了人，慧芹就把鸭棚带过来入了社。没有鸭子祸害，鱼庐就更没有什么事可管了。合作社扩大升级，成立人民公社，想生的爷爷不久就当了生产队的大队长。当了大队长以后，想生的爷爷就把公庐的事都交给了卵生，卵生也就顺理成章地当起了公庐的管理员。

卵生当公庐管理员那时节，各家各户的鱼庐都填了，种上了稻子，队里的劳力一年四季都扎根在稻田里，没工夫下湖捕捞，过年过节吃鱼，就得靠这座公庐。公庐的出产少，一年就干一次，遇到临时来个客人，办个红白喜事要吃鱼，还得着人上街去买。有一次卵生上街买鱼，跟一个外地来的鱼贩子搭话，问他的鱼是从哪里贩来的，鱼贩子说，不是贩的，是自家养的。卵生在湖边长大，从小到大，只知道吃鱼就到湖里去打捞，没听说还有自家养的，就向鱼贩子打听了一些养鱼的知识，回去以后就琢磨着在公庐里养鱼。那时候还没有人工繁殖技术，卵生就照鱼贩子说的方法，到沿湖的河沟港汊去找鱼苗，找到一群鱼苗就小心翼翼地舀到桶里挑回来。挑回来的鱼苗倒进鱼庐以后，卵生就天天守在鱼庐边上，盼着它长大。只是过了一些日子，鱼庐里的鱼苗不但未见长大，有一天却见水面上漂满了白花花的死鱼。鱼贩子明明说，养鱼不难，把找到的鱼苗倒在塘里养着就是，怎么轮到我就养不活了呢？这让卵生大惑不解，于是就带上干粮四处打听养鱼的方法。湖区的人像卵生一样，只知道水里的鱼自生自长，很少见过捞鱼苗来养的，更不晓得是怎么个养法，卵生在外面转了好些日子，走遍了偌大一片湖区，一无所得，只好打道回府。

这日天色将晚，卵生正在一个湖汊子里走着，忽然发现不远处的湖岸边，搭着一个水棚，就想进去讨口水喝，借住一晚，明日再接着赶路。卵生知道，但凡在湖边搭水棚的，多半是些怪人奇人，不是脾气古怪的，就是身怀绝技的。脾气古怪的，跟常人不能相处，有时连家人也不能容，就到湖边搭座水棚，离群索居，一个人过日子。身怀绝技的，大半是无儿无女，世代传下来的捕鱼绝活，不想传给外人，像怀揣秘籍宝典的武功师傅一样，一个人躲在湖边操练。卵生就听说过一个外号叫精古的老人，七十多岁了，大冬天的还打赤膊下湖，摸脚迹抓鱼，莫非这水棚里住着的，就是精古？正这样想着，就听见水棚那边有人喊叫："嗨，我说过路的，要过夜吗，正好，我这儿有酒，快过来陪我喝几杯。"卵生听唤，便加快脚步，朝水棚奔去。

进得水棚，见刚才唤他的，果然是位老者。老者见了卵生，也不答话，就把倒得满满的一杯酒递给卵生，说："喝，喝下去再说话。"卵生赶紧摆手说："我喝不倒酒，这杯酒喝下去就说不了话了。"老者冲卵生嘻嘻一笑说："嗨，哪儿的话，酒有么事喝得倒喝不倒的，喝了不倒才好，哪有年轻人喝不倒酒的，我像你这个年纪，喝了就倒。"卵生知道老者在故意跟他逗笑，就接过酒杯，轻轻地抿了一口。这一口下去不打紧，直把卵生的五脏六腑都快呛出来了。老者见状，也不理会，只顾一个人在旁边自斟自饮，等到卵生咳定了，才放下酒杯，像没事人儿一样，冲卵生一笑说："酒可是个好东西呀，酒能强身壮胆，就是数九寒天，你给我一碗酒，我也敢打赤膊下湖。"听说数九寒天敢打赤膊下湖，卵生禁不住脱口就问："老人家想必就是精古，我今天算是遇到神仙啦。"说完，竟端起酒杯，把剩下的酒喝得干干净净。见卵生放下酒杯，不咳不喘，老者就说："么样，会喝了吧？酒合人性，你不想喝它才呛你，你想喝了，它就让你舒服得像神仙！我不是神仙，是不是精古也不要紧，我这个人有点精古精怪，这倒是真。"

酒过三巡，老者自认卵生已成了他的知音，就当着卵生的面，讲了他的一段精古精怪的故事。老者说，他原本是不远处的许家汊一个佃户的儿子，帮着他爹租种几亩湖田，平日里也下湖捕鱼捞虾，贴补家用。他爹的东家姓许，很有钱，是沿湖一带有名的大财主。听说许财主的祖上是吃水上饭的，杀人越货，干了不少伤天害理的勾当，积下的财富传到他这一代，生怕遭到报应，就想做些好事讨好菩萨，得知这个佃户的儿子天天下湖弄鱼，就让他帮着抓些乌龟甲鱼放生。许财主在湖边修了一个大水池子，抓来的乌龟甲鱼都养在这个池子里，等积得多了，就择个黄道吉日，请了和尚道士做起法事，到湖上放生。

这件事本来与抓乌龟甲鱼的孩子无关，你让我抓我就抓，抓来了是杀是剐，是放是留，悉听尊便。偏偏这孩子从小就精古精怪，什么事都要过脑子想一想。就想，这些乌龟甲鱼活得好好的，偏要把它抓回来，抓回来不吃，又要放回去，还装神弄鬼搞得这样闹热，这不是“脱裤子放屁——多此一举”吗？就趁有一次放生的时候，把这个疑问跟做法事的一个小师父说了。小师父一边念经，一边扭过头来说：“按理说，放生是行善事，应当随缘，不可刻意。佛言，若见世人杀生，就当方便救护，解其苦难。哪有捉了放、放了捉的道理，这不是放生，这是作孽啊。”小师父说完，又怕主家听见，就赶紧转过身去念经，从此以后，这孩子就留了一个心眼，把捉来的乌龟甲鱼让管家看过之后，又背着管家都放了。等到有一天东家请来了和尚道士，搭起了高台准备放生，却发现水池里空空如也，就找来孩子拷问。孩子也不抵赖：“是我放的。”东家说：“你为何要放？”孩子说：“你放我放不都是放，你放得，我就放不得？”遇到这样的犟种，东家也无可奈何，就把租给他家的几亩湖田都收回去了，一家人衣食无着，气得他爹把他痛打了一顿，丢给他一张破席，就把他赶出了家门。孩子在外流浪的时候，碰到了一个养鱼花的怪人，学了养鱼花的本领，成年回来后就在这里搭了个水棚，也以养鱼花为生，合作化了，也不回去。

卵生见过荷花、菊花，也听说过梅花、桂花，却不知道鱼花为何物，为何还要人养，就问老者。老者也不答话，径自起身说“你随我来”，就把卵生带到了水棚外面。水棚外面有高低两道塘堰，低处比湖面略高，两边朝湖面敞开，中间有一片浅滩，高处连着一条通向湖汊的小河，里面蓄满河水。老者说，春夏季节，湖鱼产卵，会顺着低处的塘堰，游上浅滩，浅滩上有碎石水草，适合鱼卵孵化。到湖水退去，就用细网拦住低处的堰口，让高堰的河水不断冲击浅滩，让孵化成形的小鱼在活水中长大。长到麦芒粗细，水面上密密匝匝的一片，像撒满了花瓣，这就是鱼花。鱼花出来以后，就有外地的鱼贩子来买，挑回去卖给养鱼的人家。老者只卖个衣食钱，其余的都决开堰口，放到湖里去了。

十

从外面转了一圈回来以后，卵生才知道鱼是不好养的。鱼贩子不过是随口一说，并没有认真教他。养鱼也像养孩子，得有许多讲究。于是就照老者的说法，清理了鱼庐，修整了围岸，引入了活水，又在岛上铺上碎石细沙，用线草扎成鱼巢，还准备了鱼爱吃的麸皮、豆饼、碎米、谷糠和新鲜草料。一切准备就绪，就等着到时候鱼撒子、鳖生蛋。老者说，野生的鱼花在江湖里好活，捞回去以后，一路颠簸摇荡，又换了一个地方，像人一样，认生，活起来就难，不如自家塘里的鱼产的子更好养。这年春夏，到了鱼撒子、鳖生蛋的时节，卵生的公庐里果然鱼翻鳖伏，你追我赶，泼刺连声，唧咕一片，热闹非凡。过了些日子，水面上就像入春的柳芽，密密匝匝地铺满了鱼花，小岛的沙滩上，也有小指甲盖大小的龟鳖幼仔，满地乱爬。看着这番景象，卵生就想，这也是天意，自己是抱来的，轮到自己养鱼，却是自家养的，难不成老天觉得亏欠了我，要给我一点补偿？鱼苗多了，公庐里养不下，队上就挖开了先前填上的几家鱼庐，分开来养，管的鱼庐多，卵生也就成了大队的副业生产队长。

卵生养鱼的事，很快就传出去了。沿湖一带的生产队，都派人前来参观取经，也想回去自己养鱼，扩大副业生产。县里还办了一个学习班，特意请卵生去传经送宝。卵生说他刚学会养鱼，谈不上经验，也没有宝贝。学习班的老师说："你就照实了讲，你是么样想的，又是么样做的就行。"卵生于是就实话实说，在学习班上讲了一下他自己摸索的养鱼的门道。卵生觉得自己讲得不好，讲完了以后，看见满教室的人都傻呆呆地望着他，就想赶快从讲台上逃走。正在这时，耳边突然响起了哗哗的掌声，他只好又转过身来，不停地朝台下鞠躬。

学习班上有个叫月秀的姑娘，是县水产学校的学生，听说有这么个学习班，就跑来旁听。课堂上讲的都是空对空的理论，她想实打实地看看，鱼到底是怎么养的。听完了卵生的介绍以后，还不满足，硬缠着卵生带她下去看看。卵生从小害羞，怕跟女孩子打交道，被缠得没法，只好在学习班结束后，把月秀带到公庐边上，仔仔细细地讲了养鱼的过程和方法。月秀觉得眼界大开，之后就不停地把学校的同学往卵生这儿带，卵生的公庐于是就成了水产学校的实验基地。

过了不久，上面传来精神，说科学家实验成功了人工繁殖鱼苗，要推广人工繁殖技术，扩大渔业生产。县里于是又办了一个学习班，通知卵生去参加学习。这回的学习班不同上回，不是普及知识、介绍经验，而是现场演练，以便大家学了回去就能用。“大跃进”年代，时间不等人，要争分夺秒。学习班的学员由水产学校的学生带领，下到各大队的养鱼塘，一对一、手把手地教大家操作。这些学生先前已经过培训，现场教学也是一种锻炼。月秀因为去过卵生的公庐多次，自然就成了他的教学搭档。在县里集中了一天以后，卵生就带着月秀一起回到公庐边安营扎寨。

乡下人见过猪牵种、狗连筋，也见过公牛趴在母牛身上，公鸡踩着母鸡干那事，却从来没听说过人帮鱼配种，就当作一件稀罕事四处传扬。到了鱼儿交尾的时节，还特意从四面八方赶来看热闹。在公庐里养得肥肥壮壮的种鱼，公的母的都挺着个鼓鼓囊囊的大肚子，在鱼庐边上新开的孵化池中，头交尾接，你追我赶，搅得水花四溅。有一公一母捉对儿追的，有几条公的追一条母的，有时候还要互相蹭蹭对方的嘴唇，拱拱对方的下腹，当着众人的面撩骚调情。用情专一的追起来像打架斗狠，一边拼命向前，一边左右泼打，弄得被追的只顾夺路奔逃，想追的只得退避三舍。花心点的，追了这个，又追那个，结果都成了人家的追逐对象，自己只好没着没落地随着大家转圈儿。也有那生性轻浮浪荡的，就这样追着还不尽兴，还要就着转弯儿的势头蹦个高，抖出一身水花，讨得一阵喝彩。就这样追逐了一阵之后，池子里的公鱼母鱼都先后翻过肚皮，或侧过身子，向水面喷射卵子精液，等到满池的卵子精液都搅和到一起，沉入池底，沾在预先布好的沙砾草叶和鱼巢上以后，过些日子，就有芝麻大的黑点在受精的鱼卵中晃荡，再过些日子，黑点增大，渐成条状，现出鱼形，便放入公庐和挖开的鱼庐中喂养。

卵生在这边厢干得津津有味，他爹在那边厢也忙得昏天黑地。上面要求农林牧副渔全面发展，都要夺高产，放卫星，他就得准备发射这些卫星的燃料和火箭。农林牧副渔五颗卫星能不能都放上天，他没有把握，但粮食和渔业生产这两颗卫星，是非放上去不可的了。领导说：“湖区的田多，水里的鱼多，这两颗卫星你们不放谁放？难不成要让山里人去放？要田没田，要水缺水，放个屁呀。”忙了这大半年，把所有劲儿都用上了，把所有的家底子也都搭上去了，看稻子的长势，放颗大卫星不敢说，放颗把小卫星，还是有把握的。只是这渔业生产的卫星，实在是不好放。别看自家的生产队靠着湖，靠湖的生产队少说也有百八十个，都把各自的船队派到湖上去了，大钩小笼，拖网旋网，早就把湖面像篦子一样篦过几遍，连小鱼小虾、乌龟甲鱼、黄鳝泥鳅也不放过。为今之计，就看卵生管的这几口鱼庐，能不能早点养些家鱼出来 ，好歹也为这颗渔业卫星添点燃料，凑个数目。心里这样想着，有一天，他爹便转到了公庐边上。说是来看看卵生，实则是催他快搞。

好久没有见到爹了。爷儿俩都忙得脚不沾地，卵生吃住都在公庐，半年回去不了几天。他爹整个人都卖给了大队，连公共食堂的三餐饭，也是人家吃尽了才去凑合着扒一碗。见爹的眼里挂着血丝，卵生就说：“我这里是急不得的，选种鱼要功夫，鱼交尾要等日子，交尾前要打针，交尾后要喂鱼苗，鱼苗长成了，才能放养。放养的鱼苗，也不是吹口气就能长大，少则一年半载，多则两年三年。指望我养的鱼帮你喂火箭，放卫星，我看，难。”他爹就说：“我也不是要你的鱼长大了去压秤，凑斤两，只要长成鱼形了，能计个尾数就行。大鱼论斤两，小鱼论尾数，都可以放卫星。”卵生说：“这个不难，你看看我这池里的种鱼，公的母的，哪个不是挺着个大肚子，等着产子放白，我给它们加把劲就是。”说着，就顺手从池里捞起一条肚子胀鼓鼓的母鱼，放在手心轻轻地摩挲。正这么摩挲着，他爹突然指着卵生的手说：“看看，看看，子都流出来了，羊水破了，孩子下来了。”卵生低头一看，手里的母鱼果然从生门处流出了许多淡黄的鱼子，就冲他爹说：“这批鱼我还没有打针，这是早产。”他爹就从他手里夺过这条母鱼说：“生都生了，管他早产晚产，你还真把它当成人啦，早产晚产都一样，只要产出鱼子来就行。”于是就一挥手，让在一旁围观的社员用网把池里的种鱼都捞起来，人手一条，放在掌心，用手轻轻地往下挤压，孵化池周围顿时就像屋檐滴雨，淅淅沥沥地滴着白的鱼精黄的鱼子。不到顿饭工夫，水池里就混沌一片，像漂着还没完全煮熟的蛋花。

他爹走后，卵生只好小心翼翼地收拾残局。挤过了的种鱼虽然还可以继续喂养，但大半都受了伤害，要恢复生养的元气很难。恰好这几天月秀回学校去有事，没在现场，卵生没个人商量，也想不出挽救的办法，只好抱着一丝侥幸，但愿挤出的鱼子鱼白在孵化池中也能受精。又想，退一万步说，就算是这一池种鱼都糟蹋了也就糟蹋了，清了池子再换上一批就是，公庐和别的鱼庐里养的还有，不至于取了卵真的就把鸡都杀干净了。可是卵生却万万没有想到，他爹从这次手工排精挤卵中，看到了卫星上天的希望，也自认找到了一个加快放卫星的办法，于是干脆一不做二不休，又带人去把公庐和别的鱼庐里养的种鱼，包括那些性腺还没有完全发育成熟，还不能做种鱼的成鱼，都打捞起来，让社员把大小的鱼庐团团围定，不通过孵化池，直接向鱼庐里排精挤卵。队里的社员都没做过这事，又没人教他们怎么做，一时间，就免不了手轻手重，拿捏不住分寸。轻了的，挤不出来；重了的，连肠子都挤出来了。挤过了的鱼，随手一丢，又不好好归置，结果便尸横遍野，满地狼藉。等到月秀从学校回来，看见卵生蹲在公庐边不停地拍打自己的脑袋，像傻子一般张着嘴巴四处张望，半天说不出话来。

这件事对卵生和月秀的刺激都很大。卵生是猝不及防，不说制止，他爹连个商量一下的机会都不给。月秀看着这些时日自己的心血和努力都毁于一旦，痛不欲生，连跳湖的心都有了。为了安慰月秀，也想跟月秀发发怨气，吐吐苦水，卵生这天有意到月秀的房里去坐了一会儿。月秀的家和学校都在县城，天气好的时候，都是早来晚回，遇到刮风下雨下雪，才在这里留宿。新中国成立后，取消了私塾，塾馆的孩子都上了民办小学，这一前一后的两间平房，就成了卵生和月秀歇脚的地方。平时怕人说闲话，两人都不在对方的房里出进，这次实在是事发突然，卵生好歹都得给月秀一个交代，就想到月秀的房里坐坐。月秀这时候正憋着一肚子委屈，要哭不得嘴巴扁，见到卵生，就扑上去紧紧地抱住他，像个挨了骂的孩子，趴在他的肩膀上，抽抽泣泣地哭个不停。卵生从未见过这阵势，起先吓得直打后退，见月秀抱住他哭成这样，又不忍心，只好伸过手去，轻轻地拢住她的双肩，摸摸她的头发，说几句宽慰她的话。等月秀慢慢地平静下来，才扶她到床边坐下。这一夜，卵生一直陪着月秀，直到天亮，才失魂落魄地走出房门。

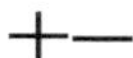

十一

这年夏天，卵生他爹好不容易把一颗粮食卫星放上了天。这时候天上已像节日的气球，布满了大大小小的卫星，他爹放的这颗卫星，不过是个小兄弟，就像一篮子鸡蛋里面，放进了一个麻雀蛋。渔业生产卫星没放上去，公社的领导很恼火，就让卵生他爹把那些挖开的鱼庐又重新填平，插上双季稻，就连公庐也不放过，指望到了秋天，双季稻的卫星放得再大一点。看着队上的社员一担一担地往公庐里填土，卵生就想起村里的老人们传说的，自家的爷爷当年用炸药包开公庐的壮举，心里有说不出的酸楚。

月秀走了，留下卵生一个人收拾残局，怎么想怎么不是滋味。这天夜里，就像戏里唱的，卵生心中烦闷，对着酒壶喝了几口，趁着酒兴，就走到了公庐边上。天上月色朦胧，星光暗淡，往日里活蹦乱跳的鱼庐，如今成了一片寂寞的坟场，想想埋在土下的生灵，又想想爷爷的心血毁于一旦，卯生禁不住举起手中的酒壶，对着公庐洒了一巡，又洒一巡，口中还念念有词，说："这是敬公庐里的龟鳖鱼虾的，这是敬我那不知生死的爷爷的，哪天重开公庐，我一定给你们立个牌位，天天烧香磕头。"正这样自言自语间，卯生忽然觉得有个高大的人影正站在自己对面，耳边同时传来一个含含糊糊的声音："会的，会的，天下为公，终归是天下人共享共有。"卯生正想喝问是谁，那身影却瞬间消失得无影无踪。

第二天回家，卯生把这事跟家里人说了，他爹说："你这是对平庐改田有抵触情绪。"程先生说："那是你喝多了看花了眼。"卯生又说："我还听见爷爷说话了。"程先生说："那话是村里的老人当年从你爷爷那里听来的，你爷爷当年是不是这样说的还不一定。"卯生还要争辩，他娘就说："鱼庐平也平了，事情过都过去了，你就别再胡思乱想了，还是想想你自己的事要紧，都老大不小了，村里跟你一起玩大的几个都当爹了，就你，还是寡汉条一个。"见卯生不作声，他娘又说："月秀姑娘么样，看得上吗？"卯生说："人家是干部子弟，又是城里人，还看得上吗，我搭梯子也够不着。"他娘只好摇摇头，背转身去轻轻地叹了一口气。

鱼庐填平后的二十多年间，村里人吃鱼又要到湖上捕捞，经过围湖造田，湖面越来越小，最后只剩下湖底的一汪深水，比水塘大不了多少，还由县里的水产公司管着，也不准捕捞。后来联产承包了，就有人想起当年的鱼庐。承包了内湖水田的人家，于是就大着胆子挖开了鱼庐，像当年一样，自家养鱼。上面虽然知道这不符合政策，但为了让农民手上有几个活钱，也为了解决吃鱼难的问题，也就睁只眼闭只眼，随他去了。过了几年，鱼庐养鱼竟成了村里的一项副业，不少家庭都因此致富，上面才下来总结经验，到沿湖的村里推广。

承包湖田的时候，卵生有意要了当年的公庐所在的田块，合同签了以后，也想当即挖开来养鱼。后来又转念一想，现在不比以往，以往是全族人共有，有公私之分，现在归一家所有，不分公产私产。既然如此，也就没有必要顾及族人四时八节的需要，花色品种样样俱全，不如只养一个值钱的鱼种，像报上说的那样，做个养殖的专业户。于是就留心搜集各种养鱼资料，想找到一个适合养殖的品种。卵生没读什么书，文化水平不高，但介绍农业生产知识一类的书，还是看得下来的。

有一天，卵生在县农科所的一个小报上看到一则消息，说甲鱼有很高的营养价值和药用价值，现在有很多人都在养殖甲鱼，有人专程上门收购，拿去制药或在市场上出售，还有一种营养品就叫鳖精，都很值钱。卵生就想，公庐里当年什么都养，尤其是乌龟甲鱼、黄鳝泥鳅，更是公庐里为各家各户砌的私庐里的主要出产，不如挖开了公庐以后，把这些私庐都掏出来，专门养殖甲鱼。甲鱼喜洁好静，公庐水域深广，日照充足，正好适合甲鱼生长，于是就把这个想法跟他爹说了。十几年前，卵生就接替他爹，当了大队长，农村实行队改村以后，便又改当村主任。卵生他爹老了以后，不爱管事，屋里屋外的事，都是卵生说了算，他顶多帮忙出出主意。听卵生这么一说，就淡淡地笑了笑说："你这不是把鱼庐变成甲鱼池子了？"卵生说："管他什么池子，现如今只要能来钱，就是王母娘娘天上的瑶池子。"他爹又说："钱难赚，屎难吃，甲鱼也不是好养的，你得找人教你。"

说到找人教，卵生就想起当年的月秀，这时候要是月秀在身边该有多好。一晃二十多年了，从那以后，他就没有见过月秀，也不敢跟她联系。水产学校是早该毕业了，毕业后又干什么去了呢，难不成还是去教人养鱼？这些年农村有很多赤脚技术员，跟赤脚医生一样，教农民科学种田，也有教人养鱼的，但又没听说呀。沿湖一带会养鱼的就这么些人，张三不熟李四熟，总该留点蛛丝马迹。又想，要是没有那事，遇到这种养殖技术上的难题，自己也许会上门去找月秀。可那种事又是避免得了的吗？孤男寡女，深更半夜，同处一室，月秀当时又像受惊的兔子，恨不得钻到他怀里躲起来，叫他又如何忍心看着不管。卵生至今也想不明白，自己为何最后跟月秀做了那事。那天早晨离开月秀的房间，他不敢回头再看月秀一眼。月秀当天回县城的时候，也没有跟他打招呼，两人就这样咫尺天涯隔断了二十多年。这二十多年来，媒人踏破了家里的门槛，爹娘只差拉个姑娘来跟他拜堂成亲，他都心如止水，不为所动。他娘知道他心里还记挂着月秀，就说："人家孙子怕都有了，你还想她有什么用？"他爹有时气急了，就吼他娘说："再别劝了，也别找了，接了媳妇添了孙子，也是外姓人，不是自家的种。"卵生知道，爹这是在说气话，从小到大，他又何曾把自己当个抱来的孩子养？村里人都说，你爹你娘，把你捧在手上怕摔了，含在口里怕化了，比自己的亲生骨肉还要亲。

为了让穷怕了的农民尽快发家致富，县里又办了一个学习班，让各村的负责人参加，专门给大家介绍各种各样的致富门道。学习班上的老师都是来自县农业局、林业局、水产局和下面的一些农技站的专业技术人员，也有从省里请来的专家。从省里请来的专家中，有一个姓陈的年轻人，是省里一所农学院水产系的青年教师。他说，他这次回来，一来因为他就是本县人，想用他所学的知识为家乡做一点贡献；二来因为他现在正在研究中华鳖的人工养殖问题，中华鳖的食用价值和药用价值都很高，市场需求量大，光靠野生捕捞，供不应求，他们就想通过人工养殖扩大产量，家乡湖泊遍布，宜于中华鳖生长，想借这个机会，回来做点实地考察，条件适合的话，在这里建一个基地，专门养殖中华鳖。那时节，中华鳖的人工养殖才刚刚起步，许多关键技术还没有得到解决，所谓人工养殖，也就是把野生的鳖苗捞回来放在人工池中喂养，产量还是极为有限，在喂养和鳖池管理上也存在很多困难，于是他就想到了家乡的鱼庐。家乡的鱼庐在湖汛过去之后，有大半年的沉淀，水质澄清。鱼庐在野外，常年日照充足。鱼庐里有小鱼小虾、螺蚌虫草，食物丰富。蒿芭荸荠慈姑水芹根部，可以做窝，适合冬眠。有的鱼庐中间，还筑有小岛，可供中华鳖爬滩晒背。总之，是天然的养殖场地。还说，他知道有个村有座公庐，就是他说的这个样子。

听他讲得头头是道，下课后卵生就问："老师是下乡湖区的人？"年轻人说："不是。"又问："你见过鱼庐？"年轻人说："没见过。"再问："你去过你说的那个公庐？"年轻人说："没有。"又再问："没去过，你是么样晓得的？"年轻人说："我妈跟我说的。""那敢问令堂尊姓大名？"卵生紧追不舍。年轻人笑笑说："我跟我妈姓，我妈姓陈，尊讳月秀。"卵生本想再问，那令尊呢？突然，脑子里像被人打进了一排子弹，轰的一声，红白飞迸，就不再作声。年轻人见他戛然不语，又笑着问他："大叔还有什么问题吗？"卵生这才醒过来，连连摇头说："没有，没有。"

自那以后，但凡这个年轻人讲课，卵生就听得格外认真。一边听一边还要盯住这个年轻人的前身后背，反复打量。身材高矮，体形胖瘦，脸形五官，衣着打扮，举手投足，都要看个仔细，比相新女婿看新媳妇还上心。看着看着，口里还要一时像，一时不像，摇头点头地跟自己说小话，弄得坐在他后边的学员听讲和看黑板都不自在。就有人拿钢笔狠狠地戳了一下他的后背说："你真是个卵生啊，听个课就像裤裆里摆乌龙，左摇右晃的，一点都不安生。”

终于有一天，卵生自己给自己打的这个哑谜揭晓了。学习班结束不久，陈老师果然到下乡的湖区来实地考察鱼庐，同行的还有县水产局的领导。领导是个女同志，副局长，也姓陈，一见到卵生，就大大方方地握住他的手说：“卵生同志，还记得我吗，我是月秀，当年跟你一起养鱼的月秀哇。”卵生一听，脑袋又像被人打进了一排子弹，把嘴巴和眼睛都穿了个大洞，半天合不拢来，手被人家握住抖了又抖，才结结巴巴地说：“记……记……记得，记得。”陈副局长又说：“记得就好。”又拉过站在身边的陈老师说：“他，你恐怕就不记得了吧？”卵生以为领导在跟他开玩笑，就说：“领导说笑了，他是我们的老师，前几天还跟我们讲过课，怎么就不记得了呢？”陈副局长就笑，陈老师也笑。笑得卵生摸不着头脑，不知道哪句话说错了。停住了笑，陈副局长就对陈老师说：“叫哇，叫。”见陈老师犹豫，陈副局长又说：“怎么，当了面就不敢了，叫哇。”陈老师这才像个孩子一样，怯生生地叫了一声：“爹。”这一叫，卵生又听见脑袋里轰的一声，这回不像打进了一排子弹，而是有人往里面丢了一颗手榴弹，炸得他灵魂出窍，七孔生烟，半天才醒过神来。见陈副局长和陈老师都看着他，才对着陈老师，轻轻地回了一声：“哎。”陈副局长这才如释重负地笑了笑说：“好，认了就好，接下来我们就该谈工作了。”说着，用手一指，就要卵生带路，到鱼庐去转转。卵生只好带着娘俩一个鱼庐一个鱼庐地转过去。爷儿俩本来就有一样的想法，转完了以后，不用细说，一拍即合，决定在这里合作建立中华鳖养殖基地。双喜临门，月秀自是说不出的高兴。

那次学习班通知来学习的学员，是月秀定的名单。定名单的时候，月秀第一个想到的，便是卵生。这不光是因为他们当年有过在一起养鱼的经历，还因为她觉得他们父子俩也到了该相认的时候了。那天晚上过后，回到县城不久，月秀就发觉自己怀了卵生的孩子，就把这件事告诉了她的父母。月秀的父母都是县委的干部，觉得这件事事出有因，情有可原，不能怪道哪个，都主张不要惊动卵生，就这样把孩子生下来，他们帮着养大，日后再让他们父子相认。月秀在水产学校毕业后，一直在县水产局工作，“文化大革命”后才提拔当了副局长。儿子赶上了恢复高考招生，考上了省城的农学院。这次让他回来授课，也有点公私兼顾的意思。没想到她还未来得及安排，卵生就有了警觉，在课后对儿子反复盘问，人说父子连心，看来不假。二十多年过去了，自己和卵生都人到中年，儿子也已长大成人，听人说，卵生也像自己一样，一直守着单身。就想，这样也好，有个儿子连着他俩，又何必朝朝暮暮地厮守在一起。她给儿子起了个名字叫想生，是让他不要忘记给予他生命的这个人，也是纪念她自己的生命中那个不期而遇的美好瞬间。

听说卵生认了自己的亲生儿子，一家人都很激动。他爹说：“难怪这小子稳得像八万，原来早就下好秧子了。”他娘说：“管他早下秧，晚下秧，只要长出谷子来就行。”卵生是程先生托人抱来的，程先生自然是一样的高兴，就说：“俗话说，瓜熟蒂落，水到渠成，该你有的你就有，不该有的莫强求，亏得你们天天逼着卵生相亲，要是真的相上了一个，我看这个孙子你们认还是不认。”说得卵生的爹娘只有呵呵呵呵地傻笑。

十二

认了亲，又定下了实验基地，想生就准备放手大干。他向学校申请了一笔科研经费，对确定为养殖池的鱼庐按需要进行了改造，特别把公庐作为改造的重点，他要让它成为野外养殖池的样板，将来好在别的地方大面积推广。为方便工作，又把公庐边上的那两间平房重新整修了一下，作为他和参与实验的学生的临时住所。一切准备就绪，就等着举行揭牌仪式。

县里和想生的学校对这个基地的建设，都很重视。揭牌这天，县里派来了一位副县长，也让想生的妈代表水产局参加。想生的学校也来了一位副校长，到时候都要在揭牌仪式上讲话。跟想生学校的副校长一起来的，还有一位嘉宾。这位嘉宾是个美国人，美国名字叫 Jenny（珍妮），另外还有个中国名字叫珍珠。珍妮说，这个中国名字，是一个中国老人给起的。老人说，珍妮和珍珠，都可以简称珍，叫起来既方便又好听。珍妮这次到中国来，是到想生的学校参加一个学术会议，这个学术会议虽然与中华鳖养殖没有直接关系，但与她感兴趣的生态和环境问题有关。因为是外国来的贵宾，乡下人没见过外国人，又是个女的，金发碧眼，觉得格外稀奇。为了满足群众的好奇心，也为了表示这件事连外国人都很重视，所以在双方领导发表了致辞之后，又破例安排这位外国友人讲几句话。珍妮不懂中国的规矩，一上来，既不表祝贺，也不提希望，而是讲那个给她起名字的中国老人的故事。

珍妮到中国留过学，会讲中国话，但又时不时要插进一些英语单词，弄得听的人像听道士念咒、和尚诵经，一脸子的懵懂。好在大家不是为了听讲，而是为了看人，所以会场上倒也安安静静，比听领导讲话有秩序得多。

珍妮说，这个中国老人是她家的一个邻居，她不知道他的中文名字，只知道他的英文名字叫 Duckweed，翻译成中国话，就是浮萍的意思。珍妮说，Duckweed 是一个很 unique（特别）的人，以前当过国民政府的外交官，驻在中东的一个小国家，后来国民政府跑到台湾去了，走的时候忘了通知他们，他就在一个朋友的帮助下，到了美国，办了一个 chicken farm（养鸡场），靠卖鸡肉鸡蛋为生，赚了一些钱。后来年纪大了，关了 chicken farm，买了一个带 pond（池塘）的 house（小别墅），晚年就以池塘养殖为乐。

珍妮常去他的池塘，因为专业的关系，也常常谈一些动植物的生态和环境方面的问题。珍妮发现 Duckweed 的池塘非常特别，里面不光长满了各种常见的水生植物，养了品种众多的鱼虾，还有些她很少见到的乌龟甲鱼黄鳝香鳅和田螺河蚌等水生动物。Duckweed 说，可惜有些物种美国没有，否则，他的池塘还要热闹。因为地方偏僻，环境幽静，生态保持得好，所以常有各种鸟类来此栖息，邻近的加拿大雁，更是池塘的常客。Duckweed 的池塘虽然不大，但水面泥下，林间苇丛，到处都有各种生物在繁衍生息，就像一个小镇上的居民在一起过日子一样。珍妮觉得，Duckweed 的养殖理念，符合她所坚持的生物多样性原则，自然生长，相互为用，是实践她的生态平衡和环境保护主张的理想场所。她说："Duckweed 的中国池塘，是我心目中的 paradise（桃花源），我到中国来，就是为了寻找这样的中国池塘。听说你们这儿有这样的中国池塘，我就来了。希望我看到的不是一个养鳖池，而是一个远离杀戮和污染的动植物的 paradise。"

不管听不听得懂，珍妮的讲话都博得了一阵热烈的掌声，主持人还就珍妮最后的话发挥了几句："是的，要像这位国际友人说的这样，爱护动物，不能杀生，也不要污染环境。鱼都污染了，还怎么杀着吃？"主持人的这个不伦不类的发挥，又博得了一阵热烈的掌声。

揭牌仪式搞得很热闹，上上下下都很满意。虽然珍妮最后说的那句话，让想生听起来不顺耳，但又一想，珍妮毕竟是个外国人，不懂得中国的国情。中国现在正在搞改革开放，温饱是第一要义，总得让人的肚子吃饱了，荷包有钱了，才能去搞你那个远离杀戮和污染的 paradise。这一想，又心下释然。等珍妮从台上下来，他赶紧走上前去握住她的手说："谢谢，谢谢，你讲得真好。That is great，wonderful!"珍妮也不谦虚，一边心安理得地听着想生的夸奖，一边跟想生提出一个要求说："我想参加你的这个项目，可以吗？"刚才还说不想看到一个养鳖池，现在又想要参加这个项目，想生一时想不明白珍妮的葫芦里究竟卖的是什么药，只好客客气气地敷衍说："好，好，欢迎，欢迎。"

搞完揭牌仪式之后，月秀没有马上回县，而是陪着想生去看他的爷爷奶奶。听说卵生认了自己的亲生儿子，白鳝和慧芹已是欢喜不迭。又听说自己的儿媳妇，竟是县里的一个副局长，现在就要上门来看望他们，更是受宠若惊，迎进门来端茶让座之后，竟不知道说什么为好。好在想生把喜欢看热闹的珍妮带在一起，于是众人就把说话的重心转移到了她的身上。听说珍妮在会上讲了一个中国老人的故事，大家都很感兴趣。想生的爷爷说，照这姑娘的意思，她见到的那位中国老人，莫非就是想生的太爷爷？想生的奶奶说："像，也不像，她说的那个中国池塘，不就是想生的太爷爷当年修的公庐吗，怎么不说是鱼庐，偏要说是中国池塘，有这样的池塘吗？"见爷爷奶奶说起自家祖宗的事，想生倍感亲近，这时候就忍不住插嘴说，外国人不会发鱼字的音，把鱼念成油，说池塘他们才能懂。想生的奶奶见孙子这么有学问，就哦了一声，不再作声。这时候，坐在一旁的程先生却慢悠悠地说："按说，没有这么巧。不过，想生的太爷爷最后一次离家出走，我记得是民国十六年。那时候，北伐军刚打到湖北，他说他要去一个叫什么桥的地方，就再也没有回来。"月秀见程先生记不住地名，就说："一定是贺胜桥，要么是汀泗桥。"程先生说："对，对，贺胜桥，贺胜桥。"又说：

“太爷爷当年参加了北伐，又是首义功臣，后来在国民政府当个外交官，也够资格。”想生的爷爷说：“那后来为么事不回来找我们呢？”想生的奶奶就说：“太爷爷那个人你还不知道，年轻时就是个抛生，后来又在国民党那边，去了外国，叫他么样找？”想生的奶奶见大家都看着她，自知这句话说过了点，就赶忙补救说：“掌嘴，掌嘴，我是说太爷爷年轻时不顾家，没别的意思，没别的意思。”众人就笑。抛生在当地是说一个男人只管自己在外面浪荡，吃喝嫖赌，不顾家人。珍妮不知道抛生是什么意思，也不知道大家为什么要笑，也跟着大家咯咯咯咯地笑了起来。

想生的中华鳖养殖基地搞得很成功。成功的原因，一是这种大学和承包户合作的模式，不光是乡下人没见过，就是大学和科研单位，也是头一回，大家的积极性很高，地方和学校的支持力度都很大。二是得益于这期间中华鳖人工控温养殖技术的试验成功。和所有的鳖类一样，中华鳖也喜欢冬眠，所以一年之中，只有气候温和的季节，才适合中华鳖繁殖生长，天气冷了就不行，严重影响了养殖的产量。实行人工控温以后，改变了中华鳖的冬眠习惯，在寒冷的冬季，也可以交配产卵，繁殖生长。但是这时的人工控温技术还不很成熟，鱼庐的环境和条件，也不利于人工控温。想生就想办法让他爹带人在鱼庐边修起围墙，在围墙上搭盖顶棚，通过围墙夹层的火沟给围墙加热的方式，控制棚内的温度。第一年就实现了中华鳖的全天候养殖，大大提高了中华鳖的产量。加上这期间市面上各种鳖精产品流行，有一种鳖精产品，就叫中华鳖精，喝了它不光强身健体，包医百病，听说还有一个赛跑队，队员喝了它，跑出了好几个世界冠军，中华鳖的销路由此打开。想生的中华鳖养殖基地一时风生水起，成了农村经济改革和高校科研体制改革的双重样板。

既搞了科研又赚了钱的想生，自然踌躇满志，想进一步扩大中华鳖的养殖规模，就把眼睛瞄准了沿湖各村的鱼庐，想成立一个鱼庐养鳖的联合体。为此，又登记成立了一家公司，自己干脆停薪留职，专门打理这个公司。公司成立的时候，珍妮正好在中国访学，听到这个消息，专程从北京赶来祝贺，还缠着想生，要他兑现承诺，让她参加他的团队。说要跟他学习中华鳖的人工养殖技术，研究鳖科动物从野生到人工养殖过程中，生态和习性的变化。想生被缠得没法，只好让她跟着团队活动，有时也给她派点活儿干，让她当个见习生。

珍妮的性格很活泼，也很开放，没过多久，就跟所有的人都混得精熟。大家都亲热地叫她珍珍，她有时也用珍珍的谐音（真真）开玩笑回应说，不是假假。因为经常出去做田野调查，所以，对鱼庐养殖这种野外作业，珍妮并不陌生。泥里水里，轻的重的活儿，她都干得来，干上瘾了，连饭都顾不得吃。乡下没有面包，有时放不下手里的活儿，就一边嚼着饼干，一边随手掰个蒿芭，扯条藕带，或用脚指头在泥巴里抠个野荸荠往口里塞，弄得嘴巴上黄一块黑一块的，就像糊了一坨鲜牛屎。遇到在棚子里干活，闷得满头大汗，热得满身湿透，就当着众人脱下衬衫，卷巴卷巴，在头上身上胡乱擦一把，只穿一层贴身内衣，又继续干活。干完了，跳进鱼庐里哗哗啦啦地游一圈，出来换上一身干衣服，又问想生要活儿干。乡下人见过泼辣能干的野丫头，没见过像珍妮这样野又这样能干的，都说想生要是娶了这样的媳妇，这辈子就受用不尽了。就有人当着珍妮的面问："珍珍，找婆家没？"珍妮说："你是问我找没找男朋友，是吗？"问的人说："对，对，对，找了没？"珍妮说："找了，找过几个。"问的人就说："哦，那就算了。"珍妮见问的人很失望，又说："有问题吗？"问的人说："没问题。"珍妮说："那你，为什么要问我？"问的人说："我是说，找了就算了，要是没找，就嫁给我们想生得了。”珍妮这才明白他的意思，就哈哈大笑说：“我愿意呀，只怕你们的想生看不上我这个黄头发蓝眼睛的洋妞儿。”

十三

说话间就到了 1998 年。这年鄂东大水，肆虐的洪水不但吞噬了房屋农田，也淹没了养殖基地的鱼庐。大水将来之前，想生就要珍妮赶快回北京去，说留在这里危险。珍妮却坚持要留下来跟想生一起并肩战斗，还说她没有参加过他们美国的密西西比河的防洪，参加一次中国的伟大河流长江的防洪斗争，也是一个光辉的历史。想生说：“长江离这儿还远着呢，一时半会儿还不会有事，我们只要保住后河的大坝就行。”珍妮说：“那我就留下来跟你参加保坝斗争。”珍妮这些年常来中国访学，她跟北京的一所大学，还有一个合作项目，想生这里也就成了她的行宫别院，时不时要来住上一段，撵也撵不走。撵急了，就嬉皮笑脸地跟想生说：“除非你把我娶了，否则，我就缠住你不放。”想生被她缠得没法，也只好由她去了。

长江的水涨得快，后河的山洪也下来得猛，数日工夫，便平了坝顶。后河的大坝一破，不待长江决堤，内湖就成了一片泽国。虽然村里的地基挑得高，房屋尚可保全，但下湖的鱼庐就全翻花了。村里人这些年都外出打工，留在家里的青壮劳力，本来就不多，都由想生的爹带着，跟着当地干部和外面调来的部队，上了长江干堤。想生的基地因为是合作单位，没有编入当地的防汛大军，他和珍妮于是就跟着村里的老人和妇女，防守后河的堤坝。

后河的堤坝有一个拐弯，形状就像豆腐坊吊浆的布袋，袋底正对着内湖的村子和农田。里面兜满了水，外面胀鼓鼓的，如喂奶的母牛身子底下吊着的乳房一般。一波一波的山洪在里面不停地冲刷，冲得坝身颤颤悠悠的，别说推土的人车行走，就是在外面加点沙袋木桩，也怕把这个布袋搞炸了。村里能用的材料都用上了，门板窗户、板凳饭桌、衣柜床架、楼板木箱，都拿去挡浪，就差把房子全拆了。女人豁出被单去做沙袋，老人豁出棺材去筑土牛，就连农具渔船，紧要关头，也都忍痛填上去。先堵水，后活人，这是祖祖辈辈传来的章程，无论男女老少，连眼睛都不眨一下。

想生和珍妮从来没见过这阵势，既感到新鲜刺激，又觉得有几分悲壮。想生就想，这么大的事，自己除了出这点劳力，还得做点物质上的贡献。现在出钱去买防汛物资，已来不及，买了也运不到，自己的家不在这里，也没有什么可以往外拆拿，唯一的只有鱼庐那个养鳖的保温棚，拆下来也许还能顶点用，就和珍妮带着几个人去拆保温棚。

走在路上，想生便想着这几年基地和公司的运营情况。中华鳖养殖在赚到第一桶金后，想生便把全部资金投入保温棚的改造，完全按照人工控温养殖要求，拆换更新了土法保温的设施，基本上把传统的鱼庐改造成了现代的温室，同时也进行了技术上的更新改造，使人工控温养殖更合规范，更加有效。正当基地的事业蒸蒸日上时，中华鳖的市场突然遭遇严霜。起先，想生就听人说，鳖精产品保健养生是骗人的，有人还跟他讲了一个故事，说是一家鳖精生产厂家，用一口大锅熬制鳖精，只放了一只鳖，熬到最后，揭开锅盖一看，发现这只鳖在里面闷得难受，早就趁加料的机会跑了，结果就用这些糖精香料熬的水装罐，贴上商标冒充鳖精卖钱。还有的说，这只鳖兑水熬了十几年还没用完。有的干脆说，这只鳖只养在池子里供人参观，压根儿就没下锅。想生当然不听这些乡民胡编的故事，但是，后来有人说，当年自称喝了中华鳖精，跑出几个世界冠军，捧红了中华鳖精的运动队，涉嫌服用兴奋剂，却是白纸黑字写着的，你不能不信。中华鳖精的销路，就此一蹶不振，想生的中华鳖养殖实验，通过与承包户联合，带动农民致富这条路，也走到头了。虽然这以后，基地还在维持运转，但收益和双方的热情，都大不如前。有许多合作的农户，都恢复了传统的鱼庐养殖模式，种上了莲藕、菱角、荸荠、蒿芭、慈姑、鸡头、水芹，放养了青、草、鲢、鳙、鲤、鲫、鳜、鲌和乌龟、黄鳝、泥鳅、螺蛳、蚌壳，跟老式的鱼庐和珍妮说的那个中国池塘，没有两样。保温棚既然已经成了聋子的耳朵，这时候拆了，还能救急，派上用场，等将来自己烂了垮了，那才真叫死得难看。

拆棚的工作量很大，来帮忙的都是些老弱妇孺，只能打个下手，真正爬棚上顶，大拆大卸，只有靠想生和珍妮这两个强壮劳力。不到半日，两人便累得筋疲力尽。这天正在拆卸公庐的棚顶，突然听得坝上传来一阵当当当当的锣响，站在棚顶的想生朝锣声响起的方向一望，就见坝上坝下的人，像燕子一样往两边飞奔，人流像一匹撕裂的黑布，豁开的口子中，突然蹿起一股白色的巨浪，落下来就像半空中投下的一颗炸弹，把堤坝炸开了一个缺口。接着便有轰轰隆隆的声音，像旱天的闷雷一样，隐隐传来。想生说声“不好，出事了”。话音未落，就见水头贴着地面，像一层厚厚的地毯，起起伏伏磕磕碰碰呼呼啦啦地席卷过来，说话间，就已到了珍妮脚下。珍妮在旧金山的贝克海滩冲过浪，见过这种汹涌而来的水头，一边弯下身子迎着水头扑过去，一边对着想生大喊：“Jump（快下来），jump！”想生见状，也来不及回应，就一松手，呼地一下，从棚顶跳了下来。想生落地的时候，正好一股水头卷着珍妮冲进鱼庐，两人都想伸手去拉对方，结果便被撞在一起，你扯着我，我扯着你，围着鱼庐的边沿不停地转圈儿，等到水头过去了，水势稍稍平缓，两人才挣扎着爬上围岸。放眼一看，那两间平房还在，就跌跌撞撞地跑了过去。

房子里已有些人，都是来帮忙拆棚子的。想生说：“你们往屋里躲，就不怕房子倒了压着你们啊？”内中的一个老者说：“不会的，别看水头来得猛，那是吓唬人的，其实硬劲早就消了，听过打雷没有，听到雷声就打不死人，要打死人早就打死了。”想生无心理会老者的道理，就说：“只要人没事就好，鱼庐完了就完了。”刚才说话的老者又接嘴说：“鱼庐也完不了，说不定比现在还要好些。”想生知道老者在宽慰他，就说：“您老说得巧，棚子也拆了，鳖池也翻了，还怎么比现在好些？”老者说：“鱼庐本来就不是养甲鱼的，要不，就叫甲鱼池子得啦，还叫个么事鱼庐？祖宗传下来个鱼庐，就是龟鳖鱼虾的村子，有村子就有住人的房子，房前屋后就要养猪养牛，种瓜种菜，笼里有鸡，塘里有鸭，还得插个杨种个柳的，看上去爽眼。光养个人，那不叫村子。光养猪牛鸡鸭，也不叫村子，那叫猪圈牛栏鸡埘鸭棚。村子就得什么都养，那样，日子才过得有滋味。”末了，还要笑眯眯地问想生：“你说是不是这个理？”想生一时答不上来，就点点头说：“是的，是的，您老快带人回家吧，回晚了怕家里人担心。”老者一边招呼众人离开，一边也叮嘱想生说：“你们也早点回，鱼庐毁就毁了，东方不亮西方亮，天无绝人之路，想开些。”望着这些村人渐渐远去的背影，想生这才觉得老者话里有话，一时竟傻站在那里，半天没有回过神来。

房子里到处都是水，连个坐的地方都没有。想生和珍妮只好面对面地站着，你看着我，我看着你，像大雄宝殿里的两尊泥塑。适才在鱼庐里打转，两人就像进了一个洗衣桶，被汹涌的水头冲激着，不由自主地旋转，身上的衣服都被搅成了面卷儿，大片大片的皮肉都露了出来，无论怎么抻扯，也遮挡不住。乡下人见惯了男人打赤膊，却很少见过女人像这样近乎赤身露体的，何况还是一个外国女人。所以，在想生和老者说话的时候，都躲躲闪闪地拿眼睛看着珍妮，看得珍妮有点莫名其妙，不知道自己身上到底有什么异样。等那群人走后，就问想生："他们刚才为什么要看我？"经这一问，想生才认真看了珍妮一眼，发现这时候的珍妮，就像他看过的一幅外国的油画，画面上是一个半裸的姑娘，手里举着一面旗帜，正在号召身边的人跟着她前进。丰满坚挺的乳房，像她的头颅一样高耸着。被风掀动的长裙，包裹着她健壮的大腿和赤裸的双脚，显得既悲壮又迷人。面对这样的画面，想生一瞬间竟萌发了拥抱珍妮的冲动，刚要伸出手去，却又停在原地说："你好看呗。"珍妮说："你也这样认为吗？"想生本来想随口说声"是的"，突然一想，这一说，便中了珍妮的圈套，就改口说："我要是这样认为，刚才也会看你。"珍妮说："你现在不也在看我吗？"想生正想说"我看了吗"，突然见珍妮猛地往上一跳，顺手抓住他的胳膊，大声惊叫着："Snake（蛇），snake！"想生朝她脚下一看，没见有蛇的迹象，就扶住她的肩膀说："别紧张，别紧张，没有蛇，没有蛇，有蛇也不怕！水蛇咬个包，一边走一边消。"珍妮听不懂中国的谚语，仍然紧紧地抓住想生的胳膊不放，想生只好半扶半抱着珍妮的腰肢，珍妮也顺势搂住想生的后背，两人就这样你搂我抱地朝门外走去。直到走出房门，珍妮还忍不住要往后看上一眼，生怕身后有条蛇追上来。

门外已是一片汪洋。后河的山洪从坝上的缺口冲下来以后，起先是像瀑布一样朝湖滩上倾泻，而后，便在滩上的湖田和鱼庐间打转，不到顿饭工夫，湖田里正灌浆的稻子都齐了脖颈，莲藕、蒿芭、菱角、慈姑、鸡头、水芹，都沉入水底。鱼庐里的龟鳖鱼虾，经过大水的翻搅冲击，也从安乐窝里奔逃出来，四处流散。珍妮刚才说的蛇，其实就是这些四处流散的游鱼在她脚下冲撞。想生知道，这就是老人说的泛湖翻庐，泛湖的稻子瘪谷多，莲藕、菱角、蒿芭、慈姑，吃起来不爽糯，就连鸡头包秆子水芹叶子，炒熟了还带着水生味。鱼庐里的龟鳖鱼虾，就更不用说了，住进鱼庐的龟鳖鱼虾轻易不会出来，逃出鱼庐的龟鳖鱼虾，就别想收回去了。当地人说，泛湖翻庐，爹哭娘愁，爹哭谷瘪，娘愁鱼游。看来，经过这一次山洪，基地要恢复元气，怕不那么容易。正这么想着，珍妮突然指着不远处的水面说："Look，UFO（飞碟），UFO！"顺着她的手指看过去，想生果然发现了一个簸箕大小状如飞碟的黑色圆盘，正在不停地游动，忽而向东，忽而向西，一时散开，一时聚拢，散开时像一条长龙，聚拢来又像一扇磨盘。随着圆盘的变动，隐隐约约还能听到哗哗哗哗的水响。想生知道，这就是传说中的鳖咬尾，听村里的老人说，这样的奇观，百年不遇，以前是发大水的时候，在水面上游累了的鳖，怕被卷走了，沉入水底，就互相咬住对方的裙边，一个连着一个，抱成团浮在一起。这一次怕是养在鱼庐里的中华鳖，趁着翻庐跑了出来，呼啦一下碰到一起，扎成一堆，为抵抗山洪的冲击，在相互帮衬，相互救助。看到这幅景象，想生禁不住感叹说，难怪老人说鱼庐不是甲鱼池，甲鱼有甲鱼的活法，看来甲鱼真不是人养的。

十四

这年大水过后，内湖果然是别一番景象。大水之前，从来只种稻子的湖田，许多承包的农户都改种了经济作物。这经济作物也不是什么稀罕的物种，而是鱼庐里常见的莲藕、蒿芭、菱角、慈姑、鸡头、水芹之类的水生植物。只不过原先在鱼庐里长着，是龟鳖鱼虾的深宅大院，单种在湖田里，就是能换钱的天然食品。这些年人的口味都发生了改变，野生的东西，不论动物植物，都是酒席饭桌上的珍品，所以身价倍增，种植的农户也趁机赚了个盆满钵满。因为不再做中华鳖的人工养殖试验，想生也中断了与鱼庐农户的养殖合同，将他的基地改名为湖鲜生产基地，公司也改行经营这些湖鲜产品。跟着想生经历过这次大劫的珍妮，也无意回国，就办了一个来往中国的长期签证，干脆在想生的公司长驻下来，她说，她也要让她的研究来一个转型，由研究生物的多样性问题，转向研究食物的多样性问题。

这年夏天，换岗到县旅游局当了局长的月秀，有一次下乡调查旅游资源，专程来到了想生的湖鲜基地，想利用这里得天独厚的环境和条件，像沿湖其他的村庄一样，发展乡村旅游事业。月秀在村里开了一个座谈会，召集村里的老人和农户代表，要他们谈谈对这件事的看法。村里的老人很多人一辈子都没出过远门，更不知道旅游是怎么回事，听说有人来玩还要收钱，就觉得不厚道，说这种事做不得，做过了要遭人议论。被在外面工作的儿孙接出去玩过，有过旅游经历的老人就说："这有么事稀奇的，哪有让人白逛白玩的事，到外头去玩，走一圈，看一眼，都要交钱。有时上个茅房，屎尿让人家拿去做肥，还要收你的钱。"有个儿子在大学当教授的老人，在城里住得久，见的世面多，懂的事理也多，就率先表态说："我举双手赞成，如今搞旅游，不是想生的太爷爷当年修公庐，全族的人共有共享，他那个想法现在行不通，我儿子说，那是'乌龟邦'，空想。"月秀见说到想生的太爷爷，就笑着纠正他说："是'乌托邦'，不是'乌龟邦'。"众人也跟着笑了起来。等大家笑定了，月秀就说："乌托邦也是一种理想，有理想总比没理想好。乌托邦也是可以实现的，想生的太爷爷修的公庐，我们几代人不都受用了吗？现在我们的这片湖产，也是一座公庐，我们搞乡村旅游，就是要像想生的太爷爷那样，把这座公庐修起来，有吃有住，能玩能耍，让天下人共享。不过，在享受的时候，得交点钱，付点代价，这也符合公平交易的原则嘛。”

月秀的这番话，在座的人听得半懂不懂，但大家都明白一个意思，就是今后湖田里种的、鱼庐里养的，不论是什么东西，也不管是吃下去的，还是看一眼的，都得花钱，吃得多的，看得久的，花钱就多，要想住下来久吃久看的，那就得花更多的钱。这样赚钱似乎很简单，农户们听了都很高兴。想生就顺势把自己的湖鲜生产基地，转向经营乡村旅游，把湖鲜生产贸易公司，改为乡村旅游文化公司。为了纪念自己的太爷爷那点未竟的理想，想生给公司起了一个大气的名字，叫大道乡村旅游文化公司，以示大道之行，天下为公，也表明发展乡村旅游，是一条让农民脱贫致富、走向小康的光明大道。公司的经营方法，也沿袭太爷爷当年开公庐的理念，股份共有，经营自主，像当年一样，在共有的公庐里经营各家的私庐，公庐的共享，私庐的私有，公私兼顾，家家富足。那时节，正碰上流行农家乐，于是在内湖的鱼庐旁、湖田边，各家各户搭盖的水棚旅店，修建的湖鲜餐馆，就像天上的星星一样，点缀在青禾白水之间。看到这番景象，珍妮也觉得实现了她的理想，她希望自然界的各种动物植物，都能在一个自然的空间里自由自在地生长，就像大水过后，翻了庐的龟鳖鱼虾，再也不受鱼庐的约束，在湖田里与水稻和其他水生植物混养一样。各家各户的鱼庐，也成了珍妮理想中地地道道的中国池塘，物种多样，立体养殖，生态平衡，同生互补。唯一让珍妮感到遗憾的是，游客的浪费太大。多样性的食物本来是为了营养的均衡，结果反而造成了多余的浪费，这让珍妮十分痛心，就在想生面前抱怨，还建议想生学习西方人的分餐方式，让游客各吃各的。想生笑笑说：“你这个建议好是好，就是没这么多洗碗工，只怕农户赚的那点小钱，连买碗买碟都不够。”珍妮知道想生不会接受她的意见，又遭了挖苦，就学着那些性子泼辣的女孩，拿一根指头恨恨地戳着想生的额头，用标准的当地方言说：“你这个木鱼（芋），真拿你冇得法。”

那天开完座谈会后，月秀特意取道经湖边的小镇回城。自从与卵生有了那层关系，月秀就十分留意卵生的家族故事，也听人讲过想生的太奶奶和太爷爷的那段私情。如今，两位老人都各有所归，想生的太奶奶后来真的出了家，前些年在后山圆寂，活了九十多岁。想生的太爷爷虽然不知去向，大约也就是珍妮讲的那位中国老人的归宿。由想生的太奶奶太爷爷，又想到撮合这一对野鸳鸯的金县令的那个同年，老先生要是健在，该有一百多岁高龄。她真想见见这些老人，听他们讲讲人生，讲讲历史，她这个旅游局局长不能光管人家吃喝玩乐，还得有点文化修养、历史知识。

汽车沿着湖边的公路，一直开到小镇。进了小镇之后，很容易便找到了想生的太奶奶那个年伯的家。老先生早已作古，他的后人在镇上开了一家小店，专门经营旅游产品。这些年，来湖区休闲度假的人越来越多，小镇是必经之路。在这里，买些游泳救生或垂钓用品，租一顶帐篷或一条小船，补充点食品饮料，就可以找一家农家乐，或在湖滩露营，度过一个美好的周末或长假。小店也经营一些旅游纪念品，这些纪念品与外面的旅游景点上卖的千篇一律的小玩意儿不同，都是些捕鱼器具的微缩模型，也有一些介绍本县历史文化民情风俗的小册子。月秀一边浏览一边与店主攀谈，店主见月秀对自己的老太爷爷很感兴趣，就从柜台里面拿出一本发黄的线装书，指着上面的书名说，这是我家老太爷爷手写的《乡俗记趣》，都是原稿，里边有些文章还上了县志。老祖宗只留下这点遗产，算是我们家的一件传家之宝。月秀听说过这本记载了那则催情故事的书，还特意到县志办去查访过。县志办的人说，年代太久了，当时只是做了些纲目提要，并未选录全文，未必留有原本，今天竟在这里得睹真容，说来也是有缘，当下就向店主借阅。店主听随从的司机介绍说这是县旅游局局长，就答应让月秀带回县城去看，可以日后再归还。月秀当即谢过店主，就捧着这件宝贝回了县城。

这天夜晚，在外面跑了一圈，看了无数景点，开了无数大会小会的月秀回到县城，稍得空闲，就翻开这本《乡俗记趣》，细细阅读。书不厚，满纸繁体的蝇头小楷。月秀上学的时候，汉字虽然还没有简化，但后来一直用的是简化字，乍一看繁体，就觉得面生。老先生写得很随意，大都是乡野流传的趣闻逸事，加上自己的一些议论感想，并非严格的民俗知识。这样的书，有个好处，就像书名上说的那样，读来有趣，常常让人忍俊不禁。月秀一边读，一边做些笔记，以备日后要用时参考。读到那则催情故事，月秀禁不住笑出声来。月秀记得，县志上的这则故事，只言其事，粗陈梗概，不免直白简陋，经过老先生随意点染，敷衍成文，竟妙趣横生。其文曰：

天地有阴阳之分，阴阳合而生人；人有男女之别，男女合而人欲成。夫男女和合，人之大欲。泄之者，如江河之水；滞之者，如塞川之堰。世间万物，凡有生者，莫不如是。龟鳖鱼虾，其有外乎？去岁年杪，有人告余曰，乡人见有男女野合，赤身露体，明火朗照，你推我迎，辟驳有声。人皆以为不齿。余曰，见有水族交尾乎？曰，然。见有水族衣冠交尾乎？曰，不然。余又曰，见有水族交尾，遮天光而蔽日月乎？曰，不然。余曰，故人亦如是，何来水族如是而人则非耶？况于万物发情之季，水族交尾之期，人欲助成其事，不与媾而自媾，岂非常理，又何来不齿？欲助成其事，又熄灯灭火，遮天蔽日，其情之状，其欲之力，又何以达于水族？故乡人所言野合，不关风化，实为催情，异类同喜，人鱼共乐，乃吾乡之良俗也。

月秀怕毁了书页，不敢复印，也不愿拍照，就一字一句工工整整地把这篇文章抄了下来，后来有一次下乡，见到想生，就把这篇文章交给他，要他也仔细读一读。想生读了，也觉得有趣，又一字一句把中文的意思给珍妮讲了一遍，还让她用英文译出来，日后带到国外去，让洋人也乐一乐。珍妮一边听讲，一边翻译，听到译到要紧处，也禁不住笑出声来，就跟想生说："你们中国人真行，连做爱也讲个物我同一，同喜共乐。"想生说："这难道不好吗？"珍妮说："好是好，只怕到了鱼儿发情的时候，没有这么多人想做爱，要是没有人催情，满肚子的鱼精鱼子岂不是像塞川之堰，要把鱼憋死？"想生知道珍妮在有意报复他，就故作生气状，大声说："叫你翻你就翻，哪来这么多废话，又没让你去催情，你着哪门子急呀？"哪知珍妮却嬉皮笑脸地回答说："要我去催情也得搭上你呀。"想生见这玩笑开过头了，就不再理她。

这年夏天，正是旅游旺季，远远近近的游客，把各家各户的农家乐都塞得满满当当的。湖滩的干地上，有人支起了帐篷，在外面露营。有钱的人家，开着房车，停在鱼庐边，就地取材，过起了小日子。入夜时分，到处灯火闪烁，人声喧闹，放眼望去，就像《三国演义》里写的蔡瑁、张允的水军大寨。

这天夜晚，珍妮挽着想生，行走在水寨之间，两人边走边说些闲话。想生说："你就打算这样一辈子赖在中国不走了？"珍妮说："一辈子赖在中国不走，是肯定的，就这样，那就未必。"想生说："不这样，你还想哪样？"珍妮说："你想我哪样，我就哪样。"想生说："你要哪样，也得我想呀？"珍妮说："你现在不想，将来也不想吗？"想生说："那就等将来再说吧。"珍妮说："这就对了。”说着，趁想生不注意，猛地转过身来在他的脸上亲了一口。想生正想避开，突然发现不远处的堤坝上，有一台亮着警灯的警车呼啸而来，就拉着珍妮朝坝上奔去。

来人是镇上派出所的警察小李，跟想生很熟，想生问：“出了什么事。”小李说：“有人举报你们公司的农家乐在放黄色录像。”想生就问是哪一家，小李用手一指说：“就是那一家，过足瘾。”想生知道那是县城下来的一个承包户开的农家乐，当初起这个名字的时候，想生就觉得不妥，建议他改一个。那人说：“有个很有名的作家写了个小说，就叫《过把瘾就死》，怕侵犯版权，我只用了其中的两个字。”想生见作家都这样写，只好由他去了。就问小李：“不会抓人吧？”小李说：“影碟和放映机肯定是要收缴的，按规定罚款也是必须的，人嘛，我也要带走拘留些日子，对这种人要严加训诫，以儆效尤。”想生说：“那你执行公务吧，我不耽误你。”当下就跟小李握手告别。小李说：“按道理我也要追究你的责任，这次就免了吧。不过，你也要注意，鱼庐里的鱼不好管，来吃鱼的人更不好管。”想生只好频频点头，连连称是。站在一旁看热闹的珍妮一直在偷笑，等小李走后，竟扑哧一下笑出声来。想生问她为什么笑，珍妮说：“你让我翻的文章不是说，让人做爱给鱼看，是催情吗？那人做爱给人看呢，不也是催情吗？”想生狠狠地瞪了她一眼，转身就走，这回他真是生气了，觉得珍妮这丫头别的还好，就是有时候疯疯癫癫，说话太没正形。

2021 年 4 月 6 日写成于景德镇三宝村

（原载《大家》2022 年第 1 期）

《鱼庐记》创作谈

在文学各体中，小说是一种包容性最强、伸缩性最大的文体。因为空间大，有弹性，所以，中国古代最有名的四部长篇小说，几乎都有人对原著进行增写、续写或改写。就连《三国演义》这种依托正史的小说，也有两部可称作续书的作品在明清流传，更不用说《水浒传》，不光有人续，其中的一个情节，还被人拉出来，写成了另一部小说。诗歌、散文，似乎就没见有这种现象。

这让我想到一个脾气好又长得高高大大的男人，无论人家怎么逗他，跟他玩各种恶作剧，他都不生气。自己的吨位在那儿，肚子里装得下东西，想往衣服里面塞点什么，或在头上戴点什么、身上披挂点什么，也都不在乎。小说就是这个好脾气的男人，长篇小说则是这些好脾气的男人中的庞大固埃。

有这样一份耐性，小说就不像诗那样，经不住逗，容不得里外添加别的东西，不但容不得，还要想方设法把要添加的东西阻挡在外，用排比对仗平仄韵脚等，扎一个篱笆，让你不能多写一个字，多说一句话。诗这种文体，因而就像女人的细腰，越扎越紧，越来越细，最后就靠这点精巧来显示她的美。中国诗从比较自由的古体，到格律谨严的近体，就是这样的一个紧缩的过程。

中国小说不是这样。中国最早的小说，现在已经看不到了，现在能看到的，那些被叫作小说的文字，都是后人从相关的典籍中，钩稽整理出来的，称为古小说。古小说的篇幅一般都比较短小，前人把它叫作“短书”或“丛残小语”，直到《世说新语》等作品出现，大抵还是如此。这些小说，相当于今人所说的段子，所以六朝以前是中国小说的段子时代。到了“始有意为小说”的唐代，唐人所作的传奇，跟六朝以前的小说相比，志人还是志人，志怪还是志怪，只不过多了一些情节的穿插和细节的描写，也多了一些人物关系和修辞手法。这也就是给段子时代的古小说，抻了抻个子，增了增肥，又穿靴戴帽，内披外挂地打扮了一番。经过这样的一个长个子和拾掇打扮的过程，这时候的小说看上去才像个成人。前人虽说这是唐人有意为之，但也要能经得起加减，倘若像诗一样经不起加减，耐不得增删，由不得你拾掇打扮，那也是枉然。所以说中国小说有一个好脾气，有一种如佛祖一样大肚能容的耐性。

小说这脾气和耐性，到后来越来越好。唐以后，民间说话兴起，到两宋达于极盛，元明以后，仍很流行。唐人传奇多是文人的作品，再怎么添枝加叶，修饰美化，毕竟还有写文章的一些讲究，要受一些约束，后起的话本，受说话人的影响，随心所欲添油加醋的地方就更多，小说的体制也越来越大，越写越长，到长篇章回体小说出现，达于极致。因为可以不停地“且听下回分解”，所以就有我上面说到的许多续书，不光是在小说的躯体上打主意，还要装上假肢，接上高跷，让他在身外长出许多枝干来，小说也由着他去装去接，脾气和耐性，也算好到了极点。

明清社会人情小说，如《金瓶梅》《红楼梦》出现以后，讲究环境器物和生活细节描写，又掺杂了儒佛道的观念，小说的肌理和结构，就变得更加复杂，往里面添加材料，展开修辞的空间更大。这样的小说，已接近西洋小说。事实上，中国小说也即将面临西洋小说的挑战，他的好脾气和耐性，也将接受新的考验。

这以后便是学习东西洋的所谓现代小说的天下，一百多年来，现代小说差不多搬用了东西洋小说的所有经验，从现实主义、浪漫主义，到现代主义、后现代主义，尤以最近四十年为甚。尝了这么多东西洋的美食，自然满足了齿牙口舌之福，也对长身体有益。问题是，当东西洋的美食都被我们尝了一遍以后，再如此这般地照吃下去，也觉得乏味。偏偏二十世纪末的东西洋小说，又没有新的菜品，万般无奈，一些作家于是又想回过头来，尝尝本土的家乡菜，回溯一下妈妈的味道。到这时候，他们才发现，自己已有点肠胃不适，甚至有些反胃。这就不免让一向好脾气的中国小说有些无奈。

最近一个时期以来，一些小说家在拾掇中国自己的食材，重操老辈子的厨艺，想做一些本土味儿比较浓的饭菜，写一点中国味儿比较重的小说。在这个过程中，他们发现，不但小说自家积累的家产、传承的手艺，可供开发利用，而且与小说同生共长的其他著作门类的资源，也可以借用。于是在再造古代小说经验的同时，又吸纳史传、笔记、方志、辞书等的体例，进行转化创新的试验。

受这种试验的影响，我也想借前人的厨艺，做几道小菜。

我近年来的小说创作，大体上可分为两种类型。一种是篇幅较短的“小品”，主要是收在我新近出版的小说集《乡野传奇集》中的一些短篇作品。有论者称这些作品为“笔记小说”，我也认为是受了中国古代笔记文体的影响。在古代散文中，我偏爱笔记，因为它自由，也像小说一样，有一种兼容并包的好脾气，所以它在古代就成为一种自由的著述方式。也有人拿来记人记事，这一部分就成了今人所说的笔记小说。我的这些所谓笔记小说，留有中国小说段子时代的痕迹，但比六朝以前的段子时代的小说完整，内容虽不事搜神谈鬼，但大抵也不出趣闻逸事的范围，所以读者都觉得好看，我自己也乐此不疲。

另一种类型，就是我同样偏爱的传奇文体。在《乡野传奇集》中，有两个系列作品，一个是“乡村教师列传”系列，一个是“乡人传”系列，是这种传奇写法的最初产品。唐人传奇受史传影响，以“传”为名的作品很多，即使题目上不标明是“传”，也多以人名，都像纪传体史书一样，是为人立传，叙写人的生平事迹的。只是这传大多不是完整的传记，而是生平事迹的片段，尤其是那些稀奇古怪的传闻，更是作者取材的主要对象。为人立“传”，又以“传奇”名之，大概就因为所“传”者，多属奇闻趣事吧。

《鱼庐记》也属这类写法的作品，只不过不是为人立传，而是为鱼庐立传。我的家乡是湖区，从前家家都挖了鱼庐，形如一口水塘。鱼庐就像各家各户的水产仓库，平时食用、逢年过节要用的水产品，大多出自鱼庐。鱼庐也像人一样，近半个多世纪以来，也经历过由私到公，又由公到私的变化，这是历史。我的小说不写这个变化的历史，而写一个人的古怪念头，怎么经历了历史的演变。这个人就是作品的主人公——想生的太爷爷。这个古怪的念头，就是他要修的那个全族共用的公庐。公庐修成后，经历了从辛亥革命到改革开放再到当下的一个多世纪的变化，这其中要写的事，值得写的事，实在太多。我不想做历史的书记，我只想做一个说故事的人。我只挑那些故事性强的人和事，或者说，是带有传奇性的人和事，说给读者听。因为这些人事，都挂在历史的屏风上，所以看上去也像一部展开的历史。我喜欢唐人传奇《虬髯客传》的写法，从隋炀帝写到唐太宗的贞观年代，看上去是历史，其实作者感兴趣的，只是“风尘三侠”，即李靖、红拂、虬髯客的故事。写这些人的故事，也不是用我们习惯了的情节化的写法，而是挑那些有趣的或传奇的片段，如红拂和李靖的夜奔，遇异人虬髯客，虬髯客资财，助李世民夺天下，自立扶余国等。虽然从这些非情节化的写法中，你看不到人物性格发展的逻辑，但不能不承认，这些人物个性突出，特色鲜明，跃然纸上，呼之欲出。我用这样的写法，写了想生和想生的太爷爷、太奶奶，写了程先生和想生的爹，也写了珍妮、月秀和其他人物，但都是撷取片段，意尽为止。

我其他的一些中篇小说，如《地老天荒》《青工吴雄》《才女夏娲》和《移民监》《三十功名》等，也都留有这种写法的痕迹。有论者认为这都是长篇小说的架构，建议我加以扩充。这样的扩充，可能更合乎今天的读者对小说的期待，但我却免不了要挑战小说的好脾气和耐性。中国小说近一百多年来，已容纳了东西洋小说许多异质的因素，对增值扩容，已表现了足够的耐性，也经历了尴尬和无奈。在这种时候，与其面对今天的小说短篇不短、长篇超长的局面徒唤奈何，何不尝试一下前人传下来的段子式的和传奇味儿的减量节能的写法呢？

2021 年 12 月 8 日

（原载《大家》2022 年第 1 期）

三十功名

这不是某些个人的经历，而是一代人的历史，有缘得与者，各自对号入座。

——作者题记

一

这一站上下车的人少，他从车上跳下来，双脚刚踏上路基，就听见身后咣当的蹬钩声。车轮已经缓缓滑动了，接下来是远处一声短促的汽笛，这条暗绿色的长龙，就拖着像他一样疲倦的身体，向前方一站缓缓驰去。

他是从路基那边下车的。跨过铁路，才是他要回家的方向。他站在路基中间，习惯性地朝两头望望，目力所及，是一片灰蒙蒙的烟尘，这是这座城市的早晨所特有的色调。从无数正在生火的煤球和蜂窝煤的炉具中燃起的白色烟尘，混合着被冬日的朝阳烘焙着的雾气，把铁路沿线的景物，都笼罩在一团混沌之中。

他喜欢这样的景致。仿佛什么都看不见，又分明知道什么都隐含其中。就像他脚下的这条横断长江、把这座城市切成两半的铁路，很少有人能说出它的历史，但谁都知道它是中国最早的铁路，如今是贯穿南北的大动脉。此刻，在这条大动脉里流淌着多少鲜红的血液，同样也无人知晓，但同样谁都知道，一旦它停止了流动，它深藏其中的这个庞大的身躯，就会陷入瘫痪。他不懂哲学，可他又觉得这仿佛是一个人的命运，你好像不知道它确切的来程去路，却又一步一步地走在它的来程去路之上。

他跨过路基，举起信号灯，朝路桥下面晃了几晃，一道白色的光柱，穿过密密匝匝的烟尘和雾气，射向一片低矮的楼房和杂乱的棚户，他的家就在那里。这是他与妻子约定的平安信号，这些年，铁路安全不好，常出事，妻子时刻为他担着心，一年四季，不论刮风下雨，总要带着两个女儿在路桥下等着他。见到了信号，她才会放心。他想，此刻她们一定等候在路桥下面，于是便加快了脚步，从高高的路桥下到地面。

两个女儿飞一样地跑过来，一左一右地拉着他的手。小女儿抢过信号灯，学着《红灯记》里李玉和的样子，迈开大步挺起胸，一步一顿地走着，很有点英雄气概。大女儿小鸟依人地贴着他的胳臂，亦步亦趋地跟着走，一家人有说有笑，引来了不少路人注目。

在回家的路上，路过一处贴满标语的围墙。他下意识地朝围墙看了一眼。去年的某一天，也是从早晨的交通车上下来，路过这段围墙，他发现一条黑字的大标语，中间有四个大人物的名字，歪歪倒倒地写着，还被打上了鲜红的叉叉。这可是现行反革命行为啊，谁这么大的胆子呢？根据这些年的政治经验，他知道，这意味着国家的形势又要发生一次天翻地覆的变化。他不敢在这条标语面前过多停留，甚至不敢多看一眼，就匆匆忙忙地离去。如今，这条标语已被新的标语覆盖得严严实实，什么也看不见了。他预感的那种变化，后来果然也发生了，可他却又觉着有一种莫名其妙的失落感。

或许生活又该变变了，但究竟怎么变，又有谁知道呢？

他听不清妻子边走边说些什么，只听见小女儿摇着他的手，大声地催促他快走，说是今天过早有好吃的。这个城市的人把吃早餐叫过早。他拍拍小女儿的头，却对走在另一边的大女儿说：“瞧，你妹妹就知道吃。”

二

女儿说的好吃的，不过是这个城市的人最爱吃也最常吃的一种叫作热干面的早点。传说这种早点是早年一个卖粉面的摊主歪打正着的结果。说是这个摊主有一天把卖剩的面条煮熟了沥干，晾在案板上准备留到第二天再卖，中间不小心碰翻了案板上的油壶，壶里的麻油都泼到了面条上，摊主只好把面条和麻油拌匀了再晾。第二天早上，摊主把拌了麻油的面条放在开水中一烫，加上平时拌凉粉的各种调料，香气四溢，吃起来又爽口，又筋道，结果便招来了众多食客。人问这叫什么面，摊主脱口而出说，热干面，到后来经过别的人发扬光大，就成了这个城市大多数人必吃的一道早餐名点。

其实，这道名点对他来说，并不稀罕，每次上早班，他都要到隔壁的饮食店花一角五分钱买三两热干面，再花八分钱买一碗桂花糊米酒，吃饱了，喝足了，再去上班。每天早晨，有这一碗热干面、一碗糊米酒垫底，这一天，什么样的脏活重活，就像李玉和说的，他全能对付。这是妻子给他的特殊待遇，自从他到铁路上上班以后，几年来一直没变。她娘仨就在单位食堂喝稀饭过早，有时加点馒头包子什么的，还要找个理由。女儿说，今天过早有好吃的，他猜想大约就是今天过早要吃热干面。不用找理由，他下夜班按时回家，对妻子来说，这就是吃热干面最好的理由。往日夜班，要是出了事故，不论大小，早晨下班，都要到生产组去交班，从细枝末节的调查，到装孙子的检讨，再到听生产组的人骂娘，不折腾两三个小时，决不罢休。

一进院门，果然就闻到了热干面的香味。其实，这香味不是面条的，而是拌面条的芝麻酱的。热干面发展定型后的主要调料，不单单是麻油，还有加小麻油调好的芝麻酱。双重的芝麻香，加上香葱、大蒜、酸豆角、辣萝卜干和酱油、醋，有时还有一些榨菜丁和花生碎混合在一起的香味，是神仙也挡不住的诱惑。这个城市的人，不论男女老少，也不论身在何处，魂牵梦萦的，就是这一口。他是个外来户，在这个城市生活的历史不过两三年，虽然谈不上爱好，但一家四口围坐在一起吃热干面，是他感到最温暖最幸福的时刻。他珍惜这难得的时刻，他不能像赶着上班那样狼吞虎咽风卷残云，他要跟他的妻子女儿一起，一边说话，一边细细地咀嚼，慢慢地品尝，直到碗里的面一根不剩，连抖落在碗底的调料的碎末子，也用筷子一粒一粒细细地搛到口里。

也许是真的饿了，也许是好久没吃热干面，嘴馋，小女儿一坐上桌子，拉过面碗，抓起筷子，挑起一筷子面，就往口里塞。堆在面上的调料纷纷下落，焦黄的芝麻酱糊到嘴唇上，就像上了一层浓妆。一边吃，一边还要腾出手来，时不时揉一下鼻尖，发出嗞嗞的响声，这是小女儿吃饭的习惯。看着女儿的这个吃相，他觉得可爱，又有点心疼。他不忍心打断她，就对还没有开始吃的大女儿说："来，我教你，热干面要这样吃。"一边说，一边拿起筷子做示范动作。他把筷子插进面碗里面，把面挑起来，轻轻地抖一抖，把堆在上面的调料抖落到下面，然后再用筷子左右转动，使调料均匀地沾着在面条上，这才挑起一箸面来，慢慢地送到口里。见父亲这样不紧不慢地操作，大女儿显然有些着急，还没等他放下筷子，就问："爸爸，我可以吃了吗？"妻子接口说："吃，吃，吃个热干面还搞得这么麻烦，又不是山珍海味、龙肝凤胆。”见妻子光顾追着孩子吃，自己却坐在那里纹丝不动，就说：“你也吃，再不吃就凉了。”妻子说：“我不急，你先吃，你边吃边听我跟你说件事。”

见妻子这么正经八百地要跟他说件事，他觉得奇怪，有什么事值得这样煞有介事的？他一边挑着碗里的面，一边漫不经心地说：“说吧，什么事，搞得这么神秘。”妻子说：“这事是有点神秘，我说了你不要到外面去说。”一边说，一边对已经吃完了面的小女儿说：“去，陪你姐到外面去吃，我跟你爸说点事。”吃了一半的大女儿就乖乖地拉着妹妹的手，离开了饭桌。他朝妻子瞪了一眼说：“你就不能让孩子吃完了再说？”妻子说：“不能，这事我今天非得告诉你，等会儿你睡觉，我上班，我还要送她姐俩上托儿所幼儿园，等我俩再坐到一起，怕是明天了。”听妻子这样一说，他干脆把筷子架到面碗上，说：“我也不吃了，什么事这么重要？说吧，我洗耳恭听。”

妻子朝门外看了一眼，见两个孩子乖乖地坐在一起，就凑到他的耳边说：“告诉你一个好消息，要恢复高考了。”他偏过头，朝妻子白了一眼，说：“什么，你说什么？我没听清楚，你再说一遍。”妻子说：“我说要恢复高考，我们又可以考大学了。”这回他听清了，原来是这么回事儿，还当是什么大事，值得这么大惊小怪神秘兮兮的。就伸手从面碗上拿起筷子，一筷子一筷子地朝口里挑面。妻子见他这神情，就说：“怎么，你不高兴吗？”他依旧若无其事地说：“高兴，怎么不高兴呢，终于又听到高考这两个字了，我能不高兴吗？”妻子说：“我看你不是真高兴，这不是你心里话。”他说：“你要我说心里话是吧，好，那我就跟你说说心里话。”说着，又把筷子架到面碗上，用巴掌抹了一下嘴巴说：“当初，我们什么都准备好了，政审搞了，体检搞了，志愿表填了，有的外语口试也面试过了，还有十八天就要进考场了。忽然有一天，校长把我们叫到一起，说上面下来文件，高考要延迟半年，当时我们还瞎高兴了一阵，说又多了半年的复习时间，谁知这一延，岂止半年，二十多个半年都过去了，从校长传达文件的那天算起，到今年的今日，已经是十一年四个月零十四天哪，我的老同学！如今，我们婚也结了，孩子也有了，都进了而立之年了，天天翘着屁股干活，什么准备也没有，连课本也都在武斗中丢干净了，又说要恢复高考。说延迟就延迟，说恢复就恢复，恢复高考，谈何容易？你叫我们拿什么去考？就是把我们放在火上烤干了，我看也烤不出半点油星子来。”见妻子瞪大眼睛看着他，就缓和了一下语气说：“我知道你心疼我，怕我上班出危险，想我尽快离开铁路，可是要有这个可能啊！你以后就别编这样的故事来哄骗我了，不如让我吃了面去睡一觉还实惠些。我又不是三岁孩子，我看我这辈子就没有上大学的命，命里只有八斗米，走遍天下不满升，那就认命吧。”妻子见他说着说着，眼眶里噙满了泪水，知道他心里委屈，就伸出一只胳膊把他的脑袋搂到自己怀里，一边轻轻地在他头上抚摸着，一边在他耳边小声地说：“这回真不是骗你，是我亲耳听到的，是人家亲口告诉我的。”就把昨天她在楼上做卫生时经历的那一幕，细细地跟他说了一遍。

他妻子是这个城市一家饭店的服务员，这家饭店是这个城市最大的一家饭店，饭店的楼房，也是这个城市最高的楼房。当初招工的时候，他妻子只想当一个穿背带工装的女工，她喜欢那工装，觉得穿起来很神气。可是，一次又一次，因为视力不达标，工厂都不要她。直到点上的同学都走光了，几个月后，才有一个服务单位去招人。有人教她把视力表背下来，说到时候知道是哪一行第几个，就知道上下左右怎么指，谁知她一站到视力表前，就什么都忘了，依旧不知道医生的棍子指的是哪个方向。体检的医生也有孩子是知青，对招工体检有抵触，觉得招工体检对这些孩子不公平，为什么下乡的时候不体检，眼睛近视得看不见路，近视镜片厚得像酒瓶底子一样的也要下去，上来当个工人，还要这检查那检查的，又不是去当飞行员，有必要搞得这么严吗？在检查视力的时候，见她一只手在半空中像道士画符一样地乱动，知道是背了视力表又忘了的，就拿棍子在视力表上胡乱指点了几下，提起笔来就给她填了两个一点二。她拿着表对医生表示感谢，医生说："谢什么谢，上了班好好工作就是。"

她珍惜这来之不易的工作机会，上班后，就全身心地扑在工作上。她到公司后，分配在这家饭店当服务员。都说六六届高中生当服务员是大材小用，她觉得这比在农村强百倍。领导见她在这批青工中文化水平最高，又吃苦耐劳，踏实肯干，就把她分到一个重要的楼层，不久又让她当了这个楼层的班长。这家饭店虽然也对外接待散客，但那年月自由流动的散客不多，除了因公出差的少数客人之外，主要就是接待省市一些重要会议，尤其是一年一度的学习毛主席著作积极分子代表大会和贫下中农代表大会。会议期间免不了有一些领导同志需要与代表分开居住，领导也有一些重要工作需要召开专门会议，对安全保卫和保密性都要求很高，所以饭店就单独开辟了一个楼层供领导使用。这个楼层就被饭店的同事戏称为领导层，她就在这个领导层担任班长。她熟悉经常在这里出入的领导，也熟悉他们的生活习惯和工作习惯，她知道只要接待重要会议，她这个楼层就是这幢大楼的中心和主脑，她为在这个特殊的楼层当服务员而有一种隐隐的自豪感。

从去年下半年开始，她发现这一切都发生了变化。原来熟悉的领导都不见了，新来的人，在她们眼里，虽然也是领导，但这些领导跟原来的领导不一样。他们不是年老多病，就是土里土气，说话低眉顺眼，见人点头哈腰，连对她们这些服务员也客客气气，无论为他们做点什么事，哪怕是服务员的本职工作，也要说声谢谢。这些领导不爱开会，但一开会就吵架，不是争得面红耳赤，就是跳起脚来骂人，比原来的领导厉害多了。她不明白是怎么回事，就问饭店的领导，饭店的领导说："别问这么多，做好你的本职工作就是。"

这天上午，她清扫了分配给自己的房间以后，就开始拖走廊的地板。走廊很宽，是水泥地，毛糙，容易脏，拖起来很吃力。她把两个拖把扎在一起，甩开膀子，一左一右，呼呼啦啦地拖着，像生产队的社员用腰镰在湖滩上打草。她见过队上的社员用腰镰打草，她就是学着他们这样干的。这样干，速度快，有效率。拖了一会儿，已是满头大汗，她正想直起腰来歇口气，忽然发现她面前站着一个人。这人四十多岁的年纪，身材微胖，面相和气，她想，这一定也是个领导，就说："对不起，我没看见您。"那人说："我可是看你半天了，你们这些当过知青的年轻人，可真是了不起呀，有文化知识，又吃苦耐劳，真是国家不可多得的人才。"见有人夸奖，她有点不好意思，就问："您有什么事吗？"那人说："没什么事，我想找你谈谈可以吗？"她说："可以呀，正好我也快拖完了。"那人说："那就等你拖完了吧，不耽误工作。"她于是又弯下腰去，迅速把她面前的一段走廊拖完了，就回转身来跟那人说："好啦，您说吧。"那人指指走廊边摆着的长椅说："坐下说，坐下说，你也歇歇气。"

坐下以后，那人就单刀直入地问她："想考大学吗？"她一下没反应过来，不知道怎么回答，突然想起《突破乌江》的电影里，一个当官的问一个小个子兵说："小个子呀，想当官吗？"那小个子兵说："想，做梦都想呢。"就情不自禁地脱口而出说："想，做梦都想。”那人笑了笑说：“知道我们在开什么会吗？”她说：“不知道，我们这个楼层有纪律，不该问的不问，不该看的不看。”那人又笑了笑说：“现在不是你问我，是我要告诉你，不算犯纪律。”见她瞪着大眼看着他，知道她渴望听到他要说的事，就说：“我们现在正在召开省里的高考招生工作会议，中央最近决定恢复高考招生，开完了这个会，我们就要组织报考，怎么样，报名吧，听说你是六六届高中生，又是有名的黄冈高中的毕业生，应该没什么问题吧？”见她的表情似乎有些犹疑，那人又说：“不要有顾虑，这次招生的政策跟往常不一样，有很多调整，原则都是邓小平同志亲自定的，为了抓紧时间，不等明年秋季，今年下半年就开考。”接着，又跟她讲了一些招生政策方面的问题，又问了些同学们平时对考大学这件事的议论和看法，包括在知青点上的生产生活和学习情况。末了，又鼓励她响应号召，积极报名，说经过“十年动乱”，国家急需人才，希望他们这一代人尽快投入学习，及早成为国家“四化”建设的有用之才。

三

从那年收到招工单位的录用通知后，好多年她都没有这样激动过。按说，这件激动人心的事来得太晚，但尽管过去十一年了，听到这样的消息，她还是禁不住心怦怦跳。十一年前，临近高考的前一个月，他们开始分科复习备考。她和他都报了文科班，他们在班上语文成绩都好，作文常常被老师当范文分析。他那时正崇拜鲁迅，读了很多鲁迅的书，还仿照鲁迅，起了一个从来没用过的笔名叫吴速。也像鲁迅一样，他用了母亲的姓，吴，单名就在迅速二字中，拣了鲁迅用剩下的那个速字。在填报志愿的时候，他看到南开大学中文系有一门课叫鲁迅研究，就填了南开大学。她没有他那样的雄心，不敢高攀鲁迅，但内心也有一个隐秘的愿望，想将来从事外贸工作。那年鼓励学生填报外贸学院，说是国家急需外贸人才，她就报了北京外贸学院。搞外贸工作需要外语好，所以她就把复习的重点放在俄语课上。她的俄语成绩本来就好，她也喜欢俄语，平时在这门功课上下的功夫也多。有一年暑假，还把从初中到高中所有课本上的俄语单词、语法规则、重要练习，都分门别类地做了整理，编成了一个小册子，背得滚瓜烂熟。俄语老师是个很严厉的人，每天早晨到文科班上来辅导早读，都要拎上两个开水瓶，把开水倒在漱口杯内，在讲台上一字儿排开，然后让同学们像部队喊操一样，扯开嗓子念单词，读课文，口干了就去喝水。在学校里住读，伙食本来就差，没有油水，早晨又是空腹，读着读着，就唇干舌燥、头晕眼花，喝再多的水也不管用。俄语单词中，有个字母P，发音像乡下人说的夹巴子说话，要卷起舌头来打哆啰。俄语老师教了一辈子俄语，也发不好这个音，却把他毕生积累的发音经验，教给他的学生，要他的学生照着练。老师说，发这个音，口里要含着一口水，把头仰起来，眼睛望着天，一边从喉咙里向外送气，一边用舌头配合转动，就像汽轮发动机一样。只是这喉咙送出的气息与转动的舌头，往往配合不好，口里含的水，不是咕隆一下吞进去了，就是像水枪一样，扑哧一声喷出来了，结果肚子里灌满了水，面前的书本喷得透湿，还是发不出这个音。想想当时的情景，她常常禁不住笑出声来。

这样的日子，对她来说，早就成了尘封的记忆。那天校长传达完文件后，文科班就结束了，同学们把各自的课桌，又搬回了原来的班级教室。后来，课桌也不要了，教室也关不住了，“破四旧”成了日常功课，砸烂“封资修”成了最好的课堂。再后来，北上取经，南下串联，扯旗造反，文攻武斗，等闹腾够了，又一车拉到乡下，与贫下中农一起，战天斗地，再等招工回城，便到了谈婚论嫁、生儿育女的年龄。如今她都是两个孩子的妈了，就算是做过考大学的梦，现实中也要有这个条件哪。首要问题是，两个孩子谁来管？他在铁路上上班，两头不见天，节假日遇到轮班，也没有休息，铁路上实行军事化管理，轻易不能请假。公婆和父母都在工作岗位上，就算是提前退休了，不住在一起，远水也救不了近火呀。她深知养孩子的难处，不说别的，就是每天早晨送孩子上托儿所幼儿园，就是一件大事。国家提倡只生一胎，可她不小心却有了两个。领导说："上面也没有硬性要求，但上幼儿园的指标只有一个，那一个就只能留在单位的托儿所，一直等到上小学的年龄。"托儿所的阿姨说："你们家的妹妹很不错，这么多年，我们都让她当班长。"她听了只能望着阿姨苦笑。她家妹妹永远都是托儿所的孩子中年龄最大的，可不是年年要她当班长？每天早晨起来，送完了上幼儿园的，又要送上托儿所的，就像打仗一样，这个掩体打几枪，又转到那个掩体。遇到孩子有个三病两痛，顾得了这个顾不了那个。有一次，他在当夜班，大女儿得了急性菌痢，发着高烧，半夜要送医院，公交车都停了，外面狂风暴雨，把小女儿丢在家里不放心，只好怀里抱着大女儿，背上背着小女儿，披着一件雨衣，一口气跑到儿童医院。等医生接过她怀里抱的大女儿，再回头把小女儿从背上放下来，发现孩子已满脸发乌，差点憋死。想想这些，用不着做选择决断，事情是明摆着的，她心想：像我这样，还能上大学吗？看来，我今生注定与大学无缘。罢罢罢，这个大学我不上也罢，就让他一个人去上吧，就像当兵吃粮，两丁抽一，一家有一个代表就行。他也是个近视眼，在现场作业，影响工作，又有危险，就让他去吧，这样，也省得我提心吊胆，每天晚上做噩梦。我得赶快把这个消息告诉他，好让他早点复习，早做准备。

恢复高考的消息，不胫而走，不久，就正式见报了。身边有许多人开始复习，还不时有人来请教问题，要他帮忙辅导，说他是老高三，底子好。尽管这些天，她反复劝说，反复动员，他还是下不了这个决心。他不能把这个家都丢给她一个人，把抚养孩子的责任，让她一个人去承担。再说，他也离不开他的工作，虽然辛苦危险，却充满挑战，充满刺激，站在奔跑的列车上，他有一种从未经历过的豪迈的感觉。“大学”这两个字，虽然听别人提起来，他还不免心怦怦跳，却引不起他的半点激情。就像他在初中时暗恋的一个女孩，现在也只剩下一个模糊的面容。记得下放农村以后，他和她一起去看过一个上大学的中学同学，他是工农兵学员，学什么已不记得了，只记得他带他们在校园里转了一圈，校园里到处都是大字报栏，教室食堂和宿舍的门窗，都很破旧，墙壁上写满了标语，也贴了大字报，有些墙壁上，还留有武斗的弹痕，这与他在电影里看到的大学校园，完全不是一个样子。也看不到电影里常见的，戴着近视眼镜，抱着一大摞精装书本，或穿着布拉吉，手拉着手，边走边说笑的男女大学生，更不用说穿着西装、打着领带、叼着烟斗的大学教授了，大学在他心里就打了折扣。就像当年的历史老师带他们去参观一个老宅子，去时想象它的富贵，看到的却是满目的破旧。

饭店里有一个老厨师姓季，大家都叫他季师傅。季师傅的资格很老，1949 年前就在饭店后厨当学徒。季师傅有个儿子小季，从乡下抽上来，也在饭店工作，干的是电工。小季下乡时，只读到初中毕业，是老三届初中生中最低的一届，算起来实打实地只读了一年的初中。听说下乡知青都可以报考，小季也跃跃欲试，季师傅于是就找上门来，要他帮忙辅导。给小季辅导，不像辅导别人，只回答一些具体问题，而是要跟他系统讲授初高中的所有课程。试了一次，他感到为难，就回去跟她商量。她说：“总共就这么点时间，又没有课本，系统讲授不现实，不如把各门功课的主要内容，拣要紧的，编出一个大纲，然后再根据这个大纲给他做辅导。”她是个热心人，平时跟季师傅关系就好，生活上也没少得季师傅照顾。季师傅结婚晚，就这么一根独苗，求到门上来了，不能不尽力。她于是就协助他利用空闲时间为小季编写复习大纲。他俩都是名牌高中毕业，那年月，中学实行少而精的教学原则，除了课本上的东西，不许看任何课外的参考书和教辅资料。有一次，他买了一本周培源编的物理参考书，被班主任发现了，缴了书不算，还在专门的班会上挨了批，所以他们那几届的学生，就把课本上的东西搞得滚瓜烂熟，不光是那些定理定律公式，连一些典型的习题都背得下来。虽然下乡前课本和作业，都在武斗中丢得干干净净，但下乡后，在不出工的日子，或闲得无聊的夜晚，背诵这些定理定律公式、演算这些习题，就成了他们打发多余时光的最好办法，也是他们在平淡岁月里最大的生活乐趣。有这样的功夫垫底，他们没过多久就按计划编出了各门功课的复习大纲。拿到这个复习大纲，小季自是欢喜不尽，复习的进度也快了许多。季师傅为了感谢他俩，特意做了一道拿手好菜，还带了一瓶酒，拉上小季，上门谢师。季师傅说：“我家三代都是厨子，也想出个大学生，改良一下品种。你们帮了我这个忙，就是我们老季家的大恩人，我儿子要拜你为师。”说着，就要小季跪下拜师。他知道季师傅喝得有点多，就说：“使不得，使不得，我不过是比小季多读了一个高中，要不是耽误了十年，小季也早该是大学生了，碰得好，我俩上了同一所大学，我充其量是他的学长。”季师傅说：“使得，使得，一日为师，终身为父，以后你就跟我平起平坐了，咱俩是一个辈分。”他只好对着季师傅呵呵呵呵地傻笑。

跟小季搞了这些日子的辅导，他感到自己的内心深处，正有一种力量，在悄悄拱动。这力量，就像青春的激情在挑动情欲；又像春天到了，回暖的地气，在催裂种子发芽一样。他把这种感觉跟她说了，她说："你要动什么歪心思，就不要找借口，什么激情啊，地气啊，都是鬼扯，说白了，也就是你那点上大学的念头又回来了。你忘了你前几天还跟我说，这些年听惯了叫师傅，不管你是干什么的，见人就叫师傅，突然听见有人叫你老师，就觉得新鲜。这是你找回了学习的感觉啦，你那丢了多年的魂儿又回到学校啦。"他一想，也是，这些年，连老师这个称谓都变了味儿，都觉得陌生。听到有人喊老师，不觉得亲切，反感到奇怪，本能地觉得这被喊的人有问题。

两人于是就回忆起中学的那些老师。他说："你还记得教代数的华老师吗？"她说："华老师，怎么不记得呢，就是那个戴着厚厚的眼镜、说话爱指手画脚的华老师吧？我还记得他教我们怎么记住Log2和Log3的得数，说Log2的得数是一个人戴眼镜，左边的眼镜架钩住的一只耳朵像3，眼镜片像0，中间的鼻子像1，鼻子右边的眼镜片又是一个0，连起来就是3010，前面加个小数点0.3010，就是Log2的得数。如果要加上后面的约数3，就是右边的那只耳朵，合起来是0.30103。又说Log3的得数0.4771是孙中山先生做演讲，孙先生左手叉腰是4，左右两个横着的肩膀和中间竖着的头颈构成两个倒写的7，右手拄的文明棍构成一个1，连起来加个小数点就是0.4771。我一辈子都忘不了。"从教代数的华老师又想到教化学的王老师，王老师说原子的结构就像一群漂亮的女孩围着一个男孩跳舞，男孩是原子核，带正电，也就是阳电，女孩是电子，带负电，也就是阴电，同学们也记得牢。又想到教语文的吕老师，吕老师讲鲁迅的小说《药》，只用一些标点符号，就把《药》的主题思想和写作特点，都讲得清清楚楚。药，药、药；药？药！药……从药引起的故事，到这一种药、那一种药，两种药不同的含义，再到对药发问，惊叹原来是这种药，最后由药引发无尽的思考，抽丝剥茧，循序渐进，层层深入，既通俗，又好懂。只可惜这些老师后来都遭受了不公正的待遇，王老师因为那个男孩女孩跳舞的比喻，被说是在课堂上散布黄色毒素，挨了斗争，加上新中国成立前的历史问题也让他受到批判，他不忍屈辱自杀了。王老师自杀之前，已接受监管，工作组派学生在王老师门口值班看守。王老师自杀那天，正轮上他值班。王老师见他拿着个体操棒站在门口，怕他累了，还端了个凳子让他坐一下，不知道为什么，他没有落座。当天晚上，王老师就喝了氰化钾结束了自己的生命。王老师断气的时候，他就在身边，难受得差点哭了出来。吕老师因为讲了药的复杂性，说是歪曲文化旗手鲁迅，也挨了批判斗争。最有意思的是华老师，学生揪斗他的时候，说他污蔑民主革命的先行者孙中山先生，他还犟着脖子用手比画孙中山先生的演讲，说他学得不像，电影里演员的动作更加逼真。十多年过去了，这些老师都到哪里去了呢？他真想像她说的那样，再回到学校去，在教室里再听听这些老师讲课。

四

这天下午，睡过倒班觉，醒来的时候，他发现家里一个人也没有，就随手拿起这几天正在看着的一本《中国文学史》，想在床上再赖一会儿。这套文学史是一个低年级的同学从学校图书馆偷出来的。那一阵子，学校的东西没人管，有些同学就把图书馆、实验室的图书和实验器材偷出去卖。这个低年级同学曾经问过他一个古文学习方面的问题，觉得他很有学问，心想这套书他一定用得着，就有意留下来送给他。这套文学史共有四册，蓝颜色的封面，是一个叫游国恩的人领头编的，他不知道这都是些什么人，大约就是报上说的那些资产阶级反动学术权威吧。他本来不想看这种书，不知道为什么下乡时却鬼使神差地带到了知青点上。点上的同学看到这套书，竟如获至宝，比在学校借小说看还起劲，没多久就翻得边卷角卷。有的同学还把书上举的例子，一个字一个字地抄下来，没事时就抱着背诵。有个同学把抄下来的诗词散文单独编成一个小册子，还给这个小册子起了一个好听的名字，叫“中国文学史撷英”。后来别的点上的同学知道了，也来借阅，这套书就成了一个香饽饽。结果转来转去，转到回城的时候，四册书只剩了三册，其中的一册，有个点上的同学说，他丢在防汛工地上了。此刻，摸着这一套残缺不全的文学史，他禁不住百感交集。

他住的这个棚户，是用饭店的车库改造的，砖砌的车库部分做了卧室，卧室前面用牛毛毡搭了一个偏厦，兼做吃饭、弄饭和会客的地方。因为原来的车库门前有一排梧桐树，搭这个偏厦时，为了借助这排梧桐树作为支撑，结果便把这排梧桐树做进了偏厦的正中。有人还在这些树上挂了一个木牌，在上面写上各家各户的门牌号码，俨然是一排风格独特的树屋。微风起处，屋顶随着树干轻轻摇动，整个偏厦有如婴儿的摇篮，在母亲手中轻轻晃荡。遇到狂风大作，就像范仲淹的《岳阳楼记》里写的，“樯倾楫摧”，树摇房动，连正屋也嘎嘎作响。多少年后，他看过一个电视剧叫《贫嘴张大民的幸福生活》，张大民家的房子里就有这样的一棵大树，有人觉得奇怪，他笑笑说：“我早就享受过这种待遇。”

这天的风不大，他斜靠在床头，还是能感到偏厦的房顶传来的颤动。院子里有人在洗衣服，这多半是黄师傅的爱人。黄师傅是饭店的看门师傅，他爱人是农村妇女，没有工作，生了七个孩子，家大口阔，成天就围着这些孩子转，缝补洗晒是她的日常功课。搓板撞击木盆的声音、带水搓揉衣物的声音，伴和着房顶轻轻的颤动，就像农忙时节坐着秧船穿过湖面，懒懒的湖风，暖暖的春阳，船桨的咿呀声时起时落，让人昏昏欲睡。过了一会儿，门外的洗衣声忽然停了下来，就听黄师傅的爱人转过身来，冲着偏厦这边喊道：“让你读马列文论，你又读文学史，真拿你没办法，好好读，规定的页码没读完，不准回去吃饭。”接着，洗衣声又响了起来。他朝偏厦这边一看，发现喊话的不是黄师傅的爱人，而是班主任刘老师，刘老师一边埋头搓洗脚盆里的衣物，一边说：“这些文章你今天可能看不懂，看不懂不要紧，记住了，将来会有用。以后每个星期六下午，都到我这儿来读马列文论，我在门口洗衣服，守着你。”他只好放下文学史，去找那本马列文论。找了半天，没有找到，突然发现刘老师正在教室里讲马列文论，就坐下来听刘老师讲课。刘老师说，跟他们讲马列文论，是“蛤蟆跳到鼓上——扑通扑通（不懂不懂）”，他们也记不住这些外国人的名字，你来说说看，这些外国人的名字怎么读。就转过身去，在黑板上写下了几个外国人的名字，玛·哈克奈斯、敏·考茨基、斐·拉萨尔、弗兰茨·冯·济金根，他都照刘老师平时教给他的念法，一一读下来了。刘老师说：“怎么样，我说将来都有用，没说错吧？”见他两手空空，刘老师又说：“你的书呢？”他就又开始找书，找了半天，这才发现手里拿的文学史就是马列文论，只不过包了个文学史的封皮。就赶紧翻开文学史的封皮，寻找刘老师讲的文章。刘老师说：“错了，你那是文学史，不是马列文论课本。”他说：“是的，我怕同学借走了不还，包了个文学史的封皮。”就递给刘老师看。正在这时，旁边有个同学说“我看看，我看看”，就伸手来接。谁知没有接住，手里的书啪一下掉下去了。他正要弯腰去捡，突然一个激灵醒了过来，伸手一摸，那本文学史不在，再一看，果然掉到地上去了。

醒来以后，他把这个梦琢磨了半天，心想：“中学没有文学史的课呀，更没有马列文论，这应该是大学中文系的课程。可是，大学的课程，为什么是刘老师在讲呢，我为什么又跑到大学课堂上去听课呢？我睡着了以前，明明看的是文学史，怎么又变成了马列文论呢？好好的马列文论课本，为什么要包一个文学史的封皮呢？要说同学借了不还，也该是文学史，而不是马列文论，文学史显然比文学理论容易看懂，看着也更好玩。”就这样躺在床上琢磨了半天，也没琢磨出个名堂。最后得出的结论是，刘老师每个周六在她住的单身宿舍门口洗衣服，把他关在房里读马列文论这件事，在他的脑海里留下了太深的烙印。不知道为什么，班主任刘老师从高三开始，每个星期六上午，都要为他开一个读书的小灶。往往是刘老师给他布置完要读的书，就端个脚盆坐在门口洗衣服，他就在刘老师的洗衣声中把刘老师布置的书一页一页地读下去。毕业前那段时间，刘老师布置他读的，就是他梦到的《马克思恩格斯列宁斯大林论文艺》。再一个，就是他真的像他的妻子说的那样，上大学的念头又回来了。这两件事搅和在一起，移花接木，张冠李戴，就这么成就了一个梦境。奇怪的是，他后来上了大学中文系以后，果真有一门马列文论的课程。任课的老师姓李，是他们那个地方的人，有很重的口音，加上马恩列斯的文章中，有很多外国人名，老师念起来比外语还难懂。班上的同学都听不下来，李老师就笑他们是“蛤蟆跳到鼓上——扑通扑通（不懂不懂）”。只有他，不但听得懂李老师的方言，又因为有刘老师在中学给他做的铺垫，所以他的马列文论的课堂笔记，做得又准确又完整，课后也就成了同学们辗转传抄的样本，到复习考试的时候，更是同学们争相借阅的宝典。世事奇妙到如此地步，真叫人捉摸不透。

在床上赖了一会儿，他就穿衣起床，吃过锅里留的饭食，就到了妻子下班的时间。跟她下班回来的，还有一个人。这人一头花白的短发，笑起来像一朵经霜的菊花。不用介绍，他一下就认出了是中学的田校长。田校长是当年管教学的副校长，因为他的学习成绩好，所以给田校长留下了很深的印象。田校长这次是作为省里的代表，上北京参观刚建起不久的毛主席纪念堂，瞻仰毛主席遗容的，现在就住在妻子管的楼层，特意要到他家来看看他，动员他去参加高考。田校长说："你们这几届学生，是三年困难时期之后，国家实行'调整、巩固、充实、提高'的八字方针，各方面工作都走上了正轨，教育质量抓得最好的一个时期的中学毕业生。你们这个年级的同学，基础扎实，动手能力强，发展全面，是国家不可多得的后备人才，你们要不去考大学，太可惜了。"

没有什么招待的，他们就和田校长一起，捧着一杯开水，围着饭桌，回忆当年的那些同学。田校长对学生的情况很熟悉，对他们这些一只脚在大学门里、一只脚在大学门外的毕业班的学生，更是如数家珍。问了一些同学们离校以后的情况，田校长突然提起一个外号叫小凯洛夫的同学。凯洛夫是苏联的教育家，在中国很有名。这位同学因为善于总结学习经验、归纳学习方法，大家都说他有思想，像个教育家，就把凯洛夫的大名栽到他头上，叫他小凯洛夫。田校长说："我记得他总结的学习经验、归纳的学习方法，后来还被搞成一个材料，在全省中学生中推广，产生过很大影响，有些中学还请他去做过介绍。像这样的人才，打着灯笼也难找，不知道他现在的情况怎么样。"见校长问起，他叹了一口气说："可惜这位同学回乡以后，因为受他父亲的历史问题牵连，政治上一直受压制，连个民办老师都不让他当，至今还是个普通社员。有一次我们去看他，见他家里穷得一贫如洗，连条坐人的板凳也没有。他说他学的东西都丢光了，现在就只知道干活挣工分，养家糊口。其实，他父亲也没有什么大问题，不过是 1949 年前轮流顶班当了几个月的保甲长。”田校长听了，也禁不住感叹唏嘘，说：“像你们这些硕果仅存的毕业生，无论如何，都要克服困难，去参加高考。十年啦，这是个千载难逢的机会，要是再来个什么运动，你们就永远上不了大学啦，老师们的心血也就白费了。”

田校长从北京回来，又托人带来了一包复习资料。田校长是个有心人，就是在关牛棚、被抄家、挨批判，后来又下放农村的过程中，还不忘保存这些知识的火种。据说，为了保存这些资料，田校长连师母陪嫁的一口樟木箱子，也贴出去了。他把资料托付给一个乡下亲戚时说：“箱子可以留下，里面装的资料，一张纸也不能少。”后来又听说，他的这个乡下亲戚把这口樟木箱子做了他女儿的陪嫁，却把那些资料转移到他母亲的棺材里面。老人家每天晚上把棺材盖翻过来当床睡觉，谁也不会想到，里面却藏着田校长盗得的天火，说来也是一段咸酸苦辣甘五味杂陈的佳话。

五

佛曰，迷时师度，悟时自度。既然师也度了，妻也度了，时也度了，事也度了，剩下的就是自己把自己度出迷津。妻子见他心念已动，决心甫下，就协助他制订复习计划。

复习的安排颇费周章。车站上的是日夜连班，没有周末，也没有节假日，一个萝卜一个坑，要请假复习，根本不可能。再说，自己也不好意思开这个口，怕领导为难，就把书带到班上，趁没活儿的时候，抽空看上几眼。因为经常被抽出去写写画画，他在车站有个秀才的外号。同事们都知道，秀才这回要考举人了，就说：“你这样不行，心无二用，顾得了这头顾不了那头，弄不好，看不进书不说，还容易弄出事故来。干脆，有些活儿你就别干了，我们替你，你就找个地方安心复习得了。”

同事们大都是从农村招上来的青工，虽然是来自四面八方，但不论是下乡知青，还是回乡知青，都有过当知青的经历，还保留有知青时代的哥们儿义气，平日里也没少关照他。他眼睛近视，编车打信号的时候，晚上用信号灯，还能对付，白天用手势，就全凭估摸。一列货车，编好了五六十个车皮，里把两里路长，从车头到车尾，就站三四个人，上手的人打的手势信号，他根本看不见，常常不知道怎么往下手传。同事们怕他错传信号，弄出事故，上下手站着的人，就有意向他靠近，结果便省略了他这个环节，越过他直接由上下手把信号传过去了。

对同事们的关照，他心生感动，有时也想有点回报。他这个车站的秀才，经常被办公室抽去写个年终总结或领导讲话什么的。同事们都说，秀才的权力很大，他要领导废话少说，领导就不能多讲；他要总结大会开短，这会就准定是兔子的尾巴——长不了。他在办公室里高桌子低板凳地坐着，夏天有酸梅汤降温，冬天有炉子烤火，有茶喝有烟抽，他自己喝了抽了，也不忘带一点到现场，分给同事们，同事们都觉得他够哥们儿。那时节，他正迷着写诗，以往在农村，他也写，还向报纸投了不少稿，但都没人理他。现在不同了，他是产业工人，产业工人是工人阶级中的老大，最有代表性。所以每到五一、国庆这些重大节日，报纸的编辑都要到车站来，约他写一首诗，表达工人阶级的心声。他就被叫到办公室，写完了才回现场。这时候，同事们就说："这下好了，秀才又可以跷起胯子来喝茶抽烟了。"他心里就盼着这重大节日再增加几个，他好在报纸上多发几首诗，同事们也可以多搞几根烟抽。

车站很大，方圆数公里，到处都是穿梭上下的车辆，到处都是丁零当啷的响声，又是风笛，又是汽笛，就像乡下的草台班子打闹台一样，白天黑夜都没个消停。要想找个安静的地方复习，谈何容易？就是找到一个偏僻点的地方，不是晚上没有灯光，就是不断有人巡查。有一次，扳道的金师傅找到一台废弃的守车，让他躲在里面看书。这台废弃的守车停在车站的一个尽头线上，离作业现场很远，却靠近车站的军用物资仓库，结果被保卫科的人发现了，见他又是圆规又是三角板的，硬说他是在偷画军用仓库的地图，不由分说地把他扭送到车站派出所，关了大半天，直到排除了特务嫌疑，才放他出来。他所在的调车组主任去领人的时候，明知他是在利用上班时间复习，也只好睁一只眼闭一只眼假装不知情，一边不痛不痒地数落他，一边指着他面前放着的一本名叫《春潮激》的小说，对派出所的人说，他就爱看个小说，这些时日迷上了这本《春潮激》，就利用休班的时间躲在里面看小说。这本《春潮激》是他从车站文化室借出来的，这天正好带在身边，没想到主任急中生智，竟用它替自己解了围。派出所的人连看都没看这本书一眼，就说："现在大家都在甩开膀子搞'四化'建设，你还有闲心思看小说，什么春潮急夏潮急的，我看你一点儿都不急。"

连尽头线上废弃的守车都藏不住，就没有别的地方好藏了。金师傅说："我看你也别东躲西藏的了，弄不好，别人还真以为你是什么坏人，干脆，就到现场去。现场这么大，有的是地方藏身，编好的列车又不是马上就发出。除了军用物资，总要等个一段时间，少则几天，多则十天半月不等，排一年半年的也有，再短也有个大半天、一天的，你就找一个编好的车皮，爬到一个空车里躲起来复习，谁也看不到你。反正大家都心知肚明，没人会说你，考大学是上面的号召，又不是什么坏事。班上的事有弟兄们担着，你就别操心。"

金师傅的话，如醍醐灌顶，让他茅塞顿开。第二天上夜班，干完了上半夜的几单活儿以后，跟同事交代了一下，就找到一列编好了的货车。从对讲机里问了站调，站调说，十天后才发，他就放心地爬上了一节篷车。这节篷车是个空车，大约原先装的是些石材，还留下了一些木条子钉的包装箱。他把这些包装箱摞起几个做了书桌，又用一个竖起来做了坐凳，打开天窗，关上车门，点上一支蜡烛，摊开复习资料，就像坐在一个正经的书房里一样。因为有辅导小季的铺垫，轻车熟路，所以，很快就找到了感觉，进入了情况。面对这些复习资料，当年在教室里上课的情景，又回到眼前。他熟悉每一道题的演算方式和解答方法，也记得这些习题的答案，甚至连老师在课堂上讲解这些习题的音容笑貌、手势动作，都记得一清二楚。他觉得此刻他又回到了课堂，只不过换了一个地方，由听课改成自习罢了。

他已经记不得是什么时候离开了这套朝夕相伴的复习资料，这是历届任课老师教学心得的汇聚，也是历届高中同学学习经验的结晶，当年被全校师生称作镇校之宝。别人编的参考书和辅导材料可以不要，这些带有传承的经验，却须臾不可或缺。在那个力争上游、互相竞赛，又免不了分数挂帅的年代，他们的升学率居高不下，靠的就是这点底气。据说，这套复习资料，是田校长组织各科老师编的，不但习题是精挑细选的，解题的方法也是十分巧妙的。为了激发学生的创造性思考，还附了不同的解题路径，供学生参考。运动开始以后，便有外地的学生到学校来造反，逼田校长交出这套资料。田校长说，这套资料不在他那里，在全校师生的脑袋里，你们要有本事，就到他们的脑袋里去取出来。结果就被生拉硬拽地架到操场上，幸亏本校的学生组织出面，才制止了一场游斗，难怪田校长把这套资料视作眼珠子一样珍贵。想到这里，他竟有一种劫后余生重逢故友的感觉。

蜡烛的光亮渐渐暗了下来，肚子里也在咕咕咕咕地叫唤，看看手表，从上班到现在，差不多大半夜没吃东西了，他就从饭盒里取出随身带的米饭，胡乱扒了几口，对着军用水壶，咕噜咕噜喝了几口水，又继续复习。过了一会儿，他突然觉得眼前断断续续地冒出一些火星，起先是一个两个，到后来越集越多，有的不停眨眼，有的胡乱游走，眼前的铅字，也跟着起舞。渐渐地，他便觉得视线模糊，脑袋沉重，再后来，便连头也抬不起来了，就想趴在面前的包装箱上睡一会儿，再起来复习。

他平时瞌睡就大，也很能睡觉，随时随地，倒下便着。步行串联的时候，甚至边走边睡。走在后面的同学怕他停下了，就用一把雨伞顶着他的后背，推着他，让他一边打着呼噜一边往前走。这一觉睡得真香，连日来，没白没黑地上班，没日没夜地复习，争分夺秒，见缝插针，连上厕所的时间都用上了。这一觉就像久旱的秧田突然灌满了雨水，每个细胞、每个毛孔都注足了精气神儿，溢出的雨水从嘴角流出来，把面前的复习资料洇湿了一大片。他正在咂巴着嘴，想把流出来的口水嗦进去，突然听见有轰隆轰隆的声音，在他耳边回响，脚下也有起起伏伏的颤动传导上来。他一个激灵，突然惊醒过来，脑子里的第一个反应就是，车开了。再一想，大约就是在自己打瞌睡的时候，这列车发动了。这在调车场是常有的事，有时是有临时加挂的急运货物，有时是不想久等的货主找站调吵闹，遇到这种情况，只要站调的运行图排得上，说走就走，是谁也预料不到的。

他扒在半掩的车门边，望着像泥浆一样流动的旷野。从眼前簌簌而过的路树，在夜光中忽忽飘动，黑影幢幢。机车的煤烟被风裹挟着，时不时扑打到脸上，细碎的煤屑像扬起的沙粒，吹得人连眼睛都睁不开。他不知车行何处，看看表，大约已到河南境内，就想，等到了下一站，车停了，就扒一个回头车，再返回车站。

车到下一站的时候，已见到些许天光，车站就在野外，四周都是农田。他下车的时候，就见外包线边的田埂上，有人影游动，形如鬼魅，时不时还可见手电的光亮忽忽闪动，让人觉得更像荒郊野外的一片坟场。他早就听说过河南农村的鬼市，天未大亮的时候，当地的村民就把自家的出产——大半是鸡蛋和活鸡——拿到田间交易。交易活动都在黑暗中进行，只在验货和付款的时候，才亮一下手电，天亮的时候，交易的人群就消失得无影无踪。自从割资本主义尾巴后，这个鬼市就开始兴盛，至今已有好几年的历史。车站的同事，有时也扒车来买些计划外的物资。他想到前几天听金师傅说，他老婆就要坐月子了，哪天也想来买点鸡呀蛋呀的准备着。正好，今天顺道，跟他带点回去。

金师傅是个热心人，调车组无论哪个有事，他都出手相帮，但从不接受人家的回报。他家在农村，生活困难。有一次，家里的房子被大水冲了，调车组的弟兄们就凑了些钱，帮他重建，又要利用休班的时间下去帮忙，他却死活不肯。等弟兄们瞒着他赶到乡下去，却发现他用弟兄们硬塞给他的钱，给每人买了一箱板栗。他们那地方的板栗很有名，说是要让大家尝尝鲜。金师傅的为人，大家都很佩服。那年，车站学雷锋树标兵，调车组的弟兄们都选金师傅，说他就是个活雷锋。车站的领导说，学雷锋主要看毛主席著作学得怎么样，在这方面，金师傅还得继续努力。他觉得领导的话也有道理，就当金师傅是个好人吧，好人做了好事，总要有个人情，他今天就还金师傅这个人情。

因为是自家出产，暗中交易，所以东西都不贵，比食品公司里卖的便宜得多。他买了几只老母鸡，又买了一些鸡蛋，回到车站，扒上一列待发的回头车，就等着发车。已经出来大半个夜班了，调车组的弟兄们知道，说不定有多着急。回去的路上，他再也不敢看书复习，一边看着车外的风景，一边数着站名。回到车站的时候，下夜班的弟兄们早都熟睡了。

六

说话间就到了报名的日子。往年高考报名，最重要的一关就是政审。据说，以前的政审结论，分为四等，第一等是优先录取，第二等是录取，第三等是考虑录取，第四等是不予录取。他没有见过也不可能见到政审结论。他有一个同学，在运动初期奉工作组之命，监督学校一个搞政审的领导，在这位领导准备销毁的字纸中，曾看到过这些政审材料的草稿，说确有其事。不管怎么说，一提到政审，总不免让人战战兢兢。尤其对那些出身成分不好，或社会关系有问题的同学来说，更是一个沉重的心理包袱。他下放的那个生产队，就有他们学校上届毕业班的一个校友，因为家庭出身不好，政审没有通过，结果没上成大学，回乡当了农民。这个同学后来变得很颓废，经常搞“作风”，用男女关系来麻醉自己，他们知青点上的同学还参加过他的几次批斗会。他记得这个同学的作文写得很好，有一篇叫作《湖甸春色》的作文，还被当作范文，印发给全校同学学习。后来有一位老师说：“这是典型的为地主阶级招魂的作品，谁的湖甸？哪个阶级的春色？贫下中农有湖甸上的大片良田吗？他们吃不饱穿不暖，还有闲心思去欣赏所谓如画的春色吗？”他当时觉得老师说的也有道理，下放后一直不敢跟这位高一届的校友接近。

1966 年那次高考前的政审结论怎么样，他不得而知。20 世纪 70 年代推荐上大学时，政审结果却让他尝到了苦头。他那次本来有机会上大学，就因为家庭情况不清楚，政审没过关，只好眼睁睁地让自己的徒弟取代了他。他那时还在一家机械厂工作，他那个徒弟只上完小学，就因为家庭成分好，又有个舅舅当着军分区政治部主任，就被推荐上了。领导跟他说："倒不是你的家庭和社会关系有什么大问题，而是情况有点复杂，不是不清白，属于不清楚，又不知找哪个单位去调查，所以就让你的徒弟去了。"他的徒弟觉得过意不去，特意买了一瓶酒来安慰师父，他只好强作欢笑说："没关系，没关系，你先去，我后来，都一样，没准儿你毕业留校当了老师，我再去就是你的老学生了。"徒弟说："哪敢啊，一日为师终身为师，不管走到哪里，您永远都是我的师父。"后来在大学里，果然就有徒弟当了师父的老师、初中生成了高中生的学长的事情发生，那年月怪事多，就不去说了。

想想自己家的那点事，确实也够复杂的。他父亲出身地主阶级家庭，但他父亲本人于新中国成立前在外面读大学时，就背叛本阶级，参加了革命。革命成功后，他父亲又背叛了自己的糟糠之妻，在外面组建了新的家庭，从此就再也没有回家，也断了音讯。新中国成立后，亲戚朋友都不知道他是死是活，这些年都干了哪些事，现在何处，官居何职。有人问起时，并不知情的亲朋好友，只能根据他父亲于新中国成立前干的两件事，来推断他后来的人生状况。这两件事在当地都很有名，一件事是抗日战争时期，他曾以一个富家大少爷的身份，把一队在武汉保卫战中被打散了的国民党武装，带出了县界，送到了长江那边。跟着去的人说，大少爷穿着一身白色衣裤，摇着一把折纸扇，那些散兵扮着挑夫，一人肩上挑着一担猪儿，说是要送到樟树去卖，混过了日本人的岗哨。另一件事是解放战争时期，他把从宣化店分散突围出来的一个班的解放军，又带出了县界，送到了长江那边。这回卖的不是猪儿，而是药材，樟树也是有名的药材集散地。这两件事据说都与大少爷的同学有关，前一件事是大少爷有个同学在码头上给日本人当翻译，看大少爷的面子放过去了。后一件事是大少爷另一个同学的父亲，是国民党的军官，当时正在码头驻防。这两件事背后的情况，都很复杂，谁也说不清楚。组织上不说，也不可能有人知道。新中国成立后，当地人只能根据流行的政治逻辑，做种种推测。有的根据他救了国民党的兵，说他后来在国民党那边当了官，跟着蒋介石去了台湾。有的根据他救了共产党的兵，说他现在一定是共产党的干部，至少也是县团级以上。他从小学到高中，都没经历过严格的政审，他父亲行踪不定，下落不明，也无法外调，这件事就成了一笔糊涂账。他有时候觉得自己是革命干部子弟，学校也让他参加过几次革干子弟座谈会；有时候班主任又跟他讲现在的政策是既讲成分，又不唯成分论，重在政治表现。他不敢跟出身好的同学相比，反倒羡慕那些出身不好的同学，觉得那些同学还可以根据政策，冠冕堂皇地去追求政治表现，他自己却不知道如何是好。有一次，班上召开学习毛主席著作讲用会，一个出身不好的同学大讲他如何跟恶霸地主家庭划清界限，他觉得他讲的根本就不是那回事，划清界限主要是划清政治思想上的界限，不是不接受家里寄的伙食费就是划清界限。他也想上去谈谈他的体会，又怕讲错了，结果跟本来就是革命者的父亲划清了界限，所以思想包袱一直很重。

车站管人事的张科长，似乎看出了他的顾虑，有一次趁他到办公室写材料，就跟他说："你那点思想包袱可以放下来了，这次高考政审，重在个人表现，你的表现一直不错，这件事就包在我身上了！你只管安心复习，一定要考出个好成绩，为咱们车站增光，也为调车组的弟兄们争口气。"吃了这个定心丸，他就更有信心了。看看考期将至，主任就和书记商量，破例给了他三天假，让他在家里好好复习，准备考试。

在家里复习其实并不比在车站复习轻松，原因是家里的房子小，没处藏身。他家隔壁是饭店的理发室，刚好这几天理发室的陈师傅生病请假，妻子就从陈师傅那里要来了理发室的钥匙，把他关在里面，让他安心复习。这些时日是会议淡季，理发室只留陈师傅一个人值班，陈师傅不在，门口挂了暂停牌，没人敲门打扰，白天夜里都开着日光灯，就像当年坐在教室里上晚自习一样。

好久没听到日光灯嗡嗡嗡嗡的声音了，多少年前，一听到这声音，他就有一种莫名其妙的窒息感，总想把这灯光捅一个窟窿，划一道口子，好让人出口气。于是便在静静的教室里，刻意弄出一些响动，有时干咳几声，有时打个响鼻，有时敲敲桌面，有时晃晃凳子。直到来检查的班主任拍拍他的肩膀，拎着他的衣领，把他请到室外，他才觉得他从这惨白的灯光营造的牢房里解放了出来。

此刻，他是多么热爱这日光灯。嗡嗡嗡嗡的声音，就像小时候母亲在自己的耳边哼着乡村小调，柔和的灯光就像漂白了的夏布蚊帐，把自己罩在宽大的木床里面。他喜欢这蚊帐，他觉得躲在蚊帐里既安全，又可以听到外面的动静。小时候，夏天的晚上，母亲就把他关在蚊帐里，教他读书。母亲在蚊帐外，一边做着手里的针线活儿，一边教他背诵《三字经》《百家姓》，他正式上学前的一些启蒙读物，都是在蚊帐里背熟的。现在，他又被关在这蚊帐里，只是听不到外面的动静，也不能弄出声音，就连背诵俄语单词，朗读俄语课文，也只能像帐子外面的蚊子一样，有一阵没一阵地小声哼哼。

他终于还是忍不住要走出蚊帐。关了一天，没喝一口水，只消化三餐饭菜中溢出的水分，还是胀得膀胱发疼，就想趁孩子还没接回家，溜出去上个厕所。谁知门还未拉开，两个女儿就像两只猛兽，砰地一下冲了进来，一左一右地扯着他的胳膊说："爸爸在这里，爸爸在这里，抓住你了，抓住你了。"他只好把她们让进理发室，让她们像抄家的鬼子兵一样一气乱翻，等折腾够了，才想起来问她们："你们怎么不去托儿所幼儿园？"妹妹很有点鄙夷不屑地说："这你也不知道，今天是星期天。”姐姐说：“你还说带我们到中山公园去玩，说话不算话，哼！”他只好连连向姊妹俩道歉说：“一定，一定，等我考完了一定带你们到中山公园去玩。”为了这个不知什么时候兑现的承诺，他又郑重其事地与姊妹俩拉钩盟誓，这才锁上理发室，回家去吃晚饭。

这天晚上，躺在床上，说起白天的事，他心中还满怀愧疚。连孩子这点小小的愿望都不能满足，他觉得他这个父亲实在是太不称职了。妻子安慰他说：“你也别想多了，没听说儿女生来就是讨债鬼，前生该他多少债，你说不清楚，他也不告诉你。他自己想要的，你觉得该给他的，都是你欠的债，你怎么还也还不清。不如想开点，能还多少算多少，还不了的就欠着，等到他也生儿育女了，就知道，这个债，他也有还不清的时候。”他觉得她说的也有道理，就从被子里伸过一只手去，把她揽在怀里，想跟她温存一下。好久没有温存了，他差不多连夫妻之道都记不得了。她顺从地靠近他的身子，却没有平时那样的反应，只把潮湿的嘴唇贴着他一边的耳根，深深地吻着，然后轻轻地在他耳边说：“留着，就要进考场了，养精蓄锐，争取考出个好成绩，我和你的两个宝贝女儿在家里等着你的好消息。”

七

这年高考，这个城市设有好几个考场。按照就近参考的原则，他本来可以在离家较近的一个考场参加考试，无奈他的工作单位在江那一边，所以就不得不跨过长江，从江北到江南去参考。

考场所在的中学，在一个偏远的郊区，从江那边过来，只有一趟公交汽车。车上人很多，里面像压紧了的腌菜坛子，外面的人还不停地往里挤，实在是挤不进去的，就挂在车门边上，俗称挂肉排。挂肉排是这个城市的公交一景。他在中间站上车，也只能挂在车门边上。好在车门上的玻璃早已不知去向，他就跟着几个乘客，一手从车门洞里抄进去，扒着半边车门框子，一手互相扶持着对方的肩膀。脚下蹬着了车门沿子的，勉强能站直身子；蹬不着车门沿子的，就只好用膝盖顶着车门，伸出一只手去，做海底捞针状，靠倾斜的身子保持平衡。他有幸站直了身子，但脑袋却像装了弹簧一样，车身颠簸一下，就在车门上磕碰一下，想避避不开，想摸一下痛处，又腾不出手来，只好硬着头皮干挨。

车门里，正对着他，有个小女孩，看上去两三岁的样子。一头乌黑的头发，自然卷曲。一双滴溜转的大眼睛，高高的鼻梁，薄薄的嘴唇，被周边的鬈发簇拥着，像戴着黑绒帽的瓷娃娃。一路上，他就目不转睛地看这小女孩，这小女孩也眼睛一眨不眨地盯着他看，看久了，时不时会笑一下。要是他的头磕碰到车门上了，小女孩就笑得更欢。要是连续磕碰几下，小女孩就咯咯咯咯地笑出声来。这时候，她的身子就会往下一挫，像戏台上的木偶被绳子拽住了一样。再仔细一看，原来这小女孩是被人抱住了双腿，趴在那人肩膀上的。他看不到这人的正面，只从背后那一对秧把式的发辫，看出是一个年轻的妈妈。就想，带着这么小的孩子上下班挤公交车，真是不容易。他就看过一个年轻的双胞胎妈妈，前胸一个后背一个地用布袋子兜着挤车上班，结果车是挤上了，妈妈和胸前的一个进了车门，背后的一个却被车门夹在外边，硬是等到了下一站，松开车门下人，背后的一个才有机会挤进去。正这么想着，忽然听见那女孩的妈妈在说话，像自言自语，又像在背书。“太平天国失败的原因：一，没有工人阶级的领导；二，领导集团的内讧；三，中外反动势力的联合进攻。一，没有工人阶级的领导；二，领导集团的内讧；三，中外反动势力的进攻。错了，错了，是联合进攻，中外反动势力的联合进攻。一，没有工人阶级的领导；二，领导集团的内讧；三，反动势力的联合进攻，不对，是中外反动势力的联合进攻，唉，你怎么这么笨哪，三，中外反动势力的联合进攻。”就这样，这女孩的妈妈一遍又一遍地背着太平天国失败的这三点原因。不知为什么，每当她背到第三点的时候，不是掉了中外，就是掉了联合，同时又不停地咒骂责怪自己。他实在忍不住了，在她第四遍将要背到第三点的时候，他怕她又重复前面的错误，就脱口而出地插进去说：“中外反动势力的联合进攻。”“三，中外反动势力的联合进攻。”女孩的妈妈对他的提示没有丝毫的意识，也没有丝毫的反应，只顾顺着自己的思路不停顿地背下去，好像她这次一字不落地背下来，原本就是她自己记住了似的。他知道，这种机械的记忆，最容易反复犯错。就想，这大概也是过江赶考的考生。等他朝车里一看，竟有不少人都像考生，有的在勾头看书；有的举着纸片，在仰脸记诵；有的眼睛直勾勾地看着人家的后背，脑子里不知在转悠些什么。他想到自己的世界地理还有一些没有背熟，于是不顾车里的动静，也昂头向天，去默记那些外国地名。

车到站了，还没有停稳，他就跳了下来，接着，身后就有潮水一样的人群，推着他向前涌动。没走出几步，他就听见身后有个小女孩在喊：“妈妈，妈妈，叔叔，头，头。”又听见小女孩的妈妈回答说：“头，头怎么啦？”他知道是那一对母女，就回过头去，朝她们一笑。还没等他来得及看清那位年轻妈妈的面孔，就又听见小女孩在喊：“叔叔再见，叔叔再见。”那母女俩已走到他前面去了，留给他的，依旧是那张戴着黑绒帽的瓷娃娃的脸和一对忽悠着的秧把辫。

车站就在校门旁边，一下车，他就直奔校门。他知道，他来得太早了。今天早晨，他四点钟就起来了，赶的是头班车。赶这么早，车上还挤成这样，晚点挤不上车，说不定就要误考。考试前总要看看考场，开个会，讲讲注意事项什么的，都不能迟到。就想到车上的考生，大约也是他这样的想法。等到他一脚跨进校门，却发现校门内外，都是静悄悄的，没有一点迎考的准备和气氛。适才在车上看到的那些考生，下车后也不知道都到哪里去了。大约附近有亲朋好友，到他们那儿去暂作休息，或者又转车到别的考场去了，也未可知。他也想找个地方，歇息一时，等着上午的头一场考试。

正这样想着，突然听见有人喊他："嘿，来考试的吧，这么早跑来搞么事，还有两个多小时呢！来，来，来，到这儿来坐坐，烤烤火，监考的老师还没来。"说话的是个看门的大嫂，人很热情，话也很多。还没落座，他就对她的职业和人生经历，有了一个大致的了解，知道她是这所学校一个老校工的女儿，一直在郊区农村种菜。刚好她也姓蔡，用她的话说，是个地道的菜（蔡）老板，前年老父亲办了病退，她就接替他当了门卫，看守这所学校的大门。说是看门，其实也没有什么好看的，据说原来有个铁栅子门，现在也不知道到哪里去了，门两边砖砌的柱子，也像破庙里的菩萨，残缺不全。蔡大嫂的门卫值班室就在校门一边的残柱后面。

值班室很小，中间有一个装着烟囱的火炉，靠窗有一个四方的课桌，火炉旁边放着两个方凳，都很破旧，看样子，都是从教室里搬来的。蔡大嫂把他让进值班室，就忙着摆弄炉子上烤着的几个小红薯，这大约便是蔡大嫂的早饭。虽然他早上吃过了热干面和糊米酒，还是经不住烤红薯的香味的诱惑。蔡大嫂见他眼馋，就把手上的红薯掰了一半给他，两人就一边吃着红薯，一边说着闲话。

蔡大嫂说："你这早跑来搞么事，在家里多睡一会儿不好，等会儿考试也有精神。"他说："睡不着，也怕睡过了误事。"蔡大嫂说："也是，难得碰上这个机会，又怕考不上，谁心里不打鼓！我那苕儿子昨晚也说睡不着，我说，睡不着也得睡，硬逼着他早早睡下了。睡到半夜，他突然迷迷糊糊地跑到我床面前说，妈，我睡不着。我一看，完了，完了，天都快亮了，还睡不着，再不睡，想睡也没得睡的了，就不管三七二十一，朝他脸上狠狠地掴了一巴掌。咦，你说怪不怪，他不哭，也不叫，来时怎样，去时怎样，又迷迷糊糊地转过身去，趴在床上睡下了，到我出门时还没醒。我家就住在附近，等会儿我再回去叫醒他。”他说：“你叫醒他搞么事，年轻人，瞌睡大，我小时候睡着了，耳边打炸雷也醒不了。”蔡大嫂见他没明白是怎么回事，就有点不好意思地说：“我儿子今天也来赶考。”他说：“是吗，难怪，搞了半天，我跟你儿子还是个同年。”这回轮到蔡大嫂不明白他说的同年是什么意思了，就说：“我儿子比你小，看样子，你怕有二十大好几吧，我儿子今年才十五岁，不会是同年。”他不想跟蔡大嫂解释，就说：“是的，我六六年高中毕业，你儿子是今年的应届毕业生，我们差着十五岁，我有你儿子两个大。”听他这样说，蔡大嫂并不吃惊，又接着他的话头说：“我儿子的老师也像你这样，是以前的高中生，伢都三个了，今年也来赶考。我儿子就是他辅导的，一会儿也要来。”

说话间，果然就听见外边有人喊：“蔡嫂子呀，在吗？”听见喊声，蔡大嫂赶紧站起身，一边拍着身上的红薯皮，一边说：“来了，来了，说曹操，曹操到，我儿子的老师来了。”

进来的是一个跟他差不多年纪的大龄考生，甫一落座，就冲着他说：“也是来赶考的吧，老三届，老童生！我一看就知道，跟我一样，又是一个范进。听说，今年来赶考的范进很多，就不知道最后谁能中举。我姓张，你就叫我老张吧。”他见这位老师说话爽快，就说：“听说你老兄都是三个孩子的爹，比我还多一个，怎么样，来赶考没缠着不让你走吧？”那人说：“不瞒你说，我是个回乡知青，‘文革’前没考上大学就回乡了。跟蔡大嫂一样，郊区菜农。结婚早，生儿子也早，我老婆是挺着大肚子跟我进洞房的。狗日的又会生，头胎一个单，二胎一对双，我那大小子比蔡大嫂的儿子大一岁，也是应届高中毕业生，同班同学。我后来在公社中学教书，他俩都在我带的班上，我是他们的班主任。他今年也想来试一试，我没让他来。我说，你好歹得给你爹留点面子，跟自己的学生一起进考场，就够丢人的了，还要搭上自己的儿子！你是嫌你老子丢人还丢得不够是怎么的？”他说：“这就是你的不对了，孩子想来，就该让他来，师生同考，父子同考，以后还是一段佳话呢。”老张说：“佳话个屁，最后要真是儿子考上了，老子没考上，你让我这张老脸往哪儿搁？还是我老婆懂事，对我儿子说，今年就让你爹考，你爹考上了，明年跟校长说个情，你不就上了吗？”说得两人禁不住都哈哈大笑。见两人说得高兴，蔡大嫂就起身去叫儿子，说：“你们说，我去叫醒我那苕儿子，再不起来就赶不上趟了。”

天大亮了，考生陆陆续续从四面八方汇聚拢来，经过值班室，朝校园走去。穿便服的、穿工装的，间或有戴着帽徽领章的、胡子拉碴的、满脸稚气的，间或也有拖儿带女的，都混在一起，熙熙攘攘，像赶庙会一般。看着这般景象，他禁不住想起九年前的那个早晨，也是在校园里面，也是熙熙攘攘的人群，有将要下乡的学生，有来送行的老师家长，也有忙出忙进的工宣队的干部和工人师傅，一列军用卡车，排成一字长蛇，整齐地排列在校园中心的共青道上，车上，车下，抹泪的，挥手的，叮嘱的，喊叫的，勾头抱颈的，扯胳膊拉袖子的，搅成一团。经过市区的时候，街两边都站满了人，摇着旗子，哭的哭，喊的喊。他坐在驾驶室里面，怀里抱着一个灰色的人造革提包，里面装着的是他们要去的那个公社的知青档案。到了公社大院，交割了档案，在一字摆开的长桌上，吃了一顿红烧肉米饭，就由各生产队把他们认领回去了。接人的有牛车，有板车，有手扶拖拉机，也有担挑肩扛的，霎时间便融入了无边的旷野。他记得他走出公社大门的时候，揭下头上的帽子，抛到半空，喊了一声乌拉，众知青也学他的样子喊了一声乌拉，便挥手告别。从这一刻开始，他觉得，他便起了一个脱胎换骨的变化。如今，这样的知青帽，还戴在不少入场的考生头上。蓝色带耳的棉帽，蓝色双排扣的长大衣，是当年下乡知青的标配。那是一个冬天，是上面给知青配的服装。如今又是一个冬天，想不到还有人穿着这套行头，重新走进校园的考场。

八

头一场考的是语文。语文试卷差不多整面印的都是基础知识试题，最后才是一道作文题，答题纸是单发的，不够可以再要。十多年没有进考场了，虽然教室的黑板和课桌课凳，与他当年的中学没有两样，不知为什么，他却觉得像这样正经八百地坐着写字，有些别扭。这个考场的人不多，看上去，大半都是老张说的老童生。把这些人编在一起，不知是出于什么样的考虑，是觉得他们好管哪，还是怕他们不守规矩，或者是让他们集体重温一下当年失去的感觉。他想不明白，也懒得去想，只在落座之前，很快把教室里的人扫了一遍，不多不少，总共二十八个，加上监考的老师，算半个考生，刚好凑足了二十八个半。这不是个好数字，他想。不过历史上的二十八个半，到底是布尔什维克，沾上了这些革命家，也许能碰个好运气。

监考的是个年纪大的女老师，果然一开口就说："你们大多数都是老高三的学生，身经百战，参加过数不清的考试，知道考场的老规矩，就不用我多说了。"说罢，把手上拿着的一张纸上的考场纪律念了一遍，就说："抓紧时间，现在开始做题。"

说实话，那年的试题不难，像他这样的学生，只当是一次期末考试。基础知识部分，不过是些注音填空释词造句和古文今译之类的常识，不到一个小时，他就做完了，剩下的就是最后面的一道作文题，学雷锋的故事。按说，写文章是他的拿手好戏，从工厂到铁路，单位的领导讲话、工作总结、经验材料和倡议书、祝贺信等重要文稿，大半都是他执笔起草的。写这些文章，也不容易，除了搜集材料，弄清意图，重要的是吃透上面的精神，尤其是毛主席语录、党报的社论和重要文章，要熟读牢记，写的时候，文章中的重要观点和提法，要做到无一字无来历。有一次，车站要他写一个职工代表大会的倡议书，他写了三千多字，为查证其中的观点和提法，他和工会主席熬了一个通宵，一字一句往毛主席语录、往两报一刊的社论上对，有对不上的就改过来。就这样，抽完了三包烟，喝干了两瓶水，还吃了一次夜宵，天亮后，会上来催稿，才意犹未尽地交出去。

这样写文章，虽然刻板了点，毕竟还有个依据，要凭空编出一段故事来，无证可查，无据可依，就得靠自己的脑袋去想。偏偏无根无据的想象，又是他的一个弱项。再说，他对这个题目，也实在是吃不太透。到底是要写学习雷锋活动中发生的故事，还是要写雷锋的故事值得学习。前一种理解，重点应该是写学习雷锋的人；后一种理解，重点应该是雷锋的故事本身。就想起语文老师说的审题，题审对了，写得好不好，是得分高低的问题；题审错了，差之毫厘，谬以千里，那就是及不及格的问题了。他们学校六三届就有一个同学，平时语文成绩很好，作文常常当范文在全校各年级讲解，高考时审题不细，把唱《国际歌》时所想起的，写成唱《国歌》时所想起的，结果名落孙山。

正这么想着，突然感觉有一个高大的身影，从自己身边掠过，紧接着，就听见一声惊呼：“他妈的，这儿还有一道题，我还以为都做完了。”他抬头一看，原来是坐在他后面的一个高个子考生，做完了基础题以后，就以为完成了答卷，急忙赶去交卷，却发现最后还有一道作文题没有做，只好重新回到座位上去写作文，一边写还一边小声嘀咕着：“我就说怎么考这么一点儿，原来大头在后面。”监考老师说：“不要作声，小心检查，没做好不要急着交卷。”他认识身后的这位老兄，是他们车站搞保卫的，那次把他当坏人扭送到派出所的，就有他一个。后来也报名参加高考，常来向他请教问题。真是不打不相识，想不到竟坐到一个考场上了。

监考老师见他坐在那里心不在焉，就用下巴示意他抓紧时间快写，他却趁机举起一只手来，要向老师提问。老师见他举手，就问：“这位同学，有什么问题吗？”他说：“老师，可以抽烟吗，我想抽烟。”他本以为老师不会答应，谁知老师看了他一眼，竟然很爽快地回答说：“你想抽就抽吧。”他于是赶紧从荷包里掏出香烟火柴，刺的一声划着了火，就着烟头，美美地吸了一口。他的烟瘾大，在车站是出了名的，主任说：“会写文章的人都爱抽烟，秀才会写文章，烟瘾大，正常。”殊不知，他觉得写文章和抽烟，压根儿就没有半点关系，相反，还是个恶性循环，越是写不出来，就越想抽烟，越抽烟就越是写不出来。只有在调车场上熬了一个通宵，到天亮交班以后，在已经像酱汤一样浑浊的澡池子里泡了一个热水澡，然后赤裸着身子，点上一根烟，深深地吸上一口，囫囵地吞咽下去，让这口烟贯穿天门地户，游遍五脏六腑，却连一丝儿也不吐出来，那才是神仙境界。此刻，他又进入了这样的神仙境界。就这一口烟，竟把他带回了车站，车站的弟兄们和笑容可掬的金师傅，顿时都来到了他的面前，挤着嚷着要跟他说话。弟兄们说：“金师傅可是个好人哪，是学雷锋的好榜样呀！他做的好事数不清，像戏里面唱的，用车载用斗量。”有的说：“雨雪天气，弟兄们上班打湿了衣服，哪一次不是金师傅一点一点给我们烘干的。”有的说：“弟兄们中午带的饭，金师傅怕放凉了吃了闹肚子，哪一次不是他一盒一盒地帮我们再热一遍。”有的说：“就连我家里的那点破事，金师傅也要操心，有一次我家的房子漏雨，金师傅找了一些牛毛毡，下班后跑到我家去帮我盖上了；有一次我家的菜地长虫，金师傅又找押车的搞了一点农药，让我拿回去喷洒；连我爹的关节炎、我妈的哮喘病，他也记在心上，时不时要弄些偏方，让我拿回家去试试，这一试，我爹我妈的病还真的好了很多。”

他一边抽烟，一边听弟兄们在他耳边争先恐后地讲着金师傅的故事。金师傅做的这些好事，他也是受益者，就连自己这次复习备考，金师傅也没少帮忙。就想起那天在河南鬼市给金师傅买的那几只母鸡和一些鸡蛋，金师傅非要给钱才肯收下。又想起当年弟兄们凑钱给金师傅家修房，结果金师傅都拿来买了板栗回报大家。他们背着他下去帮忙干了一天活儿，金师傅还要大鱼大肉地招待。这到底是怎样的一种精神呢？金师傅到底是怎样的一个人呢？大家都说，学雷锋，做好事，金师傅为大家做的这些事，不都是好事吗？他觉得这就是雷锋精神，金师傅确实是学雷锋的好榜样。车站领导说，学雷锋主要看毛主席著作学得怎么样，那就把金师傅给大家买板栗，改成买毛主席著作就是了。前几天车站有个从部队转业下来的营级干部，不是把转业安置费都拿出来买了《毛选》第五卷吗，《毛选》第五卷发行不久，弟兄们手上还没有。金师傅知道弟兄们需要学习，也会掏钱去买的，就让他用买板栗的钱去买吧，别老让他自己掏腰包，他的生活也有困难。

就在他点着了第三根烟的时候，一篇学雷锋的故事，在他脑子里孕育成形了。扳道工金师傅家的房子被山洪冲垮了，同事们凑了一些钱帮他修房子，金师傅不肯接受，同事们就偷偷地放进他的背包里，又背着他约定，一起下去帮忙。休班这天，金师傅一大早就出发了，同事们登上下一班汽车，悄悄地跟在他后面。到了金师傅家附近的小镇，下车之后，看到车站旁边的新华书店门前贴着海报，里面正在卖《毛选》第五卷。同事们就想着买了书再下去，顺便也帮金师傅带上一本。等到同事们走进书店，却发现金师傅抱着一包书正往外走。原来他在车上发现了同事们偷偷塞给他的钱，到镇上后就一股脑儿都拿来买了《毛选》第五卷，想带回去给调车组的弟兄们学习。末了，是让文章中的“我”送书回车站，弟兄们跟着金师傅到村里去帮他修房子。

他的座位靠窗，窗外，是学校的操场。操场对面，是一个篮球场，有个男孩一个人抱着篮球，在练习投篮。一次，没中，又一次，还是没中，男孩一次次跳起来，篮球一次次弹回来，不是落到男孩脚下，就是落到球场外边。他模模糊糊地看得见男孩的动作，却听不到半点声响。近处的操场上也是静悄悄的，冬天的太阳，照在满是灰土的操场上，像一堆刚烧过的粪肥，铺开在打谷场上，看不到明火的光亮，只有热烘烘的气息在向四面发散。这气息穿过教室的走廊，从打开的窗口，传到他的脸上、手上，让他觉得有一种暖融融的感觉。他就在这种感觉中编织着金师傅的故事，直到写满了三页纸，把句号画在最后一行最右边的角落里，又从头至尾细细地检查了答卷，才重新点起一支烟，静静地等待着下课铃响。

下课铃响了，考生纷纷起立交卷，他回头看了一眼他身后的那位老兄，似乎还意犹未尽地在奋笔疾书，直到监考老师大声催促，他才恋恋不舍地站起身来，口里还要叽叽咕咕地说：“学雷锋就学雷锋呗，还要讲个故事，我就写我们保卫科有个人，整天有事无事地冲阴沟扫院子，好事是好事，搞得到处臭烘烘灰扑扑的，说穿了，不就是求表现呗。”见他在看着自己，那位老兄又不好意思地说：“你说这样写行不行？”他说：“交吧，交吧，写都写了，不行也没法改。”就拉着老兄一起到讲台前去交卷。

九

下午文科考史地，理科考理化，中午有两个半小时的间歇。没有指定的休息场所，教室里又不能逗留，考生只好投亲靠友，自己解决中饭和午休问题。他在附近没有亲戚朋友，只有一个车站的老同事，姓丁，大家都叫他小丁，后来调到铁路局机关工会工作，先前听说他的考场就在附近，便让他有事去找他。他心想，正好到他那儿去蹭一顿午饭。于是就穿过一片菜地，到铁路局去找小丁。

小丁见到他，很高兴，也很热情，当即把他带到铁路局食堂，给他要了两个馒头、一个腌菜炒肉、一碗胡辣汤。铁路上北方人多，中原人更多，他早就习惯了这样的伙食。每次夜班，到了半夜时分，食堂的叶嫂子就挑来一筐馒头、一桶胡辣汤，就着一把生大蒜，吃得满头大汗，浑身通泰，他觉得这是世界上最好的吃食。小丁见他吃得津津有味，就说：“可惜没有大蒜，机关的知识分子多，吃不惯，说臭，我看他自己才臭。”说得两人都禁不住哈哈大笑。等笑定了，小丁又问：“题目难吗？”他说：“不难，就当是一个期末考试，我都做下来了。”小丁说：“你们老高三觉得不难，像我这样的初中生，恐怕就难上天了。”又叹了口气说：“我要是还在车站，说不定也报考了，现在坐机关，条件好，舍不得丢，人总是免不了患得患失，哪天你大学毕业，回来当了领导，可别忘了我这个老同事啊。”他说：“哪能啊，你这样也不叫患得患失，这叫择便而行，怎么做好就怎么做。人生的事，总是一时一时的。”小丁说：

“你学问大，我不懂这些道理，我就先这样混着，哪天说不定也动了考大学的念头，到时你得帮我复习。”他说：“好呀，我就在大学等着你。”小丁见他吃完了，打着饱嗝儿，就说：“你先到我宿舍去歪一下，到时我提前叫醒你。”他说：“不啦，下午考史地，世界地理我还有一些没复习好，中午我得再看一下。”说罢，就谢过小丁，匆匆赶回校园。

校园里很热闹，像他这样在附近吃过午饭，在亲戚朋友熟人家稍事休息的考生，都陆续回到校园。也有一直没离开校园的，那大半是带了孩子来考试的女生，有父母公婆帮忙的，就在校园里找个偏远的角落带孩子候着，出来时一家人在一起吃点自带的饭食，就是午餐。没人帮忙的，就把孩子寄放在蔡大嫂的值班室，让蔡大嫂帮忙看着。好在孩子不多，一个两个的，蔡大嫂还看得住。只是其中有个考生的孩子还在哺乳期，两个半小时考完了才能喂奶。蔡大嫂怕饿着了孩子，就把早晨从家里带来的稀饭，在炉子上烧点开水，冲成米汤，时不时喂上几口，孩子哭了，就抱起来呵一呵，抖一抖，已经好多年没养孩子了，蔡大嫂觉得自己的手艺还没有生疏。

在校园一角的一排女贞树下，他碰到了那一对母女。小女孩很机灵，一见他就叔叔叔叔地喊个不停，年轻的母亲朝他客气地点点头，又随口问了一句：“吃了吗？”他说：“吃了。”就蹲下去逗小女孩玩耍，一边逗一边偏过头去跟小女孩的妈妈说：“太平天国失败的原因，背倒是不难背，就是不好理解，那时候本来就没有工人阶级，怎么能说失败的原因是没有工人阶级领导呢？”小女孩的妈妈很吃惊，就说：“不要乱说，书上就是这样写的。”突然又像想起了什么，接着说：“原来在车上是你在给我提词呀。”他也笑笑说：“原来你听见了呀，我看你好像一点感觉都没有。”小女孩的妈妈说：“哪顾得上呀，我得赶着把妞儿安顿好，才能进考场。”他就问："她爸爸呢？"小女孩的妈妈说："在另一个考场，他们单位在江那边，不用跑过来。"他看了看女贞树旁的沙坑，里面摆满了各种玩具，有纸蜻蜓，有布娃娃，还有一些花花绿绿的纸片，就问："她一个人玩吗？"小女孩的妈妈说："不一个人玩，还有人陪着玩哪？但凡有人搭个帮手，我也不至于带着孩子跑来考试。"又说："不瞒你说，我跟妞儿的爸是在公社的宣传队里偷偷谈的恋爱，我家成分不好，祖父被镇压了，父亲是右派，属于有问题的家庭。他家里不同意我们结婚，后来，他抽上来了，我一直上不来，他就每个周末下去看我，再后来就有了妞儿。我一个人在乡下带着，很艰难，我没有高的要求，只想通过这次高考从农村上来，否则，我们一家三口永远都别想在一起。"听小女孩的妈妈这样一说，他心里觉得酸酸的，不知道说些什么安慰的话才好，就轻轻地拍拍小女孩蓬松的鬈发，又转头对小女孩的妈妈说："注意安全，还要考几场呢，万一不行，就请门卫的蔡大嫂帮忙看看。"小女孩的妈妈说："不啦，不麻烦人家。她还好，玩得住，我在乡下出工的时候，她一个人在屋里一玩就是一整天。这儿也没有闲杂人，安全。"

离开这一对母女，他心里沉甸甸的，像压着一块铅。原来想中午再复习一下世界地理，现在也没有心情，就找到另一排女贞树下，靠着树墙，有一搭没一搭地翻着书上的插图。他喜欢这些插图，虽然只有火柴盒大小，却比书上的文字，更能挑动他的好奇心和求知欲。世界是个什么样子呢，他不敢想，也想象不到。他离开家乡以后，最远的地方，只走出过省界。那还是从县城到地区来上高中，中间要在一个码头转船，才踏上邻省的土地。不过只有几个小时，就又上船离开了。以后串联时也到过外省的一些地方，但都是匆匆过客，没有过多停留。高中的地理老师说，地理地理，就是地球上的纹理，纹理也就是各种界线。地球本来是混沌一团的，人们在地球上分出了许多界线，地球就有了纹理，这就是地理。一个人在这个地球上，到过多少地方，见过多大世面，不在于他实际上走了多少路，见过多少东西，而在于他跨过了多少边界。你把一个县都走遍了，也只到过一个县，你从你住的村子到邻县的一个村子去了一趟，你就到过两个县。他觉得老师讲得有道理，可那要离边界近才行呀，像他们老家有个界岭镇，镇上有条界岭街，据说从街这边走到街那边，就到了另一个省。什么时候要能住到这样的地方该多好啊，听说有的地方还是一脚跨三省，一嚷闻三国呢，那就只要往家门口一站，就能见上大世面。

正这么想着，忽然发现正翻开一页书的右上角，有一个插图，画的是欧亚两洲的分界线土耳其海峡，就挺起身子来，坐直了仔细观看。土耳其海峡由三部分组成，上面有一个博斯普鲁斯海峡，下面有一个达达尼尔海峡，中间是一个马尔马拉海。画面就像乡下人抽的水烟，上面有一个烟嘴，那就是博斯普鲁斯海峡。讲究的，下面还有一个顶在桌上或支在腿上的支柱，那就是达达尼尔海峡。中间的马尔马拉海，才是这个水烟壶的壶身。这土耳其海峡，不光分开了欧亚两洲，上面的博斯普鲁斯海峡，还分开了土耳其最大的城市伊斯坦布尔。站在海峡这边的亚洲人，可以望见海峡那边的欧洲；站在海峡那边的欧洲人，可以望见海峡这边的亚洲。要是想到对面去走个亲戚、会个朋友，或者看场电影、买个什么的，坐个渡船就过去了。可惜自己所在的这个城市，虽然被两条大河分隔成三处，但转来转去，还是在同一个城市转悠。听说世界上有很多这样的地方，等到将来大学毕业了，有机会都去看看，那该有多好。

下午的史地试题也不难，都是书上的东西，不像做作文，没有多少可发挥的。说来也怪，地理部分果然考了土耳其海峡，是个填空题，问是由哪几部分组成。幸好中午仔细看了那个插图，否则，光那两个海峡的名字，就够难为人的。他想到刚刚做过的历史部分的试题，却没有考太平天国失败的原因，就有点为那小女孩的妈妈惋惜，可惜她在车上白白地死背了一场。

从考场出来，已近傍晚，天空昏沉沉的，吹着阵阵冷风。他禁不住把工作服往紧处裹了一裹，又朝挤成一堆的公交车站看了一眼，就掉头朝菜地那边走去。小丁中午就跟他约好了，下午考完了还到他那儿吃晚饭，没什么好招待的，馒头胡辣汤，管饱。吃完了就在他那儿过夜，明天接着考，省得来回跑。

晚餐果然像中午一样，两个大馒头、一碗胡辣汤，外加一盘腌菜炒肉丝。等这几样东西摆上桌子，小丁又像变戏法似的，从怀里掏出一瓶酒来，又不知道从哪里变出一包花生米、一包兰花豆，都摆到桌子上，然后笑眯眯地说："来，搞一杯，庆祝初战告捷。"他说："我又没说考得怎么样，告个什么捷？"小丁说："说不说都一样，你不告捷谁告捷？"两人于是就着花生米和兰花豆，一边喝酒，一边说着闲话。小丁说："我真佩服你这点狠气，一边上班，一边复习！要我，就没有这个劲头。来，干一个，敬你。"他举起酒杯，跟小丁碰了一下，说："没有弟兄们帮忙，也不行，我的活儿他们都干了，主任和书记也睁一只眼闭一只眼，给我打掩护。"小丁说："弟兄们真是没的说的，领导也不错，来，再干一个，敬车站的弟兄们。"又问："弟兄们最近怎么样，好久没回车站，听说还不错，看简报上说，事故比以前少多了，偷吃偷拿的现象，也减少了。从前说，外国有个加拿大，中国有个大家拿，说的就是咱们铁路调车场，现在该不敢了吧？"他说："那可不是，整顿一下还是要好些。你还记得七五年那次整顿吧，从铁路开始，连铁道部部长都下来了，整了一下好多了，可惜三个月后，死灰复燃。"小丁说："怎么不记得呢，那天夜班，部长微服私访，穿着个旧棉袄，在开水桶里接水喝，被我发现了，我以为是要饭的，还吼了他一顿。”他说：“现在的大形势好多了，搞生产也没有什么顾虑了，大家都在甩开膀子大干快上，恨不得明天就把‘四化’搞上去。铁路是‘四化’建设的先行官，调车组是前沿阵地的尖刀班，再不好好干，就要拖全国人民的后腿了。”小丁说：“看来你还真没少学习，说起来一套一套的，比我这个坐机关的还晓得多。”他说：“我这也是被逼的，明天下午不是要考政治吗，不背一点东西不行。”小丁说：“我说呢，士别三日当刮目相看，但也不至于进步这么快，像这样下去，我就是不吃不睡也赶不上。”他笑笑说：“你们这些坐机关的，就看这点嘴皮子上的功夫。像我们这些在调车场上干粗活的，多拉快跑，安全正点，少一次事故，少一点偷拿，那才是进步，这比嘴皮子上的那点进步要难得多。”小丁说：“那是，那是。”又好像突然想起了什么，说：“你不说，我还忘了，双喜又被弄进去了，你知道吗？主任昨天还打电话来，要我帮他写个检讨书。说是明天就要交到车站派出所，看他的态度怎么样，检讨得深不深刻，有没有真心悔改的表现，否则，他们就要把人送到铁路公安处，送到处里就不好办了。”他问：“又为么事？”小丁说：“听说还是偷吃偷拿，老毛病不改。”他说：“这又不是初犯，以往批评教育一下，写个检讨就行，也不至于要送到公安处去吧？”小丁说：“这次不同，以往就是吃点西瓜甘蔗，拿个小东小西什么的。这回是撬了铁路局一个军代表搬家的车皮，把里面的缝纫机收音机都拿走了，还拿走了一套马恩选集，说是要送给你！大水冲了龙王庙，自家人偷了自家人！上面一查，就查到他头上，派出所的人当场就把他弄走了，这回不掉层皮怕是难得过。”他说：“这个双喜，我什么时候说要马恩选集，就是要，自己去买就是，也不用他去偷拿人家的。这下好了，事情闹大了吧，我看怎么收场！平时跟他说，注意点，注意点，他就是不信，事到临头，就求人帮他写检讨，我看他都快成检讨油子了，光我给他写的，就有一大摞。”小丁说：“事已至此，不检讨又有什么办法呢！主任说，以往都是秀才帮他写，秀才现在在考试，只好让我代劳。双喜兄弟帮你偷书，也是想报答你，你也不要怪他。”他说：“我不怪他，谁叫我们弟兄一场呢！也怪我们平时稀拉惯了，我也没少吃车上的西瓜。绞开铅封，爬进车门，抓起一个西瓜，一拳劈成两半，一半洗手，一半进口，还自以为像梁山好汉一样豪爽。现在想起来，活生生就是一帮强盗。”小丁说：“你也不要说得太重，此一时彼一时，那时候铁路上乱，现在不同了，再这样搞，也实在是太不像话。”他没有作声，默默地举起酒杯来，跟小丁轻轻地碰了一下，沉默了半晌，说：“检讨还是我来帮他写，你写不合适，你现在是机关干部，帮人写检讨，太没原则性，再说，你离开车站太久，对下面的情况也不了解，我打个电话问一下主任，这个事就交给我了。”小丁说：“那怎么行呢，你明天还要考试。”他说：“不要紧，这比考试重要。”

十

第二天早上，他把连夜写好的检讨书交给小丁，让他转给主任，就又穿过菜地去参加考试。上午的一场考得很轻松，数学虽然不是他的强项，但他从不偏科，各科成绩都比较均衡。数学卷子上，有两道 20 分的题，田校长送来的复习资料上都有，一模一样，不用细想，望一眼就答上了。有这两个 20 分的大题垫底，其他的题错一点也差不到哪里去。下午的政治考试，对他来说，也没有什么难度，平时在车站写材料，接触的文件社论多，报纸上的重要文章也没少读，考来考去，都是这些内容，只是按答题需要临时组合一下便是。考完了政治，走出校门，他才有一点告捷的感觉。剩下来的，就是回家去静静地等待录取通知书。

这天回家，车上的人还是多，不过回去不急，没有来时那样赶。他想看看那对母女是否也在车上，却发现保卫科的那位高个子老兄就站在他身后。没等他开口招呼，高个子就说：“我真服了你们这些老高三的，进考场就像进茶馆一样，轻轻松松地进，轻轻松松地出，抽着香烟，看着风景，悠闲自在。不像我们，简直就是犯人收监，进去时战战兢兢，出来后诚惶诚恐，总像身后站着个牢头禁子。”又问：“上午那道正弦曲线题，你做出来了吗？我差不多花了半小时，还是没做对，20分哪，割我的肉哇。我看你像作诗一样，想都不想就往上写。”他说：“考完了就别想，回去好好抓革命，促生产，一颗红心，两种准备。考上了，就为革命读书；没考上，就安心搞你的保卫工作。”高个子说：“你这不是废话吗，哦，考不上不安心工作，还寻死觅活呀，我又不是老娘们儿，好歹还是七尺男儿。”他说：“怕不止七尺吧，你知道历史上七尺男儿是多高吗？”高个子说：“这……我还真不知道。”他说：“历史没学好吧，回去赶紧查一查，没准下次就考这道题。”高个子说：“你这不是咒我这次考不上吗，想不到你看上去正经八百的，却一肚子的坏水。”他说：“是不是坏水，要拉出来才知道，你又没尝过，怎么知道是坏水？”高个子说他不过，结结巴巴地憋得满脸通红，周围的人都笑了起来，他也跟着笑了起来。

好久没有这样开心了，进院子的时候，他禁不住哼起了民兵训练时经常唱的一支歌：“日落西山红霞飞，战士打靶把营归，把营归。胸前的红花映彩霞，愉快的歌声满天飞。35635，65312，愉快的歌声满天飞。”还没落音，就听见院子里两个稚气的童声喊：“一，二，三，四！”接着，两个女儿就飞一样地跑出来，一左一右地抓住他。妻子站在低矮的偏厦门口，笑眯眯地望着他说：“你真幸福哇，到哪儿都有两个女儿给你护驾。”他示意她看看左右两边把他抓得紧紧的两只手说：“这是护驾吗，是绑架还差不多。”

屋子里已备好了一桌庆功宴。一碗干子烧肉、一盘红烧剥皮鱼、一盘清炒菜薹、一盘凉拌豆角，这是他们家日常节庆的四大诸侯，居中一大碗黄花木耳肉片汤，就做了诸侯簇拥的天子。干子烧肉和红烧剥皮鱼是恒定不变的，干子和肉要票；剥皮鱼是海鱼，这几年才上饭桌，八分钱一斤，便宜；菜薹和豆角就依季节变化，有时也用别的时蔬替代；黄花木耳大半是过年用剩下的，肉片汤中的肉，则选的是肉票买回来的那点计划肉中的精瘦部分，剩下的骨头、肥膘和肉皮，就用来烧了豆腐干子。通常进餐的程序是，先将汤碗中的瘦肉打捞起来，分给两个女儿，看着她们吃下去以后，两个大人才开始动筷。两个女儿太小，不知道为什么要这样，就问爸爸妈妈为什么不吃，他们中间总有一个回答说，瘦肉塞牙，不喜欢吃。大女儿懂事地点点头，小女儿还要把头一昂说：“我不怕，我牙齿好。”

这天晚上有酒，她破例陪着他喝了一杯。他说：“我昨天在小丁那儿喝过了。”她说：“外面的酒是外面的酒，自家屋里的酒是自家屋里的酒，外面的酒保你升官发财，自家屋里的酒保你光宗耀祖，都是讨个吉庆，都是好兆头。”他说：“我不想升官发财，也不想光宗耀祖，只想圆了你我的大学梦，也想日后让你和孩子们的日子过得好一点。”

这天晚上，他们睡在床上说了很多悄悄话，直到夜半时分，才温存了一下。房子太小，又不隔音，不敢有太大的响动，只默默地把积攒了许久的缱绻和激情，都用在相互抚摸上。当那一刻到来的时候，屋梁上突然有了一阵响动，接着是一声猫叫，原来是隔壁黄师傅家的大麻猫在学着做好事，跑过来帮忙捉老鼠。他俩只好躲在被窝里你胳肢我一下我胳肢你一下地相互取笑。

说话间就到了发榜的日子。已经听说有人收到录取通知书了，他的通知书，却迟迟没有收到。有一天在饭店大堂碰到小季，也说收到了通知书，是本市的一家工学院。还安慰他说："你肯定比我考得好，我是你教出来的，连我这种货色都录取了，不录取你天理难容。"他想，也许是他的志愿填得太过专一了，没有变通的余地，人家不便取舍。他没填外地的学校，四个志愿都在本市，第一志愿的三个院系，填的都是本市同一所综合性大学的中文系。他这样填的原因很简单，他不能离开本市到外地读书，把家丢给妻子一个人。当初填志愿的时候，她就说他不该在一棵树上吊死。他说，本市就这一所大学是国内的名牌大学，这所大学的中文系，也是全国最好的中文系之一，历史悠久，底蕴深厚，要读就读这样的大学、这样的中文系，要么干脆就不读。现在想起来，这可能是他这些年来唯一一次表明，他当年的雄心壮志，还未完全消磨干净。此身犹在，一息尚存。

这天是十五号，是车站每月关饷的日子。会计室里挤满了人，都是等米下锅的，谁家也没有多少结余。他这天正好下夜班，下午又不学习，就想领了工资，再坐交通车回家睡觉。正排队等着，忽然看见调车组的同事双喜笑嘻嘻地朝他走来，手里似乎还拿着什么东西。他问："这些时日忘了问你，派出所后来怎么说？"双喜说："还能怎么说，不就是个缝纫机收音机吗，还回去就是了，总不至于要拉出去枪毙。"又说："还是你的检讨写得好，人家说，都到报纸社论的水平了，再不让我过关，也太不给秀才面子了。"他见双喜一脸不正经的样子，就问："他们知道是我写的呀？"双喜说："哪回不知道是你写的！我一进去，他们就说，叫你们秀才写个检讨来，我们学习了就放人。"他说："还学习呀，到底是你犯错还是我犯错，是派出所要你写检讨，还是要你教他们怎么写检讨？”双喜依旧嬉皮笑脸地说：“管他呢，只要他们放了我，怎么说都行。不过，派出所的人是说，要把你的检讨当样板，给不会写检讨的人学习。”他见双喜故意颠三倒四瞎搅烂缠，就说：“哎，哎，哎，搞清楚好不好，到底是我自己写检讨，还是我帮你写的检讨？”双喜说：“好，好，好，是你帮我写的检讨好不好。”又学着电影《抓壮丁》中的王保长，故意点头哈腰地说：“我有罪，我悔过，我有罪，我悔过。”引得旁边排队领工资的人都哈哈哈哈地笑了起来。

笑过了，闹过了，双喜这才把手中拿的东西扬起来，在他面前晃了一下，依旧笑嘻嘻地说：“我这不是给你报喜来了吗，说，怎么谢我？”他抬头一看，原来是一个信封，里面装的大概就是他日思夜想的录取通知书，就伸手去抓，说：“给我看看，是好事我就谢你。”双喜见他来抓，没等他的手碰到信封，就突然一撒手，把信封抛向半空，一边抛一边大声喊着：“秀才中举啰，秀才考上大学啦。”排队的人就来抢信，会计室里顿时大乱。他这时正好伸手从小窗口接过会计递出来的工资，刚要转身，就被站在身边的调车组的同事一把抓了过去，一边往外跑一边喊着其他人：“走，买酒去，让秀才放点血，这么大的喜事，不请我们一顿还行？”等到会计室的人都走尽了，他才弯腰从地上捡起被踩得脏兮兮的信封，拆开一看，果然是他报考的那所大学来的，再仔细一看，原来是上面决定招收走读生，问他愿不愿意走读，如果愿意，就给他发正式录取通知书。

老鼠跳到糠箩里，空欢喜一场。一个月的工资没了，就想着这个月一家四口到哪儿去混。他知道同事们也是一片热诚，绝不是有意识占便宜打秋风。他平时得弟兄们的帮助不少，备考时得到的帮助更多，考上了原也应当请他们撮一顿，感谢感谢，庆祝庆祝。问题是他们连通知都没看，是不是录取了都没搞清楚，就把他洗劫一空，实在是让他哭笑不得。

回到家里，她安慰他说："同事们也是开个玩笑，半真半假，哪里就真的把你一个月的工资吃得一分不剩？不剩也不怕呀，我到隔壁黄师傅家去借。"他说："黄师傅家大口阔，哪来借的？"她说："你不记得，我这年把时间，每到月底，总要朝黄师傅借五块钱，发工资再补上。你还觉得奇怪，怎么一个月一个月地下决心省，就是省不出这五块钱。你就不知道，什么都要票，按计划把一个月该买的东西买回来，你我的工资就齐平了，哪一个月少了这五块钱，以后就永远得借钱填这个窟窿。怪只怪我当初太好心，借给人家五块钱，人都有个为难的时候，谁知道她借了不还呢？不急，不急，我这就找黄师傅去借，黄师傅虽然也不富裕，但他家在农村，经常有人给他送些谷米来，钱的方面，多少有些结余。"

她出门以后，他就想起从前的语文书上，有一篇范进中举的故事。范进背着他的老丈人胡屠户，偷偷地应了乡试回家，发现家里已是饿了两三天，老母亲水米没沾牙，饿得两眼都看不见了。又不敢再找老丈人借钱，发榜这天，只好听母亲的吩咐，把家里一只正在生蛋的老母鸡抱到集上去卖，想换几升米回来煮粥吃。恰好这时候报子到了，说范老爷高中了。范进得知消息，欢喜狠了，痰涌上来，迷了心窍，一时竟着了疯魔。邻居们只好东家凑一点，西家凑一点，拿些鸡蛋酒米，招待来报喜的官人。想想，自己虽然没落到这步田地，这东挪西借的，境况大抵也差不多。

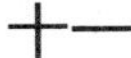

十一

这天晚饭后，夫妻俩正在商量着如何回复学校，忽然有人敲门，开门一看，原来是主任来了，就问："这么晚，你怎么来了？"

主任说："这不是来给你道喜的嘛。"他说："喜从何来，一封普通的征求意见信，又不是正式的录取通知书。"主任说："正式的录取通知书就在你手上拿着，还说不是？"他有些不解，就问："我什么时候拿了正式录取通知书，不就那封征求意见信吗？"主任说："信上不是说，你只要同意，就给你发正式录取通知书吗？"他说："同不同意，我们还在商量呢。"主任说："有什么好商量的，同意就是了，像你这样，拖家带口地上大学，走读是最合适的了。听说这还是对你们这些老三届的大龄生特许的政策，百里挑一，机会难得。要是我，谢恩还来不及呢，早就屁颠屁颠地跑到学校去说，我同意，我同意。"说得他俩都笑了起来。他说："还是主任明白。"主任说："我看你是文章写多了，被墨水糊了心窍。明摆着的事，还要商量？别看平日里我们叫你叫秀才，我看在这件事上，你比双喜他们都不如。双喜一看信，就知道你被录取了，你还在这里商量来商量去。"他说："双喜看了信了？"主任说："你以为他们真的是一群马大哈？都在为你操着心呢，都像你一样，天天盼着你的喜讯，终于见到有大学来信了，能不拆开看吗？"说得他眼眶湿润润的，看着主任半天没有作声。

主任见他不说话，就说："来给你道喜是真的，还有一项重要任务，我也要完成。你的那帮弟兄抢了你的工资，并没有真的去买酒喝，只是开个玩笑，闹一闹好玩，你知道他们平时就爱闹，碰上这样的大事，那还不闹上天去。事后，弟兄们一人从工资里拿出五块钱，凑个份子，一来表示一点心意，二来也是要让你放点血，用这个钱请弟兄们撮一顿，大家在一起乐一乐。"说完，就把份子钱连同他的工资，一起递到他的手里。他说："弟兄们的心意我领了，钱我不能要，这顿酒是一定要请的，就是砸锅卖铁也要请。"妻子坐在一旁，听他们说话，一直没有作声，这时也插进嘴来说："择日不如撞日，就大后天，下一次休夜班。”主任说：“中！”主任是河南人，说急了，就露出了乡音。

主任走后，她说：“你刚才还愁没米下锅，怎么，这下就气壮了？俗话说，人是英雄钱是胆，这话真没说错。”两人于是就商量这顿酒怎么请，上餐馆去搞，肯定不行，在家里搞几个菜，又太怠慢，再说，房子小，也坐不下。他就想到乡下办红白喜事吃的棚席，对，就吃棚席，在院子里临时搭个棚子，架起锅灶，借两张方桌摆在里面。厨子也不用请，到时请季师傅掌勺，黄师傅的爱人打个下手，他俩就里外支应，跑个腿，打个杂。就这么定了，说干就干，明天就开始准备，季师傅和黄师傅的爱人，还得先打招呼，让人家好有个安排。

同事们想得很周到，除了份子钱，但凡要票买的，也凑了些肉蛋油票，光粮票就凑了二十多斤。一顿饭自然是吃不下这么多大米，这些干粗活的汉子，别看平时大喇喇的，遇到这种事，却心细如发。第二天他上白班，她就抽空把要用的食材一一买了回来，黄师傅的爱人又过来帮忙择的择，洗的洗，到下一个夜班休息，同事们粗粗睡了一觉，就从家里或从车站招待所休息室先后赶了过来。原计划就本班组的十几个弟兄，加上书记主任，还请了小丁和蔡大嫂，想不到机关和别的班组，也来了一些人，连站长和叶嫂子夫妻俩也来了，只好又添了一张方桌。开席前，大家先围着方桌坐定，喝茶的喝茶，嗑瓜子的嗑瓜子，打牌的打牌，唠家常的唠家常，真像乡下办喜事一样。有那屁股坐不住，喜欢看稀奇的，就围着季师傅的锅灶转，想看看大饭店的名厨，是如何置办这场家常酒席的。总听人说牛刀杀鸡，他们今天就想看看季师傅是如何用牛刀杀鸡的。

虽然是家常酒席，季师傅这天却带上了自己的全副行头和家伙什，还把他的一个小徒弟带在身边，只让她和黄师傅的爱人，干些粗使的活计。没有山珍海味，也没有龙肝凤胆，用不着使出浑身解数，更用不上祖传的绝活，所有的食材，看似寻常，但从季师傅的手上一过，就是一道美味佳肴，你看不出其中的道道，却不能不啧啧称奇。

季师傅知道他不富裕，虽然同事们凑了些钱，但要大家吃好，还得另想办法，于是就让他的小徒弟隔夜把后厨的一些下脚料，清出来，洗净了，用卤料卤上，带到席上摆盘。他知道，来的这些人主要是喝酒，吃饭倒在其次，所以就要多办些下酒菜。这些下脚料都是些鸡头鸭脚、牛羊杂碎，也有一些红案上的边角余料。在小馆子里，这都是些下酒的好菜；大饭店不同，都是正餐，又以会议的大锅菜居多，偶尔有些宴请，也轮不到这些针头线脑的东西上桌，平时常常丢到垃圾箱里，或分给职工带回家去加工食用。季师傅听说他要请客，就让徒弟刻意留下一些，一来是给酒席添道菜，二来也趁机表达自己的一点谢意。他儿子能考上大学，多亏了他的辅导，就算是谢师宴吧，他没出钱，也该出点力。等会儿让儿子也来敬杯谢师酒，顺便也沾点喜气。

菜上桌的时候，围了三圈，外圈是十几盘卤菜，琳琅满目，摆法各异，有孔雀展翅，有蛟龙探海，有蒲团坐佛，有顽童戏水，都是车站的弟兄们没见过的。中圈是几样大菜，烧的，炒的，蒸的，煮的，该有的都有，正中间留下一个空当，菜未上来的时候，都以为是一道必不可少的排骨藕汤，哪知季师傅端上来的，却是一盘大家从来没见过的稀罕物儿。看上去像粉丝盘成的一条长龙，张牙舞爪，曲折盘旋。说是苕粉做的，苕粉没有这么白皙；说是藕粉做的，藕粉没有这么筋道。上面披着一层用青绿辣椒丝做成的龙鳞，龙口里还含着一颗用胡萝卜雕成的龙珠，活灵活现，呼之欲出。众人就问季师傅这道菜的菜名，又问是么东西做的。季师傅这时才拿出大师傅的架子，轻轻地摘下蓝色的袖笼，脱下雪白的外套，让徒弟把他的紫砂茶壶端过来，松松地把在手心，轻轻地啜了一口，这才慢悠悠地说："这叫玉龙秀色，是我今天自创的一道菜，用的料说起来怕你们见怪，就是丢在垃圾箱里的鱼泡。"见众人一阵惊呼，又笑笑说："不要怕，都让徒弟清洗干净了，这鱼泡原本是极好的食材，有一道名菜叫笔架鱼肚，鱼肚就是鱼泡，只不过做法不同罢了。"

见季师傅这样一说，大家就想尝尝这道菜的味道。双喜是个急性子，说："你们菜名也知道了，做法也晓得了，还等个么事，难不成还要秀才说请才肯动手？"就拿起筷子直奔龙背而去。哪知站在旁边的季师傅却轻轻拍了拍他的后背说："等秀才摘了龙口里的龙珠，诸位再用。我这道菜名叫玉龙秀色，有个讲究，我没文化，想不出什么好说道，就问徒弟。徒弟说，这个菜名好哇，秀才就是秀色，趴在龙身上，意思就是抱着玉龙跳龙门，这个好，这个好。我就叫了这个菜名，让诸位见笑了。"他虽然觉得季师傅的徒弟这个解释太过牵强，但也知道是一片好意，就笑着受领了。听季师傅这么一解释，双喜就说："季师傅，你这样说，我就不懂了，怎么我们这些不跳龙门的，一下手就吃龙肉，秀才这跳龙门的，反倒只能吃块胡萝卜？"季师傅正要答话，主任却插进来说："别磨牙了，刚才还猴急猴急得喉咙里伸出爪子来了，这会儿怎么又不急了，快吃，快吃，再不吃菜就凉了。"

这顿酒席吃了一个下午。开头还你祝我祝，你敬我敬的，渐渐地便忘了主题。除了小丁和蔡大嫂还有几分矜持，其他的就光顾着你喝我喝了。再后来，有的便站立不稳，说话舌头见大。有的便勾肩搭背，咬着人家的耳朵说个没完。也有的当场瘫软在地，拽也拽不起来。站长是东北人，块头大，酒量也大，喝到后来，虽然还能勉强站立起来，说话却语无伦次。叶嫂子几次拉他坐下，他却偏要站起来喋喋不休。他看看周围的人都醉得不成样子，没人理睬站长说话，就站到站长身边，故作认真地听他说，还时不时地应答一声。

站长说："我们这些人都是大老粗，我也是，抗美援朝的时候，我入朝才 16 岁。跟着师傅当司炉，向前方运送军用物资，不敢打信号灯，怕美国的飞机轰炸，就用大铜锣敲，噹，噹噹，噹……卸车以后，空车皮也不拉回，怕狗日的再炸一次，就掉转车头，从屁股后面把车皮拱下尽头线，统统翻到山谷里，车头再回来拉一趟，可惜了，不知道糟蹋了多少车皮。"他见叶嫂子又在拽站长说："扯哪去啦，这是送秀才上大学，又不是要你讲战斗故事。"站长便低下头去说："是，是，是，送秀才上大学，不是讲故事。"又问叶嫂子："我讲哪儿啦？"叶嫂子就大声地回答说："你说你们都是大老粗，你也是。"站长这才接上先前的话头说："对，我们都是大老粗，我也是，说不了好听的祝贺话，也不知道你到大学里去学些什么，不敢乱提希望，弟兄们只想跟你说说在一起的事，好让你日后留个念想。"他正在不停地点头说是，站长突然话锋一转，说："你小子差点把我害死了，你还记得啵？"他不知道站长要说什么，就拿眼睛去看叶嫂子。叶嫂子说："你别听他的，他喝多了，还不是那点陈谷子烂芝麻。就是那次导弹车溜放的事，每次安全生产教育，就拿它来说事，耳朵都听起茧了。"

他突然想起，他刚到车站上班的时候，业务不熟。有一天中午，他急着干完最后一个活儿就去吃饭，没有仔细看他手里的工单，就对着现场的对讲机，催驼峰上值班的把车放下来。正好这时候值班的小白去上厕所，站长经过那里便进去替换一下。听底下在对讲机里催着溜放，站长想都没想，就一挥手说，放。负责解钩的师傅一提手柄，就把车放下去了。下来的是两个连在一起的平板车，车上运的是一个导弹一样的东西，载重量大，下来的速度很快。他迎上去，连打两个铁鞋，都被碰飞了。眼看就要撞上前面的存车，他突然听见身后传来叭叭叭叭的几声钝响，然后就听见吱吱吱吱的一阵响声，车停住了。原来是先去吃饭的双喜他们回到现场，冲上来连打几个铁鞋，抢救了险情。他探头一看，离存车只有两个拳头的距离，吓得禁不住一身冷汗，心惊肉跳。这时候，驼峰上的值班室里负责军运的驻站军代表，正拿枪指着站长的太阳穴，气急败坏地大吼："瞎了你的狗眼，你没看见车上运的是什么东西吗，撞上了整个城市就要毁掉半边！你不知道重要军用物资，不能溜放，要用车头送下去吗？还他妈是站长，我看你这个站长就别当了。"这事后来让站长向铁道部作了交代和检讨，若不是他当年抗美援朝的老上级保了他，真差点就把他的站长职务撸掉了。站长把所有的责任都扛下来了，以后每逢安全生产教育，就自己现身说法，要大家引以为戒。这事此刻在他的脑子里只是一闪而过，站长却结结巴巴手舞足蹈地说了半天，中心思想还是要他引以为戒，不能再犯。叶嫂子说："秀才就要上大学了，不在现场打铁鞋了，也不会喊你溜放了，想犯也犯不了。"站长还要拍着他的肩膀说："记住了好，记住了好。"直到散席了，大家都往外走了，临出院门时，还忘不了回过头来反复叮咛："记住了啊，记住了啊。"

客人走后，收拾完现场，已到夜半时分，隔壁黄师傅家都睡静了，他俩在灯下对坐，却睡意全无。两个女儿从托儿所幼儿园回来，看见那么多客人，赶了最后一点热闹，也兴奋得睡不着觉。妻子说："你明天该跟学校回封信，表示同意走读。"他说："回个什么信，我到学校去一趟就是了，不是走读吗，我就先走走试试。"已经睡进被窝里的小女儿捡个耳朵说："爸爸明天不是要上白班吗？”正要睡下去的大女儿说：“爸爸以后上大学，就不用上班了。”小女儿说：“也不用上夜班吗？”大女儿说：“夜班还是要上的，学校里的晚自习就是上夜班。”听大女儿这种老成持重的口气，他俩都感到吃惊。晚自习这三个字，是他们中学时代吊在口边上的，他们早就忘得干干净净，她又是从哪儿知道的呢？他俩你望着我，我望着你，都大惑不解。她走到床边，拍了拍两个女儿的脑袋，又掖了掖肩上的被子说：“快睡，快睡，明天早点起来上学。”他顺手拉熄了电灯，像对女儿也像对自己说：“快睡，快睡，明天早起上学。”

2021 年 6 月 9 日写成于珞珈山临街楼

（原载《芳草》2021 年第 5 期，《北京文学·中篇小说月报》2021 年第 10 期转载）

《三十功名》创作谈

欢迎对号入座

转眼就到“明年”了。明年春天，是我们这一届大学生毕业 40 周年纪念。与别的年代的大学生不同，我们是春季毕业，因为我们开学的日子是春天。

1977 年恢复高考，我有幸成为这一年的考生，最终又有幸考上了大学。上学以后，参与恢复高考决策的刘道玉成为我们的校长，我毕业后还在他手下工作过几年，后来又住在一栋楼一个门洞的上下楼。再后来，我又与第一个提出恢复高考招生的查全性院士住在同一栋楼。我们这个省那年招生工作会议的信息，是我爱人从她工作的单位带回家来的，所以在本省考生中，我应该是较早得知要恢复高考的。有这么多机缘，我想，我得写一篇小说，就写了《三十功名》。

我 1947 年生人，参加高考那年刚好三十岁。而立之年参加高考，在旧时代，那叫“老童生”，跟《儒林外史》中的范进差不多。范进实年五十四，名册上写的年龄，却是三十岁。但我跟范进不同，不但不感到自卑，也不需要人同情，相反，却自我感觉良好，也被周围的人看重，因为我是六六届高中毕业生，后来有一个统一的名称，叫“老三届”。“老三届”的学生，尤其是六六届高中毕业生，受过那个年代最完整也最完善的中学教育，基础好，能力强，参加这样的考试，自然不在话下。但我们的问题是，往往像我这样的考生都是拖家带口的，有后顾之忧。我的后顾之忧问题的解决，有赖我爱人的牺牲，包括牺牲她自己报考大学的机会，我向这位伟大的女性致敬。

作品写的都是真事。年轻的读者可以当小说看，我的同代人，尤其是参加过当年那场考试的“诸生”，却可以当它是回忆录。当小说看的年轻读者，可能觉得与今天的高考，相去万里，有些情节简直不可思议，或许要指责作者虚构太过。当回忆录看的老人，则可能会情不自禁地对号入座，甚至觉得有许多事情、许多人物还没有写到，还不够典型。我欢迎各位对号入座，作品的主人公没有姓名，也是为了方便你对号入座。但各位也要原谅在下则个，因为那场考试实在是太重要了，与那场考试有关的有意思的人生故事，实在是太多了，我只能拣我知道、我经历过的说一点，其他的只能留待诸位自己慢慢地去回忆，去咀嚼。

2021 年 9 月 7 日

（原载《北京文学·中篇小说月报》2021 年第 10 期）

护工老陈

一

那个注定要载入史册的日子，是个阴天。

护工老陈一早起来，就端起一个钢精锅到街对面的摊子上去买豆腐脑。

程爹爹最近几天突然想吃豆腐脑。以前程爹爹过早只喝糊米酒。一碗热干面、一碗糊米酒，多年来，是程爹爹早餐的标配。程爹爹说，热干面干僵，热辣，有嚼劲；糊米酒滑腻，清甜，落口绵，他说他这辈子就好这一口，哪天过早离开了这两样东西，他这一天吃么事都冇得味。

前几天，程爹爹突然对老陈说，他以后过早不喝糊米酒了，改喝豆腐脑。原因是卖糊米酒的那个孝感人变狡猾了。分量少了不说，配料也掺假。以前用的是自酿的米酒，现在多半是在清水中倒进一点白酒充数。以前起糊是用自磨的米浆，现在多半是用买来的淀粉搅和。更不要说鸡蛋红枣桂花橘饼这些调色出味的东西了，喝了一辈子的糊米酒，现在却感觉像潲水，所以干脆就不喝了。

老陈知道程爹爹的脾气，爱一样东西，说一个人好，就好上了天；讨厌一样东西，说一个人坏，就坏到了地。平心而论，现在的糊米酒是没有以前地道，但也不至于像潲水，米酒还是米酒，只是成色差了些。

老陈知道，人年纪大了，都有点搅。老陈不想跟他争辩，也懒得跟他说清楚，要喝豆腐脑就喝豆腐脑，横竖都要到街对面的摊子上去买。价钱都差不多，贵不到哪里去，也便宜不了多少。

卖豆腐脑的是个黄陂人，见老陈端着钢精锅撇开每天必去的米酒摊，径直朝自己的摊位走来，就觉得奇怪。待老陈走近了，便问："么样，老爷子换口味了，不喝糊米酒了？"

老陈嗯了一声，就递过钢精锅，说："来一份。"

卖豆腐脑的说："别一份两份的了，就这么多了，剩下的都是你的，我帮你把锅装满了，就收你一份的钱，么样？"

老陈觉得奇怪，便说："你这是奖励呀，还是优惠？放心，只要老爷子不再改主意，我天天来买你的豆腐脑。"

卖豆腐脑的笑笑说："只怕你买了这一回，就没有第二回了。还天天来买，就这一天啦，往后吃不吃得到我的豆腐脑，还两说呢。"

老陈说："么样，改行啦，不卖豆腐脑啦，找到赚大钱的生意啦？"

卖豆腐脑的说："你是昨晚睡蒙了还是早上喝了猪油糊了心，亏得你还在医院做护工，你就不晓得封城的事？"

见老陈木头木脑没反应过来，卖豆腐脑的就提高了声音说："政府今早发了通告，上午要封城，封城是么意思，知道吗？就是城里的不让出，城外的不让进，我这不赶着卖完了这一锅就歇摊子回家吗！过了十点钟就出不了城，明天就是大年三十，出不了城，回不了家，连团年饭也吃不成，你以为我稀罕你买我的豆腐脑哇！放在平时，排起长队还未必买得到。"说完，他又得意地笑了起来。

卖豆腐脑这边说话的动静大，弄得旁边买早点的人，都侧过头来朝这边观望，老陈这才发现情况似乎有些异样。往日出门，街上戴口罩的人不多，今天好像除了自己，都戴着口罩。连卖豆腐脑的嘴上也蒙着一块蓝布，刚才没在意，还以为是平时戴的防口水的兜嘴呢。想想真是该死，昨天还在跟老婆商量这个年怎么过，这会儿怎么就把这么大的事给忘了呢？

想到这里，老陈一把从卖豆腐脑的手里接过钢精锅，又顺手把准备好的零钱塞到他手里，转身就往家里跑。

卖豆腐脑的不知道发生了什么事，就追在他后面喊："你这人真是的，说风就是雨，说鬼就来神，说好了把剩下的豆腐脑都给你，还没装满就跑，你急个么事哦，城又不是马上就封，还有几个小时哪。"

老陈这阵子也确实是忙昏了头。

起先是月初的时候，女儿说学校快要放寒假了，她过几天就要回来过年，老陈就急着给乡下的父母办年货。

老陈只有一个独生女儿，在广东的一所大学读书，每年寒假回家，照例先在武汉陪父母过了小年，再回老家去看爷爷奶奶，在老家等着爸爸妈妈回去吃团年饭。

前几天，女儿从学校回来路过武汉的时候，老陈就把年货办齐了。在武汉过完小年后，女儿就赶回乡下去和爷爷奶奶一起"办年"。年办好了，老陈两口子回去就可以吃现成的，不至于像往年那样，回去了还得紧忙一阵子。想到女儿现在也能为家里替点事，老陈心里不知道有多甜。

忙完了这件事，老陈就安排老婆透析的事。

老陈的老婆五年前查出了肾功能不全的问题，一直在做常规治疗，每半个月要到医院看一次门诊，拿一次药，一年还要住院调理几次。

老陈那时候在一个小区做保安，租住的地方离医院远，都是他老婆自己一个人坐公交车来来往往。

去年他老婆的病情加重，开始搞血液透析，一个星期要去医院三次，一次要透三四个小时，老陈不放心，就辞了小区的工作，到医院做了护工。

为方便老婆透析，也方便自己上班，老陈又在医院附近租了一间房。房子虽然小了点，条件差了点，但既能就近上班，又能顺带照顾老婆，老陈也就心满意足了。

老陈老婆透析的事，其实用不着刻意安排，只要跟搞透析的护士协调好时间就行。平时的时间好协调，上午下午早点晚点都无所谓，到了年边上就有点麻烦。透析的病人一年四季都卖在医院里，到了过年的时候，都想早点透了，好回去跟家人一起吃个团年饭。所以，轮到年三十那天，上午的时间和机器都排得满满的。

老陈老婆常规的透析时间，刚好也在年三十这天，平时的透析都在下午，这天托了个熟悉的护士，费了好大劲才把他老婆挤到上午的病人里面。老陈打算等他老婆上午透完了后，下午就接她回去吃年饭。

老陈只有一台二手的摩托车，一次只能带一个人。放在往年，这事儿好办，拉上老婆就走，像《天仙配》里唱的一样，夫妻双双把家还，既方便又浪漫。

今年不同，程爹爹今年要到他家去过年，家里的老人也表示欢迎，自己亲口说的，总不能不兑现。所以老陈先得把程爹爹送到乡下去，交给自己的父母，然后再回来接老婆。

原以为不过是在年三十这天，比往年多跑一趟，谁承想今天就要封城。看来，今天就得赶在封城以前，先把程爹爹送回去，明天再想办法回来接老婆。万一明天真的进不了城，就只能让老婆一个人留在武汉过年。团年饭以后有的吃，也不在乎这一年。

二

老陈做护工的地方，是医院的肾科病房。

选在肾科病房做护工，一来是因为老婆得的是肾病，出出进进跟肾科的医生护士都熟，人熟好说话，好打交道。二来肾病是个慢性病，病人大多数都能生活自理，看上去跟健康人差不多，不像重症绝症病人，很多都病得起不了床，整天泡在吃药打针里面，有的疼得从晚上哼到天亮，看着就让人揪心。

老陈不怕累，也愿意服侍人，但他怕看人受苦，听不得人撕心裂肺的喊叫。

老陈护理的病人，都是轻症，他的主要工作，是白天打饭，晚上陪床，有时也出去帮病人买点东西或清洗少量衣物，像帮病人洗脸刷牙如厕喂饭翻身抹澡之类的事，很少有，所以老陈的空闲时间很多。闲下来，老陈就陪病人聊天。

老陈做护工的这家医院，是一家部队医院，周围都是这个城市的大专院校和科研机关，病人当中，有很多是高级知识分子。老陈虽然生在农村长在农村，长大了又没读什么书，但他对知识分子一向很敬重，总想从他们那里学点什么东西，所以在闲聊中态度就显得十分谦恭，还时不时要提个问题请他们解答。

偏偏这些知识分子对他提的问题，总不太认真回答，不是岔开话头扯些野棉花，就是开个玩笑遮掩过去。

遇到这种时候，老陈便想，大约是人家嫌自己提的问题太幼稚，档次太低，不值得回答，或者是他们在单位上成天跟这些问题打交道，厌烦了，不想再谈了。

渐渐地，老陈也就不再提这类他不懂的问题，而是反过来，常常要拿一些他以为他们不懂的问题，给他们出些难题，想考考他们。

老陈出的难题都是一些农村的生产常识和生活常识。这个年纪的知识分子，当年大多下过乡，当过知青，对老陈自以为是难题的问题，其实并不陌生，相反都很感兴趣，同时还勾起了他们许多美好的回忆，老陈于是就成了他们沟通过去与现在的桥梁。

通过老陈这个时光隧道，他们很快便进入了青春岁月，仿佛又回到了当年的知青点上。

有了这样的感觉，在他们眼里，老陈就不再是某个病友的护工，而是来探望大家的乡亲。一时间，这样那样的问题纷至沓来，此起彼落，像开记者见面会一样，弄得隔壁病房的病友也跑过来看热闹。

其实，老陈的农村生活经历并不多，读完小学就进城打工，远不如这些当年的知青，还真的实打实地在农村干过几年农活。对这些年农村发生的变化，老陈也知之甚少。这样一来，老陈就像一个在新闻发布会上只会念稿子的发言人，对稿子以外的事，反倒没有提问题的人知道的多。

结果，这些病友便尽自己所知，撇开老陈自顾自地发议论，有时也免不了要产生意见分歧，不轻不重地争吵几句，闲聊的场面常常失控。有几次，护士站值班的护士不得不出面干涉，说："就你们这个病房最吵人。"

老陈来医院这两年，一直在给程爹爹当护工。

程爹爹也是当年的知青，就下放在孝感，离老陈他们家的村子很近。听老陈他们谈论知青的事，程爹爹一直没有插嘴，好像那些事都跟他无关。

程爹爹的脾气有点古怪，但凡大家都喜欢的事，他好像都不大喜欢。

比如说同病房的病人都喜欢看电视剧，程爹爹说，他见了这些烂剧就烦。

又比如说遇到重大足球赛事，病房里有些球迷病友就想看，程爹爹虽然不好反对，但总要嘀咕一句说："你踢过来，我踢过去的，有个么看头。"

再比如说，一些调解节目，病房里年纪大的爹爹婆婆最喜欢看，程爹爹也说："调来解去，还不是为了个钱？"

同房的病友都知道程爹爹这个脾气，谁都不去招惹他，也不跟他理论，想看什么只管看，他喜不喜欢无所谓。所以，程爹爹在病房里，就有些脱离群众，显得十分孤单。

每逢这时候，老陈就拉程爹爹出去散步，说："走，我陪你出去走走。"

程爹爹很喜欢跟老陈一起出去散步。他喜欢听老陈聊家常，老陈讲的虽然不是什么高深的道理，但入耳入心，听起来舒服，比那些不咸不淡的心灵鸡汤强。

程爹爹还喜欢听老陈说孝感话。程爹爹觉得孝感话很特别，孝感话把钱叫情，把面叫命，所以孝感人往往把发钱，说成发情，把吃面，说成吃命。

刚下放的时候，程爹爹听队上的人这样说，吓了一大跳，渐渐地便习以为常，觉得这样撮着嘴巴说钱，抿着嘴巴说面，比张大嘴巴说要斯文。后来便爱上了孝感话，回城之后，听不到孝感话，还有一种失落感。有一次，在电视上听到相声演员何祚欢说了一段有关孝感话的单口相声，竟如获至宝，赶快翻录下来，反复观听，有时听入了迷，竟一个人偷偷地笑出了声。

程爹爹回城之后，过了一段风风火火忙忙碌碌的日子，恋爱结婚生子考学，这些人生的大事，差不多都压缩在一个五年计划内依次完成。

而后，又用了几个五年计划的时间，把两个孩子抚养成人，送到了国外，两口子这才过了几年清静的日子。

不幸的是，前两年，他老伴因病去世，他自己多年的肾病也犯了，只好把自己交给了医院。

程爹爹是一个爱热闹的人，老伴去世后，身边连个说话的人都没有，他感到很孤单，有时候就只好站到街边上去听别人说话。

程爹爹住的小区对面，是一个生意火爆的酒店。每日里出来进去的客人，像斑马线上的行人，一拨接着一拨，川流不断。

程爹爹心痒，有一天便下楼去看热闹。刚走到酒店门口，就见一个漂亮的女孩，穿着一件猩红的旗袍，肩上还斜挂着一条明黄的绶带，走上前来，笑眯眯地说："老先生，您请。"程爹爹便被请进了酒店的大堂。

酒店的宴会厅正在举办一场婚宴，数十张圆桌，像对弈的棋子，在宴会厅里参差排开。

程爹爹走进宴会厅，望了一眼桌面，见没有席牌，就在附近的一张圆桌边落座。

正是上客的时候，牵席的、让座的、跟熟人朋友打招呼的，拉拉扯扯，闹闹嚷嚷，像一锅滚开的稀粥。

程爹爹旁若无人地坐在桌子旁边，一边嗑着瓜子，一边漫无目的地四处张望。

几个新到的客人见他这个派头，不知是主方的哪家亲眷，不敢轻易跟他搭话，只朝他点头笑笑。程爹爹也回他们一个浅笑，依旧若无其事地嗑他的瓜子。

不一会儿，婚礼开始了，程爹爹看着一对新人穿着婚纱礼服，从雪白的婚帐中走出来，踏着高台上的红毯，牵着手，伴着音乐声，一步一步地走向舞台，心里就禁不住想起四十多年前自己的那场简陋的婚礼。一盘水果糖，一堆花生红枣，几个要好的工友，围在集体宿舍的一张桌子旁边，举起一杯汽水，按照当知青时的习惯，喊一声乌拉，就算礼成。

如今的时代真是变了，像这么豪华的婚礼场面，以前只在电影里见过，如今竟成了现实。但程爹爹对这样的婚礼，也不以为然。结婚本来是为了两个人好好过日子，像这样铺张浪费，今后的日子怎么过？不过，也许，他们早就算好了会从礼金和份子钱里赚回来。想到了问题的另一面，程爹爹顿觉心下释然。

正在这时，程爹爹忽然听到耳畔传来一阵掌声，才知就在自己胡思乱想的时候，婚礼的仪式已经进行完毕，接下来就该尽兴饕餮一番了。

果然，不知从哪儿冒出来的服务员，穿着喜庆的服装，鱼贯而出，在圆桌间穿梭来往。一会儿，各种菜肴便摆满了桌面，接着吃吃喝喝磕磕碰碰呼呼喊喊声，便响成一片。

程爹爹只拣他最喜欢吃的，带点酸甜味的松鼠鳜鱼，搛了几筷子，说了声诸位慢用，也不等新郎新娘前来敬酒，就起身离席，弄得满桌的客人都面面相觑，觉得这老先生十分奇怪。

程爹爹后来又参加过几次这样的婚宴。这几次，他封了一个红包，一进门便交给坐在门口收份子钱的礼宾。

他觉得自己不能老是白吃白喝，既然是出来凑热闹解闷的，就不能老占人家的便宜，再怎么，饭钱总是要给的。

从这以后，程爹爹也愿意跟人搭话，还时不时要对婚礼的仪式和主持人的风格评点几句。碰到几个对胃口、谈得来的，程爹爹就跟他们围着桌子高谈阔论，从婚礼现场谈到社会风气，从国家大事谈到家庭琐细，仿佛是主家请来的一群特约嘉宾。

周围席上的人都佩服程爹爹的学问，在程爹爹发议论的时候，都禁不住要投来敬佩的目光。这让程爹爹更加得意，失落已久的存在感油然而生，渐渐地，竟忘了自己是来蹭吃蹭喝的食客，俨然是婚礼上一位有分量的主宾。

有一回，新郎新娘敬酒，到了程爹爹面前，不知如何称呼，程爹爹这才如梦方醒，只好自我解围说："表亲表亲，叫么事都行。"

这家酒店也办丧宴。虽说红喜事白喜事都是喜事，但程爹爹却不愿意参加这种宴会，一来是感到气氛压抑，二来是容易勾起自己痛苦的回忆。

有时候，遇到这种白喜宴，程爹爹还是禁不住要过去看个热闹。他觉得自己已经落下了一个毛病，哪天不到对面看看，这一天就过得不充实。偏偏那几年各种各样的宴会又多，除了婚丧嫁娶，还有添丁进口、生日寿庆、升学谢师、接风送行等，从早到晚把酒店都排得满满的。

程爹爹准备好各种各样的礼包，想吃哪家宴席，就随手递上一份，反正谁也不认识谁，进门就有人请。

就这样过了一些日子，程爹爹渐渐习惯了这种吃百家宴的生活。酒店门外的迎宾小姐也都熟悉这张面孔，只要程爹爹出现在她们面前，也不管是哪家的客人，都笑容可掬地把他迎进大堂里面，任他走向自己选定的席面。

忽一日，程爹爹准备参加一对年轻人的婚宴，刚递上礼包，便见一个穿戴整齐的中年人站在自己面前，很有礼貌地说："对不起，老先生，请您过来一下。"

程爹爹还以为是给他安排座位，也客气地说："不用，我坐哪儿都行。"

那个请他过去的人却说："老先生，对不起，您恐怕哪儿都不能坐。”

事情败露了，程爹爹被人送到了派出所。派出所的民警看了他的身份证、工作证，虽然对他很客气，但说出口的话，还是很难听：“我说老先生，你好歹还是个科技工作者、总工程师、高级知识分子，荷包里又不是没有钱，想吃想喝，上哪家酒店吃么事不行，非要做这种丢人现眼的事，你好意思，我还替你难为情。”

程爹爹本想申辩几句，又觉得都被人家抓了现行，还有么事好说的，只好领了个下不为例的训诫灰溜溜地回去了。

这事第二天便上了当地的一家小报，弄得尽人皆知，出门便有人在他背后指指戳戳，议论纷纷。几个退休的老同事还打电话来问，生怕他出了什么问题。为这事，程爹爹好一阵子都很郁闷。

正好这期间一次例行血检发现他的肌酐升高，医生建议他住院调理，程爹爹便收拾了几样随身衣物，住进了医院。

三

程爹爹住进医院就临近过年。

自从两个孩子出国以后，程爹爹和老伴的年都过得十分简单。程爹爹的老伴是个很传统的人，往年孩子在身边的时候，每逢过年，都要大操大办，从上街购物到择洗蔬菜，处理鸡鸭鱼肉，再到烹饪制作，蒸煮煨烧焖炒煎炸，每年依着老规矩，一样菜肴也不能缺，一道工序也不能少。

她说只有这样，才叫年节。年节年节，一年的总结，不搞丰盛点就说明这一年没什么可总结的，就对不起这一年。

话虽是这么说，但问题是，这一顿丰盛的年饭吃完以后，就免不了要一天一天地接下去吃这一顿的剩饭剩菜。两个孩子就说：“这也是我妈说的年节，去年吃不完的，今年接着吃。”

两个孩子出国以后，程爹爹的老伴就不再做这种大规模的年终总结了，而是简简单单地弄几样小菜，就算是给这一年做了一个总结。虽然每年还是少不了要烧一条听话鱼，炒一道什锦菜，这是程爹爹的老伴最讲究的两道年饭菜，说那是老祖宗传下来的，不能改。

听话鱼吃年饭时不吃，是摆在旁边听吉利话的。什锦菜也是图个吉利，事事锦上添花，好上加好。

孩子出国以后，那条听话鱼现在能听的，也就是他老两口互祝新年的喜庆话了。倒是那道素什锦，原本是吃了大荤大腥之后用来爽口去油的，现在却派上了主要用场，成了老两口年饭桌上的主菜。

有一年的年饭，老两口竟一人弄了一碗开水泡饭，就着这道什锦菜，吃得津津有味。事后，程爹爹逢人便说，他还从来没有吃过这么爽口的年夜饭。

老伴走了以后，程爹爹连这样简单爽口的年夜饭也吃不上了。不是他不会弄，而是没心境。临近过年，想起老伴在世时的情景，就什么兴致也没有了。

前不久，有一次散步，程爹爹跟老陈谈起这事，老陈当即便说："以后过年，你就别一个人过了，跟我到乡下去过！我父母是你的同龄人，你又在我们那儿下过乡，保险你们有话说，在我家住多久都行。"接着又跟程爹爹讲了许多他们那儿过年的习俗，说程爹爹去了以后，就可以亲身体验一下。

程爹爹对这些习俗本来就不陌生，虽然自己当年下乡，是独立的知青户的知青，但一到过年，上面就让他们留在农村和贫下中农一起过革命化春节。过了几个革命化春节，程爹爹他们也就懂得了乡下过年的规矩。

所以，老陈一提起这些节日习俗，程爹爹就倍感亲切。当下两人便说定了，今年春节，程爹爹就到老陈家去过。

老陈怕家里没准备，立即拿出手机拨通了电话，告诉父母说程爹爹要来他们家过年。

两位老人果然十分欢迎，说："程爹爹那可是贵客呀，放在平时，到哪儿去找这样的贵人，想请都请不来，他能来是看得起我们！你跟程爹爹做护工，也是缘分，他在我们这里当知青的时候，我就听说过他的名字。跟他老人家说，不要客气，只管来就是，就当你是他的亲儿子，老子到儿子家过年天经地义，有什么好客气的？"

对老陈父母的这片热诚，程爹爹十分感动。

老陈给程爹爹当护工，也确实是缘分。程爹爹以前住院，也请过护工，但他觉得这些护工，不是贪吃贪睡，就是偷懒耍滑，都不如他的意，请了一回，就不想再请二回。在老陈之前的那个护工，就是做到半道上被程爹爹辞退了的，说是他一天到晚出去跟相好的约会。

程爹爹知道自己脾气不好，什么事都不能将就，给他当护工，要让他满意，也不是那么容易。

但老陈不同，自从这个被程爹爹唤作小陈儿的矮个子中年男人给程爹爹当了护工之后，同房的病友很快就发现，程爹爹就像变了个人一样。老陈说什么，程爹爹听什么，老陈让程爹爹干什么，程爹爹就干什么，老陈让程爹爹怎么干，程爹爹就怎么干，连护士都说程爹爹打针吃药，比以前乖多了。

两人配合默契，有说有笑，亲热得就像父子一样。

老陈家里弄什么好吃的，总要给程爹爹带点过来。程爹爹接过老陈的饭菜，就狼吞虎咽地大嚼起来。

老陈怕程爹爹噎着了，在旁边不停地说："慢点，慢点。"

程爹爹却一边咂巴着嘴说好吃，一边还要做小儿女态，撒着娇说："人家才刚开始吃嘛，你就说慢点，我偏要吃快点，谁叫你弄得这么好吃，吃完了你下次还要给我带。"

老陈只好哄着他说："带，带，下次一定给你带。"弄得同房的病友都禁不住嗤嗤暗笑。

在程爹爹眼里，老陈也确实像他的亲儿子一样。虽然程爹爹自己也有一儿一女，但天高地远，够不着，也靠不上。再说，就算是他们没有出国，也不能总守在身边，各家有各家的事，又是工作又是孩子，充其量时不时回来看看，帮着安顿一下家务，处理一些杂事，临了还得匆忙离开，大不了临走时丢下一两句话，说："爸，你多保重，有事打电话，过些时日我再来看你。"

老人就像风中残烛，说不定等不到过些时日儿女来看，自己就撒手走了。那时候，真正能守在身边看着这点烛火熄灭的，除了医生护士，就只有护工了。

所以，程爹爹对老陈这个护工，就格外看重，有时觉得比自己的儿女还管用。

因为跟老陈相处得亲如父子，渐渐地，程爹爹无论是在生活上，还是在感情上，对老陈都有很强的依赖性。老陈只要一会儿不在他跟前，他就要小陈儿小陈儿地叫，有几次弄得病房里的人笑着说要去报警。

老陈来了以后，埋怨了程爹爹几句，说："叫么事叫，像叫魂一样，大白天的，我又没被人吃了，再叫我就跑得远远的，不理你。"程爹爹这才像孩子一样，低下头去默不作声。

出院的日子到了，护士站通知程爹爹去办出院手续，程爹爹却坚持不肯出院。护士说，按规定医保住院一个周期只有十五天，出院后过一段时间再来住院才能用医保报销。

程爹爹说："这是你们的土政策，我研究过社保法，没有这个规定。”

医院通融过他几次，最后发现程爹爹根本就没有出院的意思，只好又回过头来做程爹爹的工作，希望他还是办个出院手续，回家住一段，需要住院的时候再来住院。但程爹爹就是坚持不走，医院也拿他没有办法。

老陈见相持不下，就把程爹爹接到他租住的小屋，用块塑料布隔出一个单间，摆一张小床，跟他们夫妇俩挤住在一起。

程爹爹就这样在老陈家住一段时间，又到医院住一段时间，在医院住一段时间，又到老陈家住一段时间，老陈差不多就成了程爹爹的专属护工，就像首长身边配的生活秘书一样。

几年下来，他和老陈夫妇真的成了一家人。周围的人都程爹爹程爹爹地叫着，都以为是老陈的亲爹，没有人去分别是耳东陈还是和王程。程爹爹渐渐地也习惯了这个家，除了春节回去几天外，他差不多快忘了自家的门牌号码。

程爹爹的女儿觉得自己的父亲像这样寄住在别人家里，总不是个事。让亲戚朋友议论不说，也不该给别人添麻烦。再说，万一有个什么事，做儿女的一辈子良心都要遭鞭打，就决定今年春节回国去一趟，一来陪老父亲在家过个年，同时也把父亲养老看病的事好好安顿一下。

程爹爹的女儿在加拿大，相隔万里，回来一趟不容易，为此，她提前半年就定好了机票。原本想把父亲从未见过面的洋女婿和在国外出生的洋外孙都带回来，顺便让父亲看看，谁知父亲却坚决不同意。

原因是武汉最近正闹新冠肺炎，据说比当年的SARS还厉害。父亲怕他们受传染，所以不同意他们这时候回国。又说：“你弟弟也买了机票，我让他去退了，你也去把机票退了，都不要回来了，么时候回来不行，非要这时候回来，你这不是自己给自己找麻烦吗？”

程爹爹知道女儿的脾气，最后还放下狠话说：“你真回来了，我也不让你进门。”

程爹爹的女儿名叫程箐，一向我行我素，随心所欲，从小到大，就没有听过父母的话，还尽做一些出格的事，让程爹爹两口子担惊受怕。她既然打定了回来的主意，就谁也别想改变。

见父亲这样反对，程箐就想：“你知道了不让我回来，我还不能回来了也不让你知道吗？”于是就去退了丈夫和儿子的机票，只留下了自己一个人的。一个人行动利索，万一有事，也不至于牵累丈夫和孩子。

程箐就这样搭乘一架加航的班机，当地时间 21 号下午从多伦多起飞，22 号下午便到了北京。

回到北京之后，程箐便联系了在北京工作的一个闺密。闺密姓刘，本名刘洁，因为生性豪爽，泼辣能干，武汉人都说她像个男将，北京人都叫她刘爷。

她知道这个闺密的公司有事，现在还没有回武汉过年。就在电话里说：“还赖在老板的床上不下来呀，想不想过年哪，再不走就赶不上吃年饭啦。”

电话那头说：“我要有闲工夫跟老板上床就好了，姐们儿这几天连枕头都没碰一下，都是这些该死的报表闹的。”

停了一会儿，听到那边一阵稀里哗啦收拾东西的声音，接着又说：“好啦好啦，我这就好啦，你等一下，我马上开车过来，咱也不用进城，直接打道回府。”

说话间，来接她的车就到了机场。两人见面也不搭话，只紧紧地一抱，便钻进车里，掉转车头，直奔京港澳高速。

1 月 22 号的京港澳高速，像往常一样，车如流水，奔腾不息。

程箐开着她的闺密新买的一辆崭新的红色特斯拉，稳稳地跟在车流中行进，就像山间起伏的溪流中漂浮着的一片鲜艳的枫叶。

程箐知道她的这个闺密连日加班，没有睡过一个囫囵觉，就让她靠在后座的沙发上闭目养神，自己虽然也有时差反应，但毕竟在飞机上一直眯瞪过来，暂时还不觉得太困。

母亲去世后程箐一直没有回国，想到马上就要见到自己年迈的父亲，在感伤中又不觉有几分兴奋。

又想到父亲说的新冠肺炎的情况，不知严重到什么程度，这次回国，要不要把父亲带到加拿大和他们一起生活，好方便照顾？

想到加拿大，又想到父亲不习惯国外的生活，几次想给他办移民，都遭他拒绝，这次就更不现实了，充其量只能陪他多住些时日，大卫开学了，自己还要回国。

想到儿子大卫，又想到儿子的父亲乔治。乔治按照时下的说法，是个典型的理工男，除了他那点专业，什么都不会，把儿子交给他，又碰上这个非常时期，实在不能让人放心。

程箐一边开车，一边想着家里的这些事，虽然两眼直瞪瞪地盯着前方的道路，但脑子里却歧路丛生。

黎明时分，车入湖北境内，高速公路两边的景物渐渐明朗起来。雪亮的车灯也逐渐减弱了它刺眼的光辉，融入弥漫四野的天光，前方的视野顿觉敞亮。

就在这时，程箐发现，高速公路上来往的车辆，像陡涨的河水，忽然多了起来，还时不时出现长长短短的拥堵，开车的也好像沉不住气，把喇叭按得呜哇乱响。

程箐本来想问一下后座上的闺密是怎么回事，见她睡得正香，又不忍心叫她。

到了孝感服务区，程箐把车子拐进停车场，就想下去方便一下，顺便买些早点，再回到车上来叫醒闺密过早，免得到了武汉再去找吃的。

程箐总听父亲说，孝感的米酒多有名，多好吃，今天撞上了，就该姐们儿有口福。一碗米酒，打一个鸡蛋，下几个汤圆，喝下去，暖乎乎的，既熨心，又解馋。

只可惜，自己要开车，不能现做现喝，那就让闺密先喝，自己的那份打包带上，到了武汉再喝不迟，横竖就个把多小时的路程，变不了味儿。

服务区卖早点的地方是个大排档。到这个点就开始人头攒动，熙熙攘攘，程箐挤到一个卖米酒的摊位面前，头也不抬，就盯着老板面前的钢精锅说："来两碗米酒，一碗一个鸡蛋，五个汤圆，一份现吃，一份带走。"

话音未落，就听老板说："我说美女，你今天就将就点好吗，要米酒，你面前就有，杯子里装的，密封好了的，要几杯拿几杯，不用给情（钱），鸡蛋和汤圆就省了。"

程箐正想问为什么，就听隔壁卖面的摊主在扯着嗓子喊："送命（面）啦，送命（面）啦，所有的命（面）都白送，不要一分情（钱），要命（面）的快来拿呀。"

又听见更远处的摊位也在送命（面）啦，送馒头包子、油条豆浆啦响成一片。

程箐虽然听得懂孝感话，但没见过这样的场面，就顺手在面前的摊位上抓了两杯米酒，逃也似的跑回车上。

回到车上，闺密醒了，程箐就把刚才见到的一幕对闺密说了。

闺密伸了个懒腰，打了个长长的哈欠，顺手摇了摇举在头上的手机说："我哥刚才发了微信，说武汉就要封城。城封了，高速上没人了，谁还来吃东西呀，不送放家里沤肥呀？"

程箐这才如梦初醒，说："难怪，我还以为这些人一早起来都得了疯魔症。"

听说要封城，程箐就想到该给父亲打个电话了。平时搞个突然袭击，会给父亲一个惊喜，这时候再搞这种恶作剧，真把他老人家吓着了怎么办，好歹得让他有个思想准备，于是就在车上拨通了父亲的手机。

原以为父亲会在电话里把她臭骂一顿，谁知电话那边很平静地说："回就回了，我还真把你关在门外呀！不过，你也回不了家，回家也见不到我，我要到小陈儿家去过年，现在正往孝感赶呢，要是走路就能碰得见。"

程箐就说："那我就在服务区等你。"

程爹爹说："你别等了，我坐的是摩托，不走高速，正好，小陈儿带我回来了，她爱人在武汉没人管，你就在武汉跟她做个伴儿，帮忙送她去搞透析。"又把老陈爱人的住址跟程箐说了一遍，叫程箐到了武汉以后就直接去找她。

临了，程箐把刚才碰到的一幕，跟程爹爹八卦了一通。

程箐说："你以前总说孝感话好听，我今天总算见识了，孝感话不光好听，还很吓人，哪有一早起来就要送命送命的。"

程爹爹就哈哈大笑说："我就奇了怪了，怎么我爷儿俩都是从这些卖过早的那里知道要封城的，这些孝感人也真神，高速公路上车来车往，他们把这些早点一甩，全中国的人立马就知道武汉要封城了，比政府的通告还管用，难怪人家要说，尖黄陂，狡孝感，既甩了货，又帮政府做了广告，孝感人就是精明。"

说得程箐在电话这边也咯咯咯咯地笑个不停。

四

到了武汉，程箐就按父亲说的地址，找到了老陈的爱人。

老陈的爱人姓丁，名叫丁月娥，也是孝感人，一直跟丈夫在武汉打工，后来得了肾病，不能出去干重活，就留在家里搞后勤。

两个人在外面打工，生活简单，没什么家务可搞，老陈把程爹爹接到家里来以后，老陈的爱人就把家务的重心转到了程爹爹身上。一日三餐，端茶倒水，铺床叠被，浆衣洗裳，侍奉得比亲儿媳妇还到家。

因为得的都是肾病，所以平时也有很多共同语言，谈吃药，谈打针，谈验血，谈透析，谈医院的医生和护士，谈病人的八卦和社会上的见闻，两人总有说不完的话。

老陈有时候笑他们说："人家说同病相怜，我看你们是同病相亲，搞得我恨不得也得场肾病，免得在家里受冷落，没人理我。"

老陈的爱人就呸呸呸呸地直吐口水，说："不吉利，不吉利。"

程爹爹就笑，说："不碍事的，小陈儿壮得像牯牛，得不了的，得不了的。"

老陈的爱人就说："得不了就好，他再要得个什么病，我们这个家也就完了。"

程爹爹知道老陈夫妇的日子过得不宽裕，除了每个月多给点护工费、伙食费贴补家用外，有时也把自己买的进口的补血针送几支给老陈的爱人。

老陈的爱人用了以后说效果比国产的好多了，就感叹自己没福分生在国外。

程爹爹说："你也不要迷信国外，外国的医生和中国的医生各有各的法子，能治病就行，不一定外国医生的法子都有效。"

程爹爹在加拿大治过肾病，对中外医生的治法和疗效有比较。

老陈就说："听程爹爹的没错，你就老老实实地跟我在中国混。"

老陈的爱人说："不跟你混，我还能跟谁混，嫁给你，这辈子死活就跟着你，你想赶我都赶不走。"

老陈说："我想赶你走，也要有这个胆儿呀，你要是有两个胆儿，就借我一个。"

老陈的爱人说："美得你，我自己的一个都不够用，你要是有情（钱），就去买一个。"

听这两口子苦中作乐，亲亲热热地拌嘴，程爹爹就想起老伴在世时的情景，常常禁不住心生感动。

程箐比丁月娥小两岁，按道理应该叫丁月娥姐，但程箐觉得不是一母同胞所生，叫姐总不免生硬，不如叫嫂子来得亲热，也更合自己的心意。

程箐经常在视频里听父亲讲老陈夫妇的故事，对老陈夫妇这些年精心照料自己的老父亲，心存感激。她早已把老陈当成自己的亲哥，把老陈的爱人当成自己的亲嫂子了。

这天早晨，程箐见到丁月娥之后，连个顿儿都没打，就亲热地喊了一声嫂子。丁月娥的心里顿时就像吹进了一阵暖风，忙不迭地拉住程箐的手，把她让进了自己租住的小屋。

老陈的租屋是医院隔壁小区的一个偏厦。

这些年进城务工的人多，租房供不应求，尤其是医院和学校附近的小区，更是一房难求。临街的一楼，因为方便开个门面，做点小生意，几乎所有的住户，都要想法腾出一间来租人，有的还顺势在旁边搭一个偏厦，廉价出租。

老陈夫妇租住的就是这种加盖的偏厦，就在小区门口。

偏厦里没接煤气管道，没有自来水，房主在正房外安了一个水龙头，用水要出门去打，按月收取水费。炒菜弄饭就只好烧煤球了，有时也烧蜂窝煤，液化气太贵。问题是，无论是煤球还是蜂窝煤，现在政府的供应点少，都要到私营的煤厂去买。路远不说，小区的物业还说污染环境，动不动就要罚款。

看着眼前这番景象，程箐心里就想，自己的父亲虽然不是什么大富大贵之人，但毕竟是个高级知识分子，无论什么时候，再怎么不济，也没有过过这样的日子。让他老人家心甘情愿地跟老陈夫妇屈居在这方寸蜗居之内，而且乐不思蜀，有家不归，这里的生活对他该有多大的吸引力，这对夫妇对他该有多么亲热，该有多大的恩德。

想到这里，程箐禁不住眼眶发热，汪在眼眶边上的热泪，一瞬间竟扑簌簌地顺着眼角掉了下来。

见程箐这样傻呆呆地站着流泪，丁月娥吓了一跳，赶紧接过她手中的行李说："你今晚就睡程爹爹那个铺，我过会儿给你换被子，我有个表妹在别人家里做保姆，她有多余的被子，我这就找她去借。"

程箐说："不忙，嫂子你歇着，我自己上街去买。"

不一会儿工夫，程箐果然床单被子枕头枕套的，买了一大包，连带着把丁月娥夫妇床上的也换了。还有脸盆肥皂牙膏牙刷毛巾拖鞋等日用品，包括锅瓢碗盏等厨房用具，也买了一大堆。

帮她送货的师傅还以为她在搬新家，进门一看，禁不住摇摇头说："你这是叫花子穿绣衣，配得上吗？"

程箐说："怎么就配不上呢，过两天我还要装空调配洗衣机呢。"

丁月娥在旁边笑笑说："空调洗衣机就免了，我用不起水电。"

吃过午饭，程箐又带着丁月娥上街，给她添置了一些衣物，顺便买了一个煤气灶，又叫人送来了一罐液化气。不到一天工夫，丁月娥就觉得自己已过上了真正城里人的生活。

心存感激，口里就禁不住说了几句客气话，程箐说：“嫂子你可千万别客气，你要客气就生分了，你和陈哥把我爸当亲爹，我还不是我哥的亲妹子、你的亲小姑子？做这点事还不是应该的呀？”说得丁月娥只好一个劲儿地点头称是。

屋里屋外地忙活了大半天，程箐还真有些乏了，虽然在飞机上一路眯瞪，但到底经不住时差的袭击，吃过晚饭之后，放下碗筷，也不想洗漱，就和衣倒在父亲的铺上，呼呼地睡着了。

丁月娥见她累成这样，不忍心惊动她，只给她脱下鞋子，把吊在铺下的双脚，轻轻地挪到铺上，又给她加盖了一床棉被，收拾了碗筷，就在塑料布那边，默默地做着明天透析的准备。

自从开始透析以后，丁月娥就渐渐地对生活失去了信心，也没有了热情。

丁月娥本来是个生性活泼、爱说爱笑的人，生病前在给一个老太太做家庭陪护。

老太太是个退休的老教授，先生是中科院院士。老两口都有九十多岁高龄，子女都在国外。家里请了三个保姆，一个总管日常生活，她们称她大管事的，相当于过去的管家。另两个分管两老的饮食起居，丁月娥就做了老太太的陪护。

老太太人很和气，听说从前也是大家闺秀，那年月出嫁时，还带着陪嫁丫头。

丁月娥当陪护时，老太太已坐上了轮椅，每天中午和晚饭后，天气好的时候，都要推老太太出去散步，所以丁月娥对老太太的陪护，很多时间都是在散步的时候。

散步的时候，老太太就有一搭没一搭地跟她讲些自己少女时代的故事，有时讲高兴了，还要哼哼几句，唱些她在少女时代唱过的老歌。

老太太的声音很好听，丁月娥觉得她就这样小声哼哼，也比现在那些扯开嗓门往死吼的歌星强。

听的次数多了，丁月娥也记住了一些歌词，虽然残缺不全，但就这样有一句没一句的，也比她在乡下唱的“河里有水呀，岸上有绳哪，早死早托生哪，哟喂”，要动心提神。

丁月娥出嫁前，也常跟村里的姐妹们在一起唱歌，除了这种厌生怨死的悲腔，就是些打情骂俏的荤曲儿，哪像老太太年轻时唱的，不是长亭古道、晚风夕阳，就是玫瑰夜莺、我爱你爱。有时候就禁不住夸赞几句，顺便拍拍老太太的马屁，逗老人家高兴。

丁月娥说：“看样子，您年轻时一定是个大美人，在学校里一定迷倒一大片男生。”

老太太抬头看了她一眼说：“先是有一大片，后来就剩下一个了。”

丁月娥说：“那是为什么呀？”

老太太说：“那一大片都被我迷得睡着了，只有这一个还是醒着的。”

丁月娥就故意问：“谁呀？”

老太太也故作少女状说：“还能有谁呀，他呗。他说，你好看是好看，就是腰太细了点，嘴太小了点。”

丁月娥说：“腰细点嘴小点好看哪，没听说柳条细腰、樱桃小口吗，连我这个乡下人都知道，你先生会不知道吗，亏他还是从国外留学回来的。”

老太太就笑，说：“坏就坏在他留学的时间太长了，看惯了虎口熊腰的外国美女，反倒觉得我这个中国美人不中看了。”

丁月娥说：“那后来怎么又成了呢？”

老太太说：“我们两家是世交，娃娃亲，上辈人才不管你腰细腰粗嘴大嘴小呢。”

说得丁月娥禁不住哈哈大笑。

给老太太当陪护，是丁月娥这辈子过得最舒心最快活的日子，也是最长见识的日子。

后来，老太太的先生走了，老太太的话少了，也不唱歌了，虽然每日里还在推着轮椅陪她散步，丁月娥却觉得生活好像一下子变得无油无盐、寡淡无味。

有一次，老太太突然跟她说：“我觉得我在这个世界上，再活下去，就是多余，我这些时日就在想着，怎么早点离开。我找大管事的要安眠药，她一听这三个字，就像家里进了贼，赶快拿起手机跟我儿子女儿报警。有一天，我自己摸到我家住的六楼窗口，爬了半天爬不上去，结果还把人搞累了，在沙发上坐了半天才缓过气来。你是个胆小鬼，又不能帮我，你说我该怎么办？”

老太太说这话的时候很平静，好像在讲着别人的故事，可丁月娥一听却如白日见鬼，吓得汗毛直竖，回去就跟大管事的说了。

大管事的说：“你可要看好了啊，出了事你我都担当不起。”

先生去世以后，老太太家的保姆已辞了一个，大管事的这话，其实是冲着她一个人说的，丁月娥更觉得责任重大。

过了不久，医生要她透析，丁月娥便趁机向老太太辞了这份工作。

临走的时候，老太太还笑着对她说：“我说你是胆小鬼，你还真是个胆小鬼，实话跟你说吧，像我这样的人，活着不轻松，想死也没有那么容易，阎王不要你，你就这么凑合着活吧。”

丁月娥觉得，她自己现在就是这么凑合着活。

没透析之前，医生和病友都说，透析并没有那么可怕。有些年轻的患者还说，正好，一个星期弄他三个半天休息，躺在床上看小说，玩手机，打游戏，这是上班时连想都不敢想的。也有年老的患者说，能不透析尽量不透析，透析那份难受，那叫生不如死。

等到丁月娥开始透析了，她才真正体会到，透析虽然不像年老的患者说的那样生不如死，也不像年轻人说的那样轻松自在，而是像关在牢房里的犯人，不要你的命，却没有人身自由。

且不说一年三百六十五天，所有的日子，不是透析就是等着透析，错过了一两次，就有生命危险。就是一日三餐，也被透析管着。想吃的东西不能吃，想喝的东西不能喝，想多吃一点的不能多吃，想多喝一口的不能多喝，一时咸了辣了，一时磷高钾高。连洗澡更衣，都要小心，又怕打湿了针口，又怕挤压了瘘管。一时要量体重，一时要测血压。不能劳累，也不能熬夜，连看个春节晚会都不能到底。透析完了以后，浑身都没有力气，走路就像踩着棉花堆一样，高一脚低一脚的，得不到力。像这样下去，活着还有个什么劲，不是念着女儿和丈夫的情分，她也想像老太太那样，想个办法了结了，省得下半辈子成了拖累。

透析的病人瞌睡少，丁月娥就整夜睡不着觉。失眠了就爱想心事，越想心事越睡不着。加上浑身酸痛，皮肤瘙痒，只好不停地在床上翻烧饼。好不容易熬到天亮，又不能出去痛痛快快地过个早，只能吃点面包饼干之类防止低血糖的东西，就得准备去医院。

这天早晨，丁月娥把隔夜准备好的东西提在手里，一边往口里送着一块饼干，一边扒开塑料布朝程箐那边看了一眼，正要转身出门，突然听见程箐的手机闹钟丁零零地响了，接着便见程箐一个鲤鱼打挺，从铺上坐了起来。一边用手抓着睡乱了的头发，一边埋怨丁月娥，说："嫂子，你怎么不叫我一声呢，幸亏我半夜上了个闹钟，要不，这一觉还不知道睡到什么时候才醒。"

丁月娥说："你这么早起来搞么事，自己家里，又不是在旅馆，想睡多久睡多久。”

程箐说：“我要起来送你去透析呀，要不，我爸得骂死我。”

丁月娥说：“透析我自己去，不要你送，你送也只能到血透室门口，他们不让你进去的。”

程箐说：“我把你送到医院，就上街去买东西。”

丁月娥说：“昨天买了那么多东西，还买什么东西？”

程箐说：“你忘了，今天是大年三十，咱俩好歹要吃顿年饭哪。”

这一说，倒真的提醒了丁月娥，就说：“那就快点，昨天封城，搞不好今天商店菜场都要早早关门。”

就在丁月娥说这几句话的时候，程箐已跳下地披挂整齐，冲出门去，就着水龙头哗哗地漱了口，刷了牙，又用双手接起一捧水，往脸上浇了一把，捎带着后颈窝，呼啦啦地搓揉了一气，然后把齐耳的短发朝后一拢，就对着丁月娥说：“好啦，齐活啦，走吧。”

丁月娥说：“你这就跟电影里的外国女人一个样。”

程箐说：“嫂子你放心，我这做派虽然是洋婆子的，但我这颗心还是中国的，无论走到哪里，我都是正宗的武汉姑娘伢。”

丁月娥说：“那是，那是，我信，我信。”

两人就相跟着走出小区的大门。

五

程箐昨天进城以后，与闺密匆匆道别，就去找丁月娥。找到了丁月娥以后，又跑出跑进地买东西，没怎么留心街面上的动静。

程箐在武汉出生，在武汉长大，自认是个老武汉。虽然出国有些年头，但武汉的嘈杂忙乱，武汉人的急性子大嗓门，是她永远抹不去的印象。

昨天进城的时候，一边开车，一边朝车外粗粗地睃了几眼，从街景到行人，似乎没觉得有什么变化。倒是后来跑出跑进地买东西，觉得那些卖床上用品、服装日杂的商店和超市柜台，好像比平时显得冷清。

当时还在想，中国现在到底不比以往，以往到了过年的时候，男女老少都要添身新衣服，家里的日常用品，有条件的，也尽可能换个新的。大约现在经济条件好了，随时都可以换新，不必一定要等到过年时凑这个热闹。

等到她把丁月娥送到医院，再去买年货的时候，这才发现，原来购物的大军，都集中到了超市的蔬菜柜、食品柜和街道的大小菜场。

她昨天去的那些地方人不多，是因为服装日杂和床上用品，都不是眼面前过日子的急需。

程箐没经历过三年困难时期，也没经历过物资紧俏的计划经济年代，没尝过买东西跟班排队的滋味，更没见过拥挤哄抢的场面。

这些年在国外，买个针头线脑、葱姜大蒜，都要开车去超市。超市里你想要的东西都有，想买什么只管拿，只要你信用卡还能刷，要拿多少拿多少，不用排队也不拥挤，刷了卡，把汽车后备厢塞满就往家里搬，就像从自家的储物间取东西一样。

其实，出国前，程箐在国内购物也是如此。自从有了超市以后，像他们二十世纪七十年代出生的这一代人，几乎就是伴着超市长大的，离开了超市就不能过日子。

跑了好几家超市，出国前常常看见堆码得像军事沙盘一样岗峦起伏的蔬菜货架，现在却成了百孔千疮的洼地。食品架上那些平时像整装待发的士兵一样排得整整齐齐的大包小盒瓶瓶罐罐，则成了被打得七零八落的残兵败将，就连冷冻柜里的食品，也像吃空了的米缸，只在犄角旮旯里还有一点残余。

超市的工作人员虽然不停地安抚顾客“莫慌，莫慌，库房里还有，眨眼就到”，也时不时往货架上添补一些不知从哪儿弄来的存货，却架不住虎视眈眈的人群，瞬间便围了拢来，没等上架，就被半道截走。

在超市一无所获，程箐便把目标转向菜场，心想，菜场的地方大些，东西多些，想必没有超市这么紧张。

好不容易从各种车辆和拥堵的人群中挤进一家菜场，眼前的景象真把程箐吓了一跳。

如果说超市是正月初一到菩萨庙里上香，挤归挤，总不至于在菩萨面前太过放肆，菜场就不同了，看上去，跟正月十五耍狮子玩龙灯差不多。

能够摆开一字长龙的，是面前的场地比较大一点的摊位，尽管龙身子歪歪扭扭，盘旋卷曲，好歹还有个头尾。摊位面前的场地窄的，龙灯施展不开，干脆就玩起了狮子抢绣球，从人头上递袋子，从人头上接菜。

这番景象，让程箐想起了黄梅戏《夫妻观灯》里的几句唱词：长子来看灯，他挤得头一伸；矮子来看灯，他挤在人网行；胖子来看灯，他挤得汗淋淋；瘦子来看灯，他挤成一把筋。

程箐正想着自己要不要也进去挤他一把，忽然觉得有人在拉她的衣角，回头一看，原来是一个瘦瘦小小的太婆要跟她说话。

不等她发问，那太婆就说：“跟我来，你想买什么，我那儿都有。”程箐就将信将疑地跟她来到菜场后面的一家街道小店。

果然，这小店里什么都有，从各色品种的蔬菜，到鸡鸭鱼肉、腌炸蒸卤的食品，再到米面蛋奶、油盐酱醋，应有尽有。有的货架上还摆了些口罩目镜医用酒精 84 消毒液和板蓝根连花清瘟胶囊之类的医药用品。虽然数量都不多，但品种齐全，简直就是一个微型超市。

程箐一看，就知道这些都是从超市、菜场和药店抢购来的物品，一转手，抬高一点价码，就有不小的赚头。心想，武汉人真是聪明绝顶，不论什么时候，都想得出赚钱的门道。

程箐从这些货物中，挑了些自己需要的，让店家用塑料袋包好，左一包右一包地提回了丁月娥租住的小屋。

这顿年饭，让程箐很费了些心思。

出国前，程箐在家里都是吃现成的，参加工作后，也很少动手做饭。结婚后，她和乔治大卫的生活很简单，跟西方人一样，他们的日常饮食，也是以各种面包和饼为主，加上一些沙拉和汤，就能对付一顿，要吃一些大鱼大肉，除了煎炸就是烧烤，没有太多的花样。

这顿年饭，倒不用考她的烹饪手艺，而是考她的应变能力。

程箐知道，丁月娥的饮食有很多禁忌，若严格按照医生和透析营养师的要求，就得像吃药一样，照着配方来，质优量少，简单原始，用不着任何烹饪方法。

而且要严格限水，武汉人最喜欢的各种汤，尤其是排骨藕汤，是不能随便喝的。若是这样，那就不叫年饭，而叫病号伙食。

程箐想，无论如何，这顿年饭一定不能做成病号伙食，一定要想办法让嫂子吃好了，既不破医生的禁忌，又让她吃得高兴。

忙活了一上午，一桌年饭终于弄好了，趁丁月娥还没有回来，程箐坐在饭桌旁边，把这一桌她颇为得意的特色年饭，好好地欣赏了一番。

居中的是一道大菜，沔阳三蒸，有鸡胸肉，有鳕鱼块，有嫩豇豆；旁边的是四道辅菜，有泡花蛋，有烩三元，有熘里脊，有煎豆腐；四道辅菜之间，还穿插了四碟凉拌蔬菜，中式的有凉拌番茄、刀拍黄瓜，西式的有生烫花菜、水果沙拉。当然，也没忘记他们老程家的传统，一条听话鱼、一碗素什锦。

这桌年饭虽然简单，却综合了程箐全部的饮食经验，里面有儿时的美食记忆，有外婆和妈妈留下的味道，有自己后来浪迹天涯，在异国他乡揾食所得，总之是从小到大，中西合璧。但凡她觉得清淡的，都悉数拿来。

不能喝酒，只能用一小杯清茶替代。程箐就守着一壶清茶，静静地等着丁月娥回来。

丁月娥终于回来了，身边还跟着一个十几岁的小女孩。

丁月娥介绍说，这小女孩叫月儿，是她的病友，也在透析，昨天上机的时间晚，透析完了以后，出不了城，就在血透室外走廊的长椅上待了一晚。

月儿的家在附近郊区，以前都是她自己坐公交车来回，现在公交车不开了，的士也不能出城，她和家人都不知道以后怎么办才好。

丁月娥见今天是大年三十，以后怎么办先不管，眼面前这个年总是要过的。总不能年三十了还像流浪儿一样歪在医院的长椅上。等她下午透析完了，把她带了回来。

既然带回来了，就吃饭。特殊时期，特殊情况，没有平时过年的仪式，也不讲平时过年的礼性，三人举起茶杯，互祝了新年快乐，就开始下箸。

也许是肾病患者平时吃惯了清淡伙食，看样子，程箐弄的这顿年饭正对她们的胃口。

月儿说，她自从透析以后，就没有开心地吃过一顿饭。吃饭的时候，家里人都把嘴巴搁在她身上。

有的让她禁嘴，说这也不能吃，那也不能吃。

有的又说，你别管她，想吃么事就吃么事。

也有的说，吃是可以吃，但要控制量，都不能多吃。

有时候还要就这件事发生争吵，弄得她不知如何是好。

这顿饭好，无拘无束，不争不吵，安静平和，吉祥如意，让她真正感受到了一点过年的味道。

吃着程箐弄的年饭，丁月娥说："想不到妹妹还有这样的本事，我和你哥平时就瞎对付，就算是透析了，也没个讲究，像这样的年饭，叫我哭都哭不出来，妹妹回来了，我以后就有好日子过了。"

程箐说："嫂子你别取笑我了，我不过拣我吃过的清淡菜肴，七拼八凑地弄了一桌，好不好吃，还请你们多提意见。"

丁月娥说："好吃，好吃，没意见，没意见。"

月儿也说："太好吃了，我也没意见。"

这时候，程箐才发现，月儿的脸上长着一对浅浅的小酒窝，笑起来十分好看。

吃过年饭，收拾了碗筷，就等着看春节晚会。

趁晚会开始前，月儿用手机跟家里通了一个电话，说她刚在丁阿姨家吃过年饭，正等着看春节晚会。

接电话的是月儿的父亲，月儿的父亲在电话里对丁月娥和程箐千恩万谢，说要不是她们，他女儿就真的成了卖火柴的小女孩了。

月儿的父亲是个语文老师，说话总忘不了他教过的课文。

丁月娥看过安徒生的这篇童话，就在电话里说："哪能啊，她就是在街上卖火柴，我们也把她的火柴都买了。"说得月儿的父亲在那边哈哈大笑。

笑过了，月儿的父亲又说："像这样总麻烦你们也不是个事，你自己身体也不好，也要人照顾，要不这样，她晚上就在你那儿挤一下，住旅馆我们不放心，一日三餐就让她自己在外面解决，我出一半的房租，也给你减少一点经济负担。"

丁月娥说："你这样说，就见外了，我跟月儿这也是有缘分，好歹我俩还摊着一个月字呢，你要不嫌弃的话，我就认她做个干女儿，我也有一个女儿，比月儿大，在广东上大学，我妹子从国外回来了，有她照顾我们，你只管放心，月儿不能随便在外面吃东西，那样不安全。"

月儿的父亲说："你要能认月儿做干女儿，那是我跟她妈求之不得的事，哪里还敢说嫌弃，那就这样说定了，我这就给月儿打点钱来，趁商场还没全部关门，明天你帮她买几件换洗衣服和一些日用品，大过年的，给你添这些麻烦，真是不好意思。"

一直在旁边站着听的程箐，听说月儿的父亲要打钱过来给月儿买衣服和日用品，就接口说："不用，不用，日用品我买的都有，倒是换洗衣服不好将就，还有她的学习用品，你们清一包出来，约个时间送到进城的高速路口，我想办法去接。"

月儿的父亲还在说客气话，程箐干脆接过手机说："都是一家人了，就不用讲客气了。就这么定了，明天我们就约好在高速路口见面。"

当天晚上，程箐边看晚会，边跟刘洁拨了一个电话，说："喂，亲爱的，在搞么事呢，想我了吗，要不要我在新年钟声响起之前，给你拜个早年？"

刘洁在那边说："正想着你，你就来电话了，还真是心有洞洞一点通啊！还能搞么事呢，年饭春晚加麻将，年年老三篇，今年也一样。你要在新年钟声响起之前给姐们儿拜年，就趁早，别等我上了麻将桌，坏了我的手气。"

程箐说："年我这就算给你拜过了啊，你也不用给我回拜，专心看你的春节晚会去吧。"

刘洁说："其实也没什么看头，年年都是这些老套路，大同小异，要变也变不出什么新花样。”

程箐说：“那你还看得这起劲。”

刘洁说：“么办法嘞，就像跟祖宗上香磕头，明知道没意思，到时候还得照做不误。”

又说：“不过，我刚看完了一个节目《爱是桥梁》，是白岩松、水均益几个央视主持人的朗诵，说的是我们武汉抗疫的事情，还真把我搞哭了。”

程箐就笑她，说：“能让我们铁石心肠的刘爷落泪，还真得要点道行，我看你是想这些老帅哥想得心碎了吧？”

刘洁说：“还真不是，我总觉得他们说的那些话，都是我想要说的，句句都打到我的心坎上了，就真是铁石心肠，也要落泪。”

程箐说：“我刚才也看了，确实感人，不过我不喜欢听朗诵，喜欢看小品，要是演个抗疫的小品就好了。”

刘洁说：“这怕有难度，小品要有感人的故事，抗疫刚开始，感人的故事到哪儿去找？”

程箐说：“还找个么事呢，咱俩演一个现成的不就得了？”

刘洁说：“演，咱俩，么样演？”

程箐就把到高速路口帮月儿接东西的事跟她说了一遍。又说：“没别的意思，就想借你的豪车一用。”

刘洁说：“还说没别的意思，绕了这么大一个弯子，原来就为这点小事，亏你还是我的老姐们儿，你也太小看我刘爷了，没问题，这事就包在我身上，以后但凡要用车，就找我，不用绕那么些弯子，扯那些里格楞，我不是演员，演不了小品，做个本色本分的人还行，你把月儿父亲的手机号给我，我一个人去就行。”

六

把这事交给刘洁，程箐就放心了。

初一早晨，她一起床就给父亲拨了个电话，说是给老爷子拜年。

照老规矩，大年初一第一件事，是给家里的老人拜年。拜完年后，程箐便问父亲这个年在小陈儿家过得么样。

父亲说："我也不知道过得好还是不好，不过，好和不好都不是在小陈儿家过的。"

程箐就问他在哪儿过的，难不成没赶到陈家冲，就在路上过的？不会呀，你们不是一大早就出城了吗？

父亲就在那边笑了，说："哪能呢，再慢也不至于要跑一整天。俗话说，黄陂到孝感，现（县）过现（县）。黄陂是武汉的一个区，过了黄陂就是孝感，这不抬腿就到了嘛。我是碰到了原来知青点上的乡亲，被他们'拦路打劫'，弄到队上来了，就在我原来下放的队上过的年，吃完年饭后，队上的人还不让我走，我到现在还没去小陈儿家呢。"

于是就在电话里把他跟老陈到了孝感以后的情况，跟程箐说了一遍。

前天上午，老陈拉着程爹爹，沿着原来的乡间公路，风驰电掣，不到十点钟，便进了孝感地界，再往前去，走不多远，就是老陈家的村子陈家上冲。

颠簸了一路，程爹爹觉得浑身的骨头都散了架，加上内急，就让老陈把摩托车停在路边上歇一下。

冬天的旷野，田地里的庄稼都收割干净了，到处是一片裸露的黑土黄土，连个遮身的地方都没有，程爹爹只好解开裤子对着天空野放。

正放在兴头上，程爹爹忽然发现冲里面有人在抬头看他，就冲那人说："看人屙尿，眼睛长疱，你就不怕眼睛长疱？"

那人一听，竟哈哈大笑起来，一边笑一边朝坡上走来。到了程爹爹面前，用手一指说："望着像你，还真就是你，回城这么多年，都六七十岁的人了，还是野性不改。"

程爹爹定睛一看，觉得来人好生面熟，知道是队上的人，只是一下子跟几十年前对不上号，就一边扯着裤子的拉链一边说："别忙，别忙，让我猜猜你是哪个。"

"哪个，还能是哪个，"来人没等程爹爹猜完，就说，"四儿哇，我是陈四儿哇，连天天喊你们出工的队长都认不得了？真是贵人多忘事，三天听不到叫驴子叫，就不知道叫驴子是谁了。"

听这样一说，程爹爹立马就跟当年的队长对上号了。

队长当年天不亮就在他们知青点外扯着嗓子喊出工，免不了会惊了他们的好梦，他们就给他取了个外号，叫叫驴子。

当下就冲上去拉着队长的手说："哪敢哪，走到哪儿，你都是我们的好队长啊，我就是忘了亲娘老子，也不能忘了队长啊。"

队长就笑，说："又说假话了吧，还像当年那样，一天到晚拿好话哄着我，哄死人不填命，怎么样，这腊时腊月的，你大老远从大城市跑到我们这穷乡下来，该不会说是想我了，来看我的吧？"

程爹爹说："还真是想你，也想队上的乡亲们，想着想着，这不就来了吗？"

队长就指指站在他旁边的老陈说："那这是？"

程爹爹就把老陈作了介绍。心想，再不说实话，真有点对不住队长，就顺带着竹筒倒豆子，把他认识老陈，这次随老陈到乡下来过年的经过，一五一十地都跟队长说了。

原本想队长听了一定会生他的气，骂他忘本，亲疏不分。谁知听完了他的来意，队长不但没有责怪他，反而热情洋溢地说："好哇，那明天就在我家团年吧，我叫上队里当年跟你们知青混得最好的几个老伙计，他们也常想着你，让他们来陪你，保准让你这个年过得满意。”

程爹爹说：“这样怕不好吧，我和小陈儿的父母已经约好了，要不，等在小陈儿家团了年，再来队上给队长和乡亲们拜年？”

队长说：“什么约不约的，你这样说就生分了，陈家上冲和陈家下冲本来就是一家，中间只隔着一条公路，小陈儿的爹，是我本家的八叔，外人都叫他陈老八，你在我这儿过年，八叔是不会见怪的。”

当下便打发老陈回去报信，自己却拉着程爹爹向冲下的村子走去，一边走，一边还得意地跟程爹爹说：“想不到我八叔还有这么个小儿子，按辈分，他应该管我叫大哥。”

进了村子，程爹爹就像新媳妇进了洞房，队上的老人听说他回来了，都跑过来看他，青壮年都外出打工做生意去了，留守的孩子也跟着老人一起过来看热闹。来人不论年龄大小，也不管以前见过没见过，都一迭连声地小程儿小程儿地叫着，就像当年在队上当知青的时候一样。

围着他叙旧拉家常的，都是些当年的后生，如今也都是花甲老人。程爹爹问起当年的那帮老人，不是已经过世，就是病在床上不能出门。

队长怕程爹爹心里不好过，就岔开了话题，说：“听说武汉最近在闹肺炎，还很厉害，今天还要搞什么封城，武汉这么大，怎么封，难不成用围墙围起来？”

程爹爹就笑，说：“围起来是不可能的，就是限制人和车辆出行，十点以后，公共交通一律停运，人和车辆不准出城，也不能进城，我这不就赶在十点以前跑出来了吗？”

队长说："出来了好，出来了好，像这样封久了，还不把人闷死，你也难得回来一趟，正好趁这个机会，下乡来，再跟我们这些贫下中农一起过个革命化的春节。"

程爹爹说："当年留下来过春节是真，是不是革命化，那就说不准了。记得有一年春节，我们七个知青一顿年饭就吃了七只鸡，一人一只，比地主老财家过年还丰盛，要说这也是革命化，那这个革命化还真得革一下。"

队长就笑，说："别的没什么好招待，现在鸡还是有吃的，自家养的，不用去买，都是走地鸡，管保你吃个够，别说一人一只，一人十只也有，只要你吃得下。"

当下便让老伴安排住处，张罗饭食。待众人走后，吃过午饭，队长少不了要带程爹爹到村里村外转上一圈，介绍一下他们走后，村里这些年的变化，说些张家长李家短的闲话，转完之后就回到队长家歇了，当夜无话。

第二天一早，队长就起来办年饭。

乡下办年饭不像城里，什么都依靠超市菜场，年猪早就杀好了，鸡鸭都是自家养的，塘里有鱼，园里有菜，再到村里的小超市买点佐料，年饭用料就备齐了，剩下的就看队长的老伴和儿媳妇的手艺了。

程爹爹跟着队长跑出跑进，有时打个下手，有时当个提提[①]，欢天喜地的，像个孩子一样。自从成家立业以来，程爹爹觉得自己从未像这样享受过儿时的乐趣。

不到半天工夫，队长的老婆和儿媳妇就把一桌丰盛的年饭弄好了，一家人围坐在桌子旁边，就等着队长的儿子回来开席。

---

① 提提：方言，小弟、马仔的意思。

队长的儿子是现任村主任，这几天正忙着开会。

武汉的封城通告发出前后，因为孝感离武汉近，居住和工作在武汉的人多，所以从武汉回到孝感的人数，在全省各地区中，也就名列前茅。一部分人是回家过年，一部分人是害怕封城，想回乡暂避。这就给当地的防疫工作，增加了很大的困难和压力。市县医疗资源本来就十分有限，加上医护人员经验不足，一时难以应付这突如其来的情况，就像当年面对突如其来的洪灾一样。

各级领导的意思很明确，当务之急，也就是要像当年抗洪抢险一样，严防死守，不能让一个可疑的对象漏网，重点盯住从武汉回来的人群，定时定点进行检测，一有情况，立即隔离，立即上报。当地群众，也要尽量减少出行和相互来往，必要的时候，也可以像武汉那样，封城封村，杜绝一切传播感染的通道。

队长的儿子在年饭桌上，一边吃饭，一边有一搭没一搭地通报他这几天开会的情况。开头，大家听个新鲜，还能容忍，说多了，就觉得有点败坏胃口，再说下去，就如吃着酒席听领导作报告，难以忍受。

队长见儿子还要继续说下去，就拿眼睛横了他一眼，又端起酒杯给程爹爹敬酒，说："喝酒，喝酒，他就这德行，也就这点道行，心里藏不住事，遇上一点事就叨叨个没完，也不看个场合，大过年的，就不能等吃完年饭再说？"

喝完杯里的酒，队长又朝程爹爹抱歉地笑笑说："你别往心里去，他不是针对你的，你只管在我家住下去，有什么事我担着，知青点就是你的家，你这是回家来探亲，谁也不敢撵你走。"

程爹爹笑笑说："队长的心意我领了，疫情不同一般，这事你恐怕担不住，再说，我要真有事了，也不能连累大家，吃完了这顿年饭，明天该检的检，该测的测，我都配合。"

队长也只好尴尬地笑笑说："喝酒，喝酒，明天的事明天再说。"

一顿年饭吃成这样，程爹爹在电话里问他的女儿："你说我这年过得好，还是不好？要说好，队长和乡亲们的热情，满桌丰盛的酒菜，加上自己回乡的感觉，那都是好；要说不好，年饭桌上说的事，虽然我也知道不是针对我的，但听起来总不是个滋味。这就像到别人家里串门，人家家里丢了东西，首先想到的是来家里串过门的人，不管这人偷没偷，拿没拿，都不免遭人怀疑，自己也觉得担着干系。"

程箐就在电话里安慰他说："事到如今，你也别多想了，谁叫你碰上了疫情，又是从疫区里逃出来的呢，不管人家是不是针对你的，明天一早，都要主动去村里接受检测，就是测不出问题，也不能在他家久留，省得人家心里疑惑，万一村里有人感染了，那就更说不清楚。"

放下电话，给队长夫妇拜了个年，程爹爹就要队长的儿子带他到村卫生室去接受检测。队长虽然觉得大年初一一大早就进卫生室，未免不吉利，也对不起小程儿，但事已至此，也只好让儿子陪着程爹爹去了卫生室。

七

初一早晨，村里早起拜年的人很多。

俗话说，初一拜近邻，初二拜远亲。初一早晨起来，除了要给自家的长辈拜年，还要给邻里乡亲拜年。初二以后才出门去拜家公家婆，姑姨娘舅，岳父岳母。

见村主任陪着程爹爹出门，村里人都纷纷跟他们打招呼。从外面回来的年轻人说声新年快乐，在村里留守的长辈拱拱手，以示祝贺。

走了一段，程爹爹发现，无论是年轻的还是年长的，客气归客气，但都跟他们离得远远的，尽管都戴着口罩，却不敢靠近，似乎都在有意躲着他们。有的明明是迎面走来，却突然一转弯，奔别的地方去了。有的是昨天还来看他的乡亲，见他走过来，却没来由地关上大门。

到这时候，程爹爹才发觉，自己好好的一个人，一夜之间，竟成了一个人人避之唯恐不及的瘟神。

从村卫生室检测回来，程爹爹就拨通了老陈的手机，让老陈赶快过来接他，说："昨天错过了你们家的年饭，今天不能错过了给你父母拜年，再错过了，你父母要说我几十岁的人臭不懂事。"

老陈说："好，好，我收拾一下，这就过来。"又说："不过，你得稍等一下。今天一大早，县城就封了，我们这里也紧张起来了。村委会通知，从今天起，进出村的人，都要打报告，车辆也只能走留出来的通道，进出也要打报告。所有外来人员，不论是返乡的、做客的、办事的，一律要接受检测。村干部分片包干，户盯户，人盯人，不得有任何疏漏。我得到村委会去报告，村里同意了，才能过来接你。"程爹爹只好老老实实地在队长家里坐等。

听说程爹爹要走，队长无论如何也不同意，说："年三，年三，没过完三天年你就要走，你这是在打我的老脸，你叫我如何跟你的那些老哥儿弟兄交代？"

程爹爹说："疫情来了，不比寻常，以后有时间我再来看你。"

队长说："再大的疫情，也得讲个人情，你别听我家那二杆子的，他就这么个人，拿着个鸡毛当令箭，检也检了，测也测了，也没看查出个么事问题来。"

程爹爹说："没问题才好，要真有个什么问题，他对上对下、于人于己都不好交代。"

正这样说着，队长的儿子突然从外面回来了。一进门就说："我刚到镇上去开了个村主任联席会议。会上通报说，今天各村出门拜年的人很多，也有到外村亲戚家拜年的，还有上坟祭祖烧新香的，去县城看家人送东西的，嫁姑娘娶媳妇庆生日的，打麻将带孩子聊大天的，大家聚在一起说说笑笑，吃吃喝喝，磕头打拜，迎来送往，像这样亲密接触，很容易传染。会上要求各村尽快停止相互拜年活动，劝阻离村外出和各种聚会宴请。”

队长说：“再怎么说，年总是要拜的。”

队长的儿子说：“拜年的事，我想了一个办法：让各家各户把拜年的回礼，都用塑料袋装好，一个袋子里装三根烟、一包糖，花生蚕豆麻切苕果之类的土特产随意，放在自家门口搞个桌子摆好。来拜年的站在门口喊一声，作个揖，拿一包回礼就走。俗话说，来了就是年。拜年本来就是个形式，人到了，心意尽了，就行了，不必要迎进送出磕头下跪讲那么多礼数。最好是单独行动，不要像往年那样呼三喝四呼朋唤友地挨家拜过去。有条件的，提倡手机拜年，避免直接接触。进出村的路口，我也都派了专人把守，防止有人未经许可，随便进出。”

队长说：“你这不就是变相封村吗？”

队长的儿子说：“封村不封村，上面没有精神，我不敢随便乱说，我只能就现在的情况，采取必要的防范措施，尽可能减少感染的风险。”

程爹爹就接上先前的话题说：“那我就更要走了，看这架势，封村也就是这几天的事了，真要封了村，我就出也出不得，进也进不得，哪儿也不能去了。”

队长的儿子见程爹爹心里着急，就说：“当着您老的面，我说句不该说的话。您老要想去我八爷家，就趁早，晚了还真可能出不去，也进不了他们村。”

见父亲拿眼瞪他，又说："不过今天是不会封的，再怎么您老也要过完初一再走。我这就跟八爷家联系，让他们明天上午来接你。"

队长儿子的这几句话，就等于是礼送程爹爹出村。事到如今，程爹爹也顾不得许多，就在队长家住下来，耐心等待老陈第二天过来接他。

第二天上午，老陈就骑着摩托车来了，进村的时候，老陈大老远就看见村口的大路上聚着一些人，好像在挖什么东西，近了一看，原来是要在进村的大路上挖一条横沟，阻止人员和车辆进出。

老陈就问那些人："你们这是要封村吗？"

有个领头模样的回答说："封不封都要做好准备，免得到时候措手不及。"

老陈说："那我现在进去还能出来吗？"

领头的说："动作快点，各村刚开了紧急会议，说封就封。"

老陈便像得了特赦，一踩油门，呼地一下便冲了过去。

程爹爹见到老陈，如见救星，还没等队长把送给他的土特产在摩托车后架上绑稳，就催着老陈快走。

队长就笑，说："还说人家把你当瘟神，你这是把我当瘟神，就这么急着躲开，跑都跑不赢？"

程爹爹说："毛主席说：借问瘟君欲何往，纸船明烛照天烧。我不要你纸船明烛地送我，我自己坐上摩托车赶快地跑。"

队长说："我也不送你，只希望你像歌里唱的那样，有空常回家看看。"

程爹爹说："那是一定的，下次回来就不走了。"

从陈家下冲到陈家上冲，下一个坡，上一个坡，走一段公路，再拐上一条村道就到了。不一会儿，老陈带着程爹爹就到了上冲的村口。

老陈的父亲就在村口等着，望见他们来了，老远就挥手打招呼，程爹爹也在车上挥手回应。

老陈眼尖，一眼就看见了村口设的路障，先前出村的时候，村口的大路还是畅通的，就这一会儿工夫，怎么就设起路障来了？路障是些废弃的电线杆，新砍伐的树枝和一些废旧的犁耙水车，上面还敷了一些荆棘条猫耳刺，这些东西裹在一起，像一条滚地长龙，横亘在村道中间。

老陈的父亲正在路障那边跟人交涉，说来人是他的儿子，到下冲去接一个客人来家过年，希望放他们过来。

守路障的是些纠察队员，手臂上都缠着红色袖标，这些人不知道是从哪里来的，老陈的父亲一个也不认得，无论怎么跟他们说，他们的回答都是两个字，不行。

老陈的父亲说："就算我求你们了，要不，我去找村长来跟你们说。"

戴袖标的人说："不行就是不行，你们村派到我们那儿去的纠察队员也一样，谁来说都不行。"

老陈的父亲跟纠察队员求情的时候，老陈已把摩托车停在路障外边，几次要冲过去跟他们理论，都被程爹爹拉住了。

程爹爹说："跟他们说没有用，看样子这是统一行动，我们得想别的办法。又说，不如我们先退回去，在队长家里好歹有个吃饭睡觉的地方，再晚了，陈家下冲那边也封了，我们就真成了游神了。"

老陈想想也有道理，就掉转车头，只朝路障那边的父亲招呼了一声，就往陈家下冲奔去。

不出程爹爹所料，陈家下冲这边果然也设了路障。先前老陈进出村的时候，正在挖着的那条沟，现在已像一道战壕，切断了路面。

沟沿上的新土，堆得像城墙一般，土堆上还插着几块木牌。

一块写着：疫情期间，禁止通行，非本村人员，严禁入内。

一块写着：要想平安莫出门，待在家里最把稳。

一块写着：武汉回来别乱跑，传染肺炎不得了。

还有一块写着：带病回村，不肖子孙。

齐刷刷的，就像一排挡门神。

程爹爹心想，这木牌上虽然没有点名，但好像都是冲着自己来的，就走上前去，跟守在沟那边的纠察队员说："我想找你们村长说句话，行吗？"

纠察队员见是个老人，说话又斯斯文文，就耐心地跟他解释说："老人家，村长你是见不到的，把我们这些人搞来，就是要挡住人情面子，我们从外村调来，跟村里人既不沾亲也不带故，公事公办，抹面无情，俗话说，人怕抵面，树怕剥皮，你跟村长见了面，村长就不好说话了，这个时候，您老人家又何必要让村长为难呢？"

程爹爹见说不通，就拨通了队长的手机。

队长听说了情况后，就破口大骂，说："狗日的，哄老子！说今天有领导要来村里检查，叫我待在家里，不要到处乱跑。临走时还把大门给反锁上了，原来是跟老子玩这套声东击西、调虎离山的把戏。"

骂完了又说："你等等，我这就把锁砸了，到村口来接你。"

程爹爹一听，就说："别，别，别，你千万别这样，这也不能怪他，他也是职责所在，再说，站岗的都是外村来的纠察队员，明说了六亲不认，你来了也没有用。"

队长说："那你们也不能这样四处游荡，眼看着就到大中午了，饭总是要吃的吧。"

程爹爹说："不急，不急，我想好了，村外的打谷场上，有一间当年守夜的队屋，那天你带我转悠时，我看见还在，我和小陈儿暂时就到那里去安身，吃的喝的就麻烦你派个人送来，不要见面，放在门口就走，晚上抱床棉絮来，我和小陈儿还能将就着在里面过夜，非常时期，这也是没有办法的办法，先度过这几天，以后再想长远之策，看来这不是一天两天的事，你不是要留我吗，这就叫疫情天留客，人留天也留。”

程爹爹和老陈就这样在队屋里过了大年初二。

这天的早中晚三餐，都是队长亲自送的，晚上还顺便带了两床棉被过来。队长说，他儿子怕村人说闲话，说村长家里窝藏了武汉人，又怕日后有事，村人疑神疑鬼，说是他们家的人接触传染的。尽管程爹爹已经查过了没有事，为了避嫌，他儿子还是让一个纠察队员跟着他，叫他们把饭送到就走，不要进屋见面。

队长说：“这叫个什么事，你回队上探亲，到我家过年，本来是件喜事，结果搞得这个样子。”

说完了又骂：“都是那狗日的多事，树叶子落下来怕打破头。”

程爹爹说：“灾难临头，小心谨慎是应该的。宁可信其有，不可信其无；宁可错判一千，不可漏掉一个。这都是为大家好，与胆小不胆小没有关系。再说，我跟小陈儿在这里，有好吃好喝的侍候着，又不做个么事，也没少个么事，比当皇帝老儿还轻松，我还担心这样下去，我和小陈儿回去要掏钱减肥呢。”

队长见程爹爹这样说，除了摇头叹气，也无可奈何。

初三早晨，程爹爹接到队长的儿子打来的一个电话，电话里说，他和陈叔住在队屋里也不是个事，他已经叫人把以前知青点上的房子收拾好了。程爹爹他们走后，那个房子一直是队上的一个孤寡老人在住，老人前几年走了，就一直空着，里面的生活用具，一应俱全，就像城里买的精装修住房，随时可以拎包入住。

队长的儿子说，他已经叫人把柴米油盐都送进去了，也用消毒液四处消了毒。他们俩睡的床，也铺好了，现在就可以过去。

还说，他们这期间所需生活物资，都有人按时送去，全部免费。只是一日三餐，浆衣洗裳，得自己动手，水塘就在旁边，柴草偏厦里都有，程爹爹正好重温一下当年知青点上的生活。

队长的儿子在电话里再三向程爹爹道歉，要程爹爹千万莫见怪，不是他不愿意留程爹爹在他们家住，而是村里人多嘴杂，村民连自家从武汉回来的亲人，都要求集中隔离，有的干脆在自家门口扯上横幅，说“我家回了武汉人，不想得病莫进门”，更不用说像他们这样的外来人口了。

队长的儿子说，从现在起，程爹爹他们用的口罩和消毒用品，都由村里免费供应，他们也要接受每天的定时检测，到时候希望程爹爹和陈叔尽量配合。

人家想得这么周到，安排得这么细致，再有意见也不通人情。程爹爹在电话里除了理解、理解、谢谢、谢谢，也说不出别的话来。

八

知青点的房子建在公路边的一个乱葬岗上，跟村里有一段距离。

当年选这个地方建房，还有争论。有的说，这地方闹鬼，不吉利。有的说，知青火焰高，镇得住邪。队长说，主要是考虑交通方便，公路边上，搭个便车，招手就上，知青家里人来去，前脚下车后脚进门，也不用转弯抹角爬坡上坎。都什么年月了，还在那里鬼不鬼的，就是有鬼，也叫这些革命小将吓跑了。

话虽是这么说，新房落成之后，队长还是牵了条大牯牛在堂屋里过夜，说是压邪 ，第二天才叫程爹爹他们搬进去住。

当年程爹爹他们搬进去以后，也发生过几次闹鬼的事。

有几次是每到半夜，总听见屋外好像有人用身子在墙上摩擦，出去用电筒一照，又什么都没有。

有几次是做家务的女生说她们在灶屋里弄饭的时候，总觉得身后有个人在看她。

队长说："在外面擦墙的，多半是野物，一有动静就跑了，你打了电筒也见不着。说有人看你，那是你多疑，俗话说，想什么来什么，这是典型的唯心主义。"

经队长这么一说，后来果然就再也没有闹鬼的事发生。

想起这些往事，程爹爹禁不住感慨万分。如今这地方别说闹鬼，只怕鬼朝这边望都不敢望一眼。

知青点边上的这条公路，原本是通往县城的大道，修了高速以后，就在横跨公路的交叉点上，开了一个道口，道口下面设了个收费站，上面不远处就是一个服务区，平时路上路下，车来车往，很是热闹。这几天因为封城，关闭了高速道口，收费站一下子变得冷清起来。

看着空荡荡的收费站，程爹爹和老陈觉得无聊，有时候就往外走几步，到服务区外隔着护栏踮起脚来看里面的动静。

看的次数多了，渐渐地与里面的人搞熟了。里面的人见他们都戴着口罩，又在野外，也不提防，有时候，还跟他们打个招呼，说些闲话。

听说程爹爹是在这里下过乡的知青，就更显亲热。有的说起家里的长辈，竟是程爹爹的熟人，这样，可说的话就更多了。倒是老陈这个土生土长的当地人，反倒被冷落了。老陈本来话就不多，也不像程爹爹这样见人熟，但他喜欢听人说话，觉得听人说话比自己说话要有味得多。

自从武汉封城以后，这几天，高速公路上每天都有故事发生，服务区就像一个开在路边的茶馆，来一趟总能听到一些有趣的故事，程爹爹和老陈每日里就靠这些故事打发日子。

这天上午，程爹爹照常隔着护栏跟服务区的人闲聊。这人是服务区的一个业务经理，他说，这两天他碰到一件怪事，有台鄂 A 牌照的车停在服务区不走，车主吃睡都在车上，请都请不下来。

程爹爹说：“这有么事大惊小怪的，亏你还是服务区经理，人家跑长途跑累了，在你这里歇个脚，打个尖，吃点喝点，睡一觉再走。”

经理说：“要是这样就好了，平时在这里歇脚打尖的司机多的是，只要不是停留时间过长，我们也不说什么，这也是为他们好，在服务区停的时间长了，下高速还要交超时费，划不来。”

程爹爹说：“既然如此，人家就不会赖在你这里不走，你就睁一只眼闭一只眼算了，出门在外，都不容易。”

经理说：“你还别说，看样子，他还真是想在这里安营扎寨：方便面买了一大箱，矿泉水也买了好几提。我跟他开个玩笑，他还发脾气，说我管不着，我只得由他去了。好在最近在服务区停留的车子不多，有的是空位子，他只要下高速时交得起超时费，想停多久停多久。”

过了两天，经理在闲聊时又对程爹爹说：“我就奇了怪了，这两天，又有几台鄂 A 牌照的车停在服务区不走。有的还成群结队，拖家带口，像约好了似的，还真拿服务区当汽车旅馆啦？听说外国的汽车旅馆是要收费的。”

听经理这样一说，程爹爹突然想起这几天在网上看到的信息，说是最近有一些挂鄂 A 牌照的车，或身份证是 4201 开头的人，在外面不受待见，住旅店旅店不敢接待；上餐馆餐馆不让进门；到亲戚朋友家，不是电话举报就是遭人驱赶。有的连高速都不让下，只好开着车四处游荡，累了就找个服务区休息一下。据说有个司机就这样在路上流浪了好几天，有一对情侣，干脆买了一顶帐篷，带上吃的喝的，住进山里去了。

经理说：“那八成儿就是这些人。”

程爹爹叹了口气说：“说来也是可怜，在外地不招人待见，还可以理解，疫区出来的，哪个不怕？这都到家门口了，还不让下高速，就有点不通人情。都是病毒惹的祸，又不能怪他们，把他们搞得有家难归，想起来就难受。”

经理说：“也是，平白无故地遭人白眼、受人歧视，搁谁身上也受不了。那些歧视人的人也太不像话了，谁还不遭个三灾两难，没准儿过几天疫情就到他们那儿去了，也让他们尝尝受歧视的滋味。”

程爹爹说：“你也不要咒人家，也不是人人如此，很多好心人还是在想办法。听说有的已得到安置，有的已护送回家。这些人不下高速，也有他们的想法，多半是城也封了，村也封了，下了高速，也回不了家，不如等情况好转了再说。”

经理说：“也是这个道理。”

这天夜晚，吃过晚饭后，程爹爹就早早睡下了。和在医院里一样，程爹爹的饮食起居，都由老陈照顾，就连一日三餐吃的药，也是老陈配好了，送到程爹爹手上。

老陈的父母说，这次程爹爹没能在他们家过年，很对不起他老人家，要他把程爹爹服侍好了，代他们尽一点心意。

武汉那边，丁月娥也跟他打电话说，她每次透析，都是箐箐妹子陪出陪进，家里的生活，也有箐箐妹子照应，让他放心，他只要把程爹爹照顾好就行。还说，要是没把程爹爹照顾好，她和箐箐妹子都要找他算账。

安排程爹爹躺下后，老陈就靠在床上看手机。这些时日，网络上关于疫情的信息，铺天盖地，老陈最关心的，还是医院里的情况。

前几天，老陈从网上看到，他做护工的医院，已被征用为发热病人收治医院，许多科室和病房都按要求加以改造，收治发热病人。肾科和肾科病房，是第一批被改造的科室和病房。

丁月娥在电话中也说，肾科病房的病人已转到泌尿科，暂时过渡一下，血透室也可能关闭，改造成隔离病房，接下来怎么安排他们这些人，到哪里去透析，什么时候转出去，她都不知道。

老陈听了后，心里十分着急，正想打个电话，找肾科熟悉的医生护士问一下，突然听见偏厦里传出一阵响动，窸窸窣窣的，像有人在拨弄柴草。心想，这么晚了，有谁没事儿跑到这里来？拨弄这些柴草干吗？都是些烧火弄饭的山柴稻草，也不至于会有人来偷吧？

又怕自己听错了，就侧耳细听，果然是有人在拨弄柴草，窸窸窣窣的，一时轻，一时重，一时像在拉拉拽拽，一时又像在拍拍打打。

等听得真切了，老陈就想到程爹爹讲的鬼擦墙的故事，房子里死过一个老人，又多年没人住，阴气重，闹鬼是完全有可能的。想到这里，老陈禁不住汗毛直竖。

老陈不是一个胆大的人，但以前在外面做保安，也处理过一些奇奇怪怪的事，怕归怕，还是想出去看看，究竟是怎么回事。当下便拿出备用的电筒，猛地一下拉开大门，拐过弯，朝偏厦那边冲去。

偏厦三面都没有砌墙，只在顶上搭了个斜披遮挡雨雪。老陈冲到偏厦边上一看，就见柴草堆上豁开了一个大口子，像山里人藏红薯挖的洞口。

洞不深，就一张木床大小，上面好像躺着一个人，正面朝里在睡大觉。

老陈喊了几声，那人也不搭理，老陈心想，怕是睡熟了没听见，就用电筒在他背上捅了一下。这一捅，那人就像被马蜂蜇了，一翻身掉转屁股就坐了起来。

洞壁不高，那人看上去就像庙里的菩萨，头上顶着的是稻草捆子的黄金伞盖，屁股下面垫着的是稻草捆子的松软蒲团，结跏趺坐，身上还沾着一些稻草碎末。

见老陈拿电筒照他，那人老大不耐烦地说："真拿你们没办法，睡个觉也不得安生，你们还让不让人活呀。"

老陈见这人开口就戗，知道是搅了他的瞌睡，就耐着性子说："睡觉也不能在这里睡呀，大冬天的，冻坏了怎么办？"

又伸手去拉他说："来，来，来，进屋睡，屋里有地方。"

那人只好跳下草堆，拍拍身上的草屑，跟着他走进屋里。

老陈出去的时候，程爹爹还没有睡熟，偏厦里传来窸窸窣窣的声音，他也听到了。本来想起来陪他出去看看，又想试试小陈儿的胆量，就装着什么也不知道。

等到老陈带着这人进屋，这才从床上坐起来说："以前总听说这屋闹鬼，这回还真让你抓了个鬼回来。"

那人见床上睡着个老人，就在旁边的凳子上坐下来说："不瞒您老人家，我这几天跟鬼也差不多，鬼还有个坟山，我连个去处也没有，我这真是成了个没着没落的孤魂野鬼。"

程爹爹就问是怎么回事，那人喝了一口老陈递过来的茶水，又叹了口气说："唉，说来话长，真是一言难尽哪。"就把他这几天的遭遇，跟程爹爹和老陈说了一遍。

九

说起来这人也姓岑，不是和王程，也不是耳东陈，而是山今岑。

老岑是武汉市一家土特产公司的司机，公司开在黄陂区的一个集镇上，离孝感不远。

年前，老岑送了一车货到广西桂林，卸了货以后，老板叫他带一车荔浦芋头回来。说是武汉人喜欢吃粉蒸肉，自从看了《宰相刘罗锅》的电视剧以后，蒸粉蒸肉都喜欢用荔浦芋头垫底，用荔浦芋头垫底比用本地产的小芋头垫底好吃。他就开着车去了荔浦。

荔浦离桂林不远，原本想到了荔浦拉上芋头就走，也耽误不了多少工夫，赶回去过年绰绰有余。

没想到现在的荔浦芋头，都通过电商平台发往全国各地，真到了荔浦，要找一个一口气装满一辆厢式大货车的商家，还不是那么容易，老岑就与一家公司约定两天内把货备齐。

趁这个工夫，老岑到荔浦附近各处景点转了一圈，第三天就开着货车回到桂林，想在桂林住上一晚，再由原路返回武汉。

老岑来的时候，住的是桂林的一家名叫如家的快捷酒店，这次仍在这家酒店落脚。老岑的老板待手下的员工不薄，凡出外勤的，都可以住这种方便快捷价廉物美的酒店。

酒店前台的服务员认识他，登记的时候朝他翻了一眼，说：“你还没走哇？”

老岑说：“你不是看着我走的吗，走了就不兴再回来吗，怎么，不欢迎哪？”

服务员赶紧说：“不是，不是，不是这个意思，我是说，走了就少好多麻烦。”

老岑说：“麻烦，么事麻烦，是你麻烦，还是我麻烦？”

服务员见老岑较真了，一边递过门卡一边说：“我就这么一说，都没麻烦，都没麻烦，您快点上去休息吧。”

走进电梯，老岑还在琢磨服务员的句话。麻烦，么事麻烦？花钱住店，自古如此，有么事麻烦的？难不成你这是家黑店，要在酒里下蒙汗药，把我麻翻了拉去做人肉包子？想到这里，老岑禁不住为自己的幽默嘿嘿嘿嘿地笑了几声。

谁知老岑的笑声刚住，麻烦还真就来了。

老岑进到房里，刚放下行李，就有两个派出所的民警跟了进来。来人很客气，让他不要紧张，说是例行公事，请他去接受一个检测。

老岑起先还以为是在查酒驾，心想，我又没喝酒，有什么好检测的。再一想，不对呀，酒驾归交警管哪，要查也只能在路上，不能事后追到人家的住处来呀。见两位民警已转身出门，也不好多问，就带上门相跟着下楼。

在一楼大堂，老岑跟刚才在前台登记的服务员对望了一眼，见他朝自己诡秘一笑，这才明白他说的麻烦是什么意思。

检测倒不麻烦，不过是量量体温，扒扒喉咙，问他咳不咳嗽，看看有没有发热的症状。只是用120拉出拉进，又由民警押送，未免动静太大，让老岑觉得自己急症不像急症，犯人不像犯人，心中很是不爽。

第二天一大早，老岑就给老婆拨了一个电话，把这事当笑话跟她讲了。谁知他老婆一听电话，就像着了火似的，说："你死哪儿去啦，好几天不来个电话，你老板也联系不上你，他都快急死了。"

老岑却慢悠悠地说："货都上好了，有么事急的，怕是你急不过，要我早点回家，怕我找别的女人去了。"

他老婆说："我没闲工夫跟你嚼牙巴骨①，武汉快要封城了你不晓得？你再要不回来，只怕真要找个女人跟你过了。"

老岑不知道封城是什么意思，就在电话里问："什么，你说什

① 嚼牙巴骨：方言，指胡说或者废话。

么？封城，封什么城？”

他老婆说：“我也说不清，你赶快跟你老板打个电话，让他跟你说去。”说完就把电话挂上了。

老岑的手机这几天出了一点故障，自己光顾了游玩，也没有及时拿去修理，原以为马上就要回去，没有什么要紧的事要说，没想到突然间冒出个封城的事来了，就赶忙拨通了老板的电话，问是怎么回事。

电话那边，老板倒没怎么埋怨他，只是说：“我这里都火上房了，你倒是沉得住气。封城是怎么回事，我告诉你吧，封城就是城里的不让出，城外的也不能随便进。我的公司要靠出货进货过日子，这不是要把人憋死？”

又叹了口气说：“疫情来了，也是没有办法。看样子，封城之前你是回不来了，现在离封城就五个多小时，你能跑多远算多远，尽量离武汉近点，好让家里人放心。你要嫌拉着货跑得慢，就找个服务区，花点钱，叫人帮忙把货卸了，空车回来，货不货的无所谓，人要紧。”

放下电话，老岑一刻也不敢停留，赶紧到酒店后面的停车场去，跳上车，开起就走。

交门卡的时候，前台的那个服务员说：“听说武汉马上就要封城了，你要是赶不回去，路上遇到什么难处，就跟我打电话。”

老岑一边跑一边朝他挥手说：“谢谢你，劳你费心，我再也不会给你添麻烦了。”

临近年关，高速公路上来来往往的车辆很多，老岑开足马力，一路狂奔，GPS 一再提醒超速，刚松了一下油门禁不住又踩上去了。前面的车辆，一超再超，大车小车，都被他甩在身后。就这样加速减速，减速加速，像打摆子一样地狂奔了五个多小时，看看十点已过，回武汉无望，老岑这才松了口气，调整车速跟着车流匀速行进。

中午时分，车入衡阳境内，狂奔了一路，老岑感到腹中饥饿，就想停下来搞点吃的。

既然到了湖南，少不了要吃几样有特色的湖南菜。老岑的家里人都喜欢吃湖南菜，虽然武汉也有湖南餐馆，但总觉得做的湖南菜不地道，今天既然找上门来了，又岂有错过之理？就找服务区的服务员问了一下。服务员说她们卖的都是快餐食品，要吃地道的湖南菜，怕只有下了高速，把车开到附近的县城才行。

老岑一想，既然在封城前赶不回家，不如图个嘴巴快活。就把车开到一个高速道口，准备到附近的县城去饕餮一顿。

临近除夕，都要赶回家去团年，下高速的车辆很多，远远地就望见排起了长龙。以前遇到这种情况，只是车速减慢一点，好歹还在行进，这天不同，所有的车辆都停止不动，把通道全部堵死。

老岑一问，才知前面在设卡检查，想下高速的车辆，都必须接受检测。老岑想自己已测过一次，也不在意，就一边抽烟，一边在车里耐心等待。

好不容易轮到自己了，车一靠近，一群人便围了上来，有人便拿喷壶给他的车子消毒。

老岑说："我昨天在酒店已经检测过了，没有问题。"

那些人说："昨天测的不算，今天还要测；外地测的不算，本地还要测。"

就有人上来给他测体温，测完体温又像昨天那样，问他咳不咳嗽，要他张开嘴巴，用棉签在里面搅了搅，搅完了，又在他的颈上左按右按，把他的脑袋扒来扒去。等到折腾够了，才轻描淡写地说了一句，不能过。

折腾了半天还是不能过，老岑一听，顿时火冒三丈，就质问那人说：“凭什么不让我过，我有什么问题吗？”

旁边就有人接嘴说：“你倒是没问题，你的车就保不准有问题。”

老岑以为那人在开玩笑，就说：“我的车有问题，有什么问题，难不成你们也给车量了体温？”

说话那人就用嘴巴一挑，示意他看看自己的车牌。

老岑一看，顿时明白了是怎么回事。刚蹿起来的那把无名火，一下子冲出了头顶，就指着那人说：“鄂A牌照怎么啦，挂鄂A牌照的就不是车，开鄂A牌照的车就不是人？你这是歧视，是侵犯人权，我要告你。”

见这边的动静闹得很大，就有个领头模样的人走过来，把老岑拉到一边，和颜悦色地说：“老师傅息怒，非常时期，请你理解，也请你支持配合。不是我们歧视你和鄂A牌照的车，就是我们把你放过去了，你也进不了县城，说不定还要闹出点别的事儿来，到时候，我们都不好交代。为你的安全着想，也为大家的安全着想，请你还是把车开到服务区停靠，不要开到高速路外面来，下了高速哪儿都不敢接待你。别说鄂A牌照的车，就连身份证是4201开头的人，人家就算不赶你，也躲得远远的。你进了县城，吃又不能吃，喝又不能喝，玩又不能玩，连落脚的地方也没有，又有什么意思呢？”

末了，又像哄小孩一样，亲亲热热地叫了一声老师傅，说：“看样子，你也是走南闯北、见过世面的老江湖，听我的，别让兄弟们为难，我们也是责任在身，要保一方平安，不严格点不行哪。”

听完了这人的一番话，刚才还理直气壮的老岑，顿时像泄了气的皮球，一句话也说不出来，就转过身朝自己的车走去。没走出几步，这人又跟上来说：“我送送你，这儿离高速入口还有一段路。”

老岑也不答话，就任由这人开着车在前面带路，转了一圈，把他礼送回了服务区。

回到服务区，老岑怎么想怎么不是滋味，心想，这叫什么事儿，跑了十几年的车，还没受过这种憋。总听人说，开长途货车的，是走四方，吃四方，睡四方，我这倒好，想吃口湖南菜都不行，活生生地硬被人家给赶回来了，我这是招谁惹谁了。

到服务区餐厅吃饭的时候，正好碰上先前让他去县城的那位服务员，服务员说："你怎么这么快就回来了，怎么样，我们湖南菜好恰（吃）吗？"

老岑说："好恰（吃）个屁，你们湖南人没把人气死。"

服务员还以为他跟店主吵了架，就安慰他说："菜好吃（恰）就行哒，别的莫计较，我们湖南人就这犟骡子脾气，口恶心善，你别往心里去。"

老岑见服务员这么认真，只好点点头说："是啊，心善，心善，都是好心，我不往心里去，不往心里去。"

十

当天晚上，老岑又给老婆拨了一个电话，把今天的遭遇跟她说了。

老婆说："看样子，你今年得在服务区过年，明天就大年三十了，就算是赶得到武汉，也未必回得了家，跑快了还容易出事情，好在你在外面过年也不是头一回，我们娘俩也习惯了，我把爷爷奶奶接过来一起过，只是你一个人在外面太孤单，以前在外面过年，还有货主和同事陪着你，今年怕只有你一个人过了。"

又叮嘱说，明天上午去服务区食堂买点好吃的，服务区过年估计也有人值班，就拉值班的师傅一起团年，好歹也是个年，也要搞丰盛点，不要太亏待了自己。

老岑的老婆是个大喇喇的人，平时很少听她说这样贴心的话，放下手机，老岑发现自己的眼泪都流下来了。

有老婆的这番话垫底，老岑还是决意把这个年过好，不辜负老婆的一片心意。千难万难，也就是个难，活人还能叫尿憋死了？你不让我进城吃湖南菜，我偏要搞几个湖南菜做年饭菜，我还就吃定你了，看是你们这群湖南的犟骡子厉害，还是我这个湖北的九头鸟厉害。

就想，你卡得住我的车，还能卡得住我的人？明天我何不把车留在服务区，一个人步行到县城，逛逛街，吃了年饭再回来，听说县城离这儿也就十几里路，吃了年夜饭回来也不晚。

主意已定，第二天老岑就找到先前的那个服务员，正好他三十晚上值班，就从手机里给他转了一百块钱，让他帮忙把车上的货看一下，说自己有事，去去就回，转身就翻过服务区的护栏，朝县城奔去。

心里憋着一股气，走起路来就快，十几里路，抬腿就到。

县城不大，街道倒也干净整洁，只是街面上行人稀少，一点过年的气氛也没有。老岑想，大概家家户户的年货都已办齐，都窝在家里准备年饭，要不就是这病毒惹的祸，大家都不敢出门。又想，武汉封了城，这里又没有封城，弄得这紧张搞么事，看来人还是怕死。

街面上的餐馆很多，湖南的餐馆都做湖南菜，逛了大半天，也不知道哪一家好，就向一个老者打听，哪家的湖南菜做得最好。

回答说："家家都做得好。"又说："只怕你哪家都吃不成。"

老岑就问："这是为何？"

回答说："早就订满了，现在的人懒，都不愿意在家里做年饭。"

老岑就说：“您的意思是，像我这样的零客，今天就吃不成了哟？”

回答说：“也不是吃不成，只是要多跑一点路。”

就指点老岑，此去西北方向，在这条长街的尽头，向东拐一个弯，再走一条街，在街尽头，回头向南一拐，就在拐角处，有一家名叫“来是客”的老字号湖南菜馆，只有他一家过年还接零客，到那儿才能吃得到地道的湖南菜。

老岑正要转身，老人又补上一句说：“别忘了点一盘黄贡椒炒牛肉啊，就他家做得最好，辣乎乎的，甜丝丝的，保准你吃了一辈子都忘不了。”

按照老人的指点，老岑沿着大街，迤逦向西北走去，走了一段，看看天色将晚，华灯初放，就想打个车早点赶过去。

老岑到过很多县城，知道如今的县城也像武汉一样，打车都很方便，招手的网约的，都有。

就站在街边想打个招手车，结果一辆一辆飞奔而来的各色的士，在他面前稍作停留，司机隔着车窗朝他看了一眼，就一踩油门，呼啸而去，好像预先都约好了一样。

这让老岑禁不住心中纳闷，自己朝自己周身上下看了一遍，又似乎没觉得有什么异样，就重新在手机上约了一个车，心想，这下你该跑不了吧，就算是他们都赶着去交班，你总不能说你也要交班吧。

一会儿，车来了，是一辆黑色奥迪，司机降下车窗看了他一眼，果然又要离开。

无奈的老岑就在这一瞬间扒住了车窗玻璃，问司机为什么不愿载他。司机这才无可奈何地说：“你的尊容都已经上了视频，发了通告了，我们群里连你的车牌号都有，谁还敢载你！你要到哪里去，就老老实实走几步吧，你别为难我，我也是没办法，赚点外快不容易。”

话说到这份儿上，老岑只好后退一步，眼睁睁地看着车子开走了。

好不容易七弯八拐地找到了“来是客”，正是盛宴大开的时候，楼上楼下，灯火通明，觥筹交错，订了年饭的食客，正吃得热闹。

服务员见来了零客，就迎上前来，很客气地问他想吃点什么。老岑正想开口点菜，迎着他的服务员又说：“先生请等一下，我去问问老板就来。”

老岑心想，前台的服务员不就是负责点菜的吗，还问个什么老板呢，难不成这地方过年接客，还有什么讲究？正这么想着，服务员陪着老板出来了，两人的脸上都加戴了口罩。老板一上来也问：“先生您想吃点什么，请跟我说，我这就给您送来。”说完又示意身边的服务员，安排客人坐下等候。

老岑点了几样菜，正想到里面去找一个空桌，却见服务员端了一把椅子放在餐馆门外，请他在那里入座。说里面人多，太闷，坐这儿空气好。

老岑一听，就知道自己的尊容也传到了城里的餐馆旅店，就笑着在门外坐下，一边还跟服务员开玩笑说：“挺好，挺好，我坐这儿当门神，招财进宝，挺好。”

一会儿，老板推着一辆送菜的小车出来了，车上除了老岑点的几样菜，还有一个老式的酒壶和一只小酒杯。

老板指着酒壶和酒杯说：“大过年的，我看您也没开车，就请您喝一杯，酒钱算我的，图个吉祥，我忙，不能陪您，您自便。”

又朝他拱拱手说：“给您拜个早年，祝您新年快乐，万事如意。”说完，便和服务员一起进门去了。

老岑坐的地方，是餐馆门外的一个过道，过道上方是二层伸出来的部分，类似于广东一带常见的骑楼。

老板推出来的小车上，摆着三样菜。一样是老板为老岑特意装盘的小份玉麟香腰，这是衡阳菜的头碗，堆成一个宝塔尖，摆在最前面。玉麟香腰一份的量很足，老板怕他吃不完，浪费，特意跟他装了小份。一样是到湖南必吃的剁椒鱼头，红通通的，摆在左边。一样是老岑按指路的老人说的，特意点的黄贡椒炒牛肉，金灿灿的，摆在右边。另外一样衡阳当地的土鸡汤，是点菜的时候老板建议的，就放在三角形的正中间。

这三菜一汤摆成一个品字，前有高塔，后有平湖，左有红鱼，右有金牛，虽然不像自家的年夜饭那样七盘八碗，品种多样，倒也色香味俱全，既喜庆又诱人。

老岑自然领会老板的一片苦心，就倒上酒，对着昏暗的夜空，连干了三杯，先拜了祖宗，后祝了家人，再谢了老板，最后又补上一杯，祈求上天保佑，祖宗显灵，让自己早下高速，早点回去与家人团聚。

这四杯酒下肚，老岑已是泪流满面，接下来就把各色菜肴，夹带着酒水鸡汤，胡乱填进口里。吃饱了，喝足了，摸摸身上还带着现金，也不惊动服务员和老板，从钱包里抽出几张百元大钞，压在酒杯底下，就往茫茫夜色中走去。

回到车上，已是夜半时分。大约新年钟声刚刚敲过，远远近近，天上地下，但见火光闪烁，响声一片，就像燃着的森林大火。

谢过了帮他看车的服务员，老岑就在驾驶室后排的长沙发上和衣躺下。

在躺下的那一瞬间，老岑突然想到了那盘黄贡椒炒牛肉。就走这么一段路的时间，老岑已不记得那盘黄贡椒炒牛肉的味道，只记得指路的老者说，黄贡椒炒牛肉的味道是辣乎乎的，甜丝丝的。

老岑想，大约也就是辣乎乎的，甜丝丝的吧。脑子里这么想着，口里也这么念着。除夕之夜，在这荒郊野外高速服务区的汽车驾驶室里，司机老岑就这样伴着对黄贡椒炒牛肉的回味，沉沉地进入了梦乡。

从大年初一开始，老岑发誓再也不下高速，吃睡都在车上，也像洋人那样，过一把开着房车漫游的瘾。

一早起来，老岑就到服务区去扫货，把小超市剩下的一些泡面、零食和矿泉水，还有一点水果，都扫荡干净。听说有些服务区已经关张，下一站买不买得到东西，还是两说。以前总听老人背毛主席语录，毛主席说，手中有粮，心中不慌，脚踏实地，喜气洋洋。

粮草备齐了，老岑就把车开出服务区，沿着高速，向西北方向开去。反正也没有个具体目标，用不着导航，开到哪里算哪里，绕着开，岔着开，走回头路都行。

老板在电话里说："你老婆说的是对的。这几天，卡得严，你回来了也进不了城，进了城也回不了家。小区里都设了卡，说不定还要留观监测隔离什么的，搞得人心里烦。再说，武汉的疫情越来越严重，这时候回来也不安全，不如就在路上转几天，等情况好一点再说。你平素为公司也没少做贡献，就算我放你一个带薪休假，不能到处旅游，就来个高速公路自由行，想去哪去哪，不要在乎那点过路费和油钱。"

老板的这番话，说得老岑心里暖乎乎的，也让他漫游高速的信心更足，几天来的阴霾一扫而空，不会唱歌的老岑，张开嘴，竟有一股想唱几句的冲动。

一路上，老岑把音响开得大大的，逮着什么听什么，播放器里什么都有，老岑也懒得去调，顺着听下去就是了。这就好像在联欢晚会上看节目，人家都给你排好了，想看什么也不由你选。

老岑平时不大喜欢听音乐，觉得这玩意儿吵人，几次都想把车上的音响卸了，老板不同意，说这是公司的标配，为的是怕他们开车时打瞌睡。

听了一阵子，老岑觉得也没那么讨厌，里面有些歌听起来还很感人，有几次把他的眼泪都搞出来了。他发现他最近几天很好哭，遇到一点事就流眼泪，有一首歌，歌名就叫《开上我的大货车》，竟把他唱哭了好几次。

老岑就想，也不怪我变娘们儿了，听听这些歌词，句句都是冲着自己写的，句句都戳着了自己的心窝子，听了不哭才怪。

“开上我的大货车，一路向远方，邻里亲朋顾不上，我总是特别的忙。家中的人儿啊常常把你想，平平安安地回来，咱们再唠家常……中国他很辽阔，我独自去闯荡，风风火火地忙又忙，我顾不上把你想，用力微笑着逞强，面对多少风霜……为了自己的梦想，还有咱爹娘。人生的路啊，哪有太漫长，平平安安地回来，才是家人的希望……”

跑累了，就找个还没有关闭的服务区，休息一会儿，顺便给老婆打个电话，报个平安。

老婆在电话里除了报告一下家里的情况，让他放心，就是叮嘱他的吃喝，要他一定不要饿着了，还要注意营养，不要成天抱着泡面啃。“实在不行，叫服务区的人帮你买只老母鸡，煨个汤喝，不要怕麻烦人，给点钱就是。这个时候不要爱惜钱，钱是王八蛋，花了再去赚。人最要紧，晚上睡觉要把车窗关紧，服务区没着没落的，被子又薄，别冻着了。衬衣衬裤也不用换了，翻过来穿一样，反正你平时不穿成烫刀布也不换。”

末了，还要加上几句体己的私房话，说得老岑心里痒痒的，浑身燥热。放在平时，老岑会嫌老婆啰唆，这时候听起来，却觉得格外熨帖，格外温暖。就想起了刚结婚那阵子，老婆送自己出门，也是这样千叮咛万嘱咐地说个不停。

就这样跑了几天，老岑渐渐地觉得累了。吃没吃好，睡没睡好，又没个人替换，握着方向盘，傻盯着前方，就不免犯困。连喊冤一样吼着的音响，也不起作用。只好腾出一只手来，不停地揪自己的大胯，打自己的耳巴子。实在熬不住了，才开到应急道上眯一下，但刚一眯着就有人来赶，又不得不开走。

不知道为什么，沿途的服务区管得越来越紧，不是不让进，就是只让停一会儿，拉个屎，撒泡尿，买点东西就走，还要消毒查体温，说不尽的麻烦。

老岑就想，再不能走远了，再走远了就没力气开回去了。又想起老板先前说的话，尽量往武汉靠近，好方便回家，就这样，绕了个大弯子，把车开到孝感路段来了。

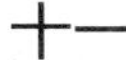

十一

老岑在孝感有个干妹子叫小兰，是以前在北京认识的。

北京东城靠近四惠桥的地方，有一个大市场，那儿集中了很多孝感人，主要经营土产日杂。老岑那几年经常往那儿送货，小兰是他的货主之一，一来二去就混熟了。

小兰那时候还没有结婚，父母年老多病，还有一个年幼的弟弟需要照顾，就跟着乡人出来做点小生意。

老岑除了给小兰供货，还经常帮她往家里带钱带药，很得小兰的信任。小兰的父母也把老岑当亲人看待，觉得小兰要是有这样一个亲哥哥，那就太好了。

小兰的父母不知道，其实，老岑和小兰的关系早已超出了亲兄妹，只是没有人说破。那几年，在外头混日子的，这种事，常见。乡邻们也觉得，小兰一个人在外不易，也都睁只眼闭只眼不随便嘀咕。后来小兰回去结婚，两人也就断了。

小兰的事，老岑的老婆都知道。不是别人告诉她的，是老岑自己坦白的。

老岑的老婆看他那段时间老往孝感跑，问他总说送东西，有一次，就跟他开玩笑说："么事人让你这样上心，相好的吧？听说你在孝感有个相好的，是她吧，姓什么，叫什么，说。"

本来是个玩笑，老岑心虚，一下子没反应过来，听老婆这样一说，以为她已经知道了，就竹筒倒豆子，一五一十地都跟老婆交代了。

老岑原以为老婆要找他大吵大闹，弄不好还要提出离婚，谁知他老婆却扑哧一笑说："想不到你这样不经诈，看你老实坦白交代，暂且饶了你，只是你要答应我一件事。"

老岑就问什么事，他老婆说："你现在就跟我断了。"

老岑一听，就急了，说："跟你断了，我不。"

他老婆说："看在儿子的分儿上，我还没想到要跟你断，你急个么事！我是要你跟小兰断了，你要是现在跟小兰断了，我就饶了你。"

又轻言细语地说："我知道你心肠好，想帮小兰，结个干妹子也行哪，未必非要那样。以后，你就把小兰当亲妹子待，我就是她的亲嫂子，方便的时候，叫她到家里来玩。"

老婆把话说到这份儿上，已经是仁至义尽了，再不回头，就太没良心，也对不起家人。老岑就跟小兰断了，又送了一些钱，让她回去成个家，说一个女孩子，在外面闯荡不安全。

事后，公司的同事都说老岑的老婆厉害，这叫不战而屈人之兵，你老婆的《孙子兵法》学得好呀，高，实在是高。

老岑说：“高个屁，她是看儿子的面子，要不，早就不跟我过了。”

这都是多少年前的事了，老岑那时候年轻，跟着那帮跑长途的老油子混，难免干些荒唐事。事后，老岑总觉得对不起小兰。平时不敢来往，有时想打个电话问问，又怕老婆知道了生疑。

这几天开车在路上漫游，不知道为什么，小兰的影子老在他眼前晃动。有一天下雨，雨刷子在玻璃上竟刮出了小兰的模样，害得他差点叫出声来。压在心底的相思，也就像温泉一样，咕咕咕咕地冒了出来。心想，既然转到这里来了，何不跟她联系一下？兴许能见上一面，看看她现在过得怎么样了。

老岑在服务区把车停好后，就用以前存的号码给小兰拨了一个电话，幸好这个号码小兰还在用，一下就接通了。

听说老岑到了孝感，小兰十分高兴，就问：“哥，你现在在哪，我来接你。”

老岑说：“你不用来接我，我知道，现在封村了，进出都不方便，我不是专程来看你的，是从这里路过，顺便问问你怎么样了。”就把他这一路上的遭遇，都跟小兰说了。

小兰说：“既然这样，那你也不要在服务区待着，老住在车上也不是个事。听说服务区下面有个从前的知青户，现在有个老人在那里住着，他也像你一样，进不了村，也回不了武汉。你到他那里试试，住下了，我就叫我老公骑摩托车给你送点东西过来。”

末了，又告诉老岑，去老人那里怎么走。她说，她有个姑，就嫁在那个村里，平时她经常去。

按照小兰的指点，老岑很容易就找到了程爹爹住的地方，本想直接上去敲门，又想，这种时候，一个来历不明的陌生人投宿，人家又不知道你是不是传染了病毒，未必愿意接受。

正这么想着，就见正屋旁边搭着一个偏厦，偏厦里堆满了柴草，没有围墙，心想，我何不就在这柴草堆里过夜，总比躺在驾驶室的硬板上要强，于是就扯下两捆稻草，又在里面拍拍打打地整理了一番，才扒着稻草捆子爬进去，四脚朝天，舒舒服服地躺下了。

正梦见睡在自家床上跟老婆缠绵，突然被人捅了一下，老岑只好翻身坐了起来，见那人拿电筒照着他，心里发烦，恨不得也拿棍子捅这人一下。

听老岑一说，老陈和程爹爹都觉得很对不住，就连连道歉。

老岑说："应该说对不起的是我，是我打扰了你们，你们道个么事歉。放心，我是好人，路上检测过好几次，一切正常，不信，我可以把检测证据给你们看。"

老陈笑笑说："看就不必了，你开车跑了那么多地方，挨了那么多测温枪，没被'打'死就说明你没问题。"

程爹爹也说："同是天涯沦落人，都不必讲客气。从今天起，我们就是难兄难弟了，你放心，有我们一口，就有你一口，有我们住的，就不能让你冻着，你就把这里当你自己的家。"

老岑说："跟您老称兄道弟，是折我阳寿，您老就是我爹，我俩都是您的亲儿子。"

老陈也说："就是，就是，不要搞乱了辈分。"

住下以后，老岑就给小兰拨了一个电话。小兰听说他安顿下来了，就要她老公送东西过来。老岑不好意思见她老公，又加上疫情，就让她老公把东西放在门外，说喊一声就行。

第二天一大早，老岑刚刚睡醒起床，就听见一阵摩托车响，接着又听见喊哥，知道是小兰的老公来了，就隔门应了一声，又谢过他和小兰，等摩托车声响远了，才出门去把东西提了进来。

出门的时候，老岑心想，看样子，这小子还行，小兰叫做么事就做么事，嘴巴又这样亲热，跟着这样的男人，小兰的日子想必过得不错。

小兰送来的东西很多，大包小包的，大包里是穿的盖的，小包里是吃的喝的，另外还有一瓦罐鸡汤，是捂在一个棉筒子里的，打开来还热腾腾的，香气四溢。

老陈就问："是你什么人哪，这么贴心。"

程爹爹说："这还用问，没听见喊哥吗，不是嫁到这儿来的亲妹子，有这么贴心吗？"

老岑就说："是，是，亲妹子，亲妹子，送东西的是我的亲妹夫。"

借着小兰送来的吃食，三人好好地饕餮了一顿。吃完后，老岑又洗了个热水澡，换上小兰送来的新内衣，躺进小兰送来的新被子，老岑觉得自己这才像个人。

心里一边感谢小兰夫妇，一边觉得老婆当初说的话，还真是听对了。妹子对哥好，这是天经地义，再说，小兰也是个当妈的人了，我还是孩子他舅，给孩儿他舅送点吃的喝的，那还不应该呀？想到这里，老岑又觉得心安理得，就决心回去以后，还是把这件事跟老婆坦白了。没听人说吗，坦白从宽，有吃有穿；抗拒从严，莫想过年。

从这天以后，小兰就隔三岔五地让她老公送些吃的喝的过来，又要她老公把他们三个人换下的衣服，都带回去洗。有小兰帮衬着，村里的供应不缺，三个男人的日子过得有滋有味，竟忘了自己是流落在外的难民。

忽然有一天，程爹爹想吃粉蒸肉，就要老岑回车上去拿几个荔浦芋头来，说要尝尝新，老岑就往服务区跑了一趟。

进服务区的时候，老岑遇到正在值班的经理，经理就问他：“这两天跑哪儿去了，车上的货放这儿，也不怕我们偷了。”

老岑就笑笑说：“偷吧，偷吧，只管偷吧，只要你们不怕吃撑了，都偷光了我也无所谓，空车回去还轻省些。”又把遇到程爹爹和老陈的事，跟经理说了。

经理说：“好福气呀，老岑，你这是因祸得福，遇到贵人了呀。”又把嘴巴朝旁边一努，说：“那一家人，真是可怜，老的老小的小。小的这两天正拉肚子，吃没吃的，喝没喝的，医没医，药没药。我们也想不出办法，只有在旁边看着干急。”

老岑问是怎么回事，经理就把他带到旁边停着的一台黑色的丰田车前，指着车牌说：“还不是像你一样，鄂A，你一个人好说，人家可是拖家带口呀。”

老岑说：“你等等，我去拿几个芋头就来。”又说：“麻烦你把服务区那边的栏杆打开一下，我把这一家人带走，前天我不敢惊动你，是从旁边偷着翻出去的。”

老岑把这一家人带到程爹爹那儿以后，才发现孩子拉肚子已拉脱了形，脸色苍白，两眼凹陷，再拉下去，拉脱了水就不好办了。

程爹爹下放时当过几天赤脚医生，多少懂得一点医学常识，摸摸孩子的脑袋，有点热，喉头并无发炎的症状，知道是吃坏了肚子或受凉所致。就让老岑陪着那一家人，自己和老陈出门去找草药。

门外原来的乱葬岗上，杂草丛生，程爹爹让老陈弯下腰去，低下身子，拨开杂草，寻找一种贴地生长的紫红色的铁马齿苋。这种野生的马齿苋茎叶细小，形如铁丝，对治疗腹泻有奇效。当年的一个老中医曾用它治好了不少人，老中医去世后，就成了当地赤脚医生的绝活，还上了几次报纸。

老陈用找来的铁马齿苋熬成汤汁，让孩子服了几次，第二天果然就不拉了，吃了点东西，喝了点水，脸色渐见红润，体温也恢复正常，大家悬着的一颗心这才放了下来。到这时候，这一家人才想起来要感谢程爷爷和岑、陈二位先生的搭救之恩，又把这件事的起因，跟三位恩人说了一遍。

这家人姓占，孩子的爸爸叫占山，在硚口经营一家小型生鲜超市，专卖海鲜和冷冻食品，年前华南海鲜市场发现疫情，没人敢吃海鲜，就歇了生意，带着父母和老婆孩子出来旅游。

旅游的目的地是桂林，走的路线和老岑差不多，也是先到桂林，在桂林游了一通以后，就往回走，想赶回家去过年。没想到，走到半道上，也像老岑一样，得知武汉封城，回不了家，又不能住店，就把车开到一个服务区，在服务区搞了点东西吃，就算过了个年。

占山的父母是武汉的老街坊，一辈子守着门前的一条街，很少出远门。坐在车上，从早颠到晚，已觉得难受，还要关着窗户，开着暖气，更感到气闷。这天上午，老爷子趁坐在前面的儿子媳妇不注意，把后面的车窗开了一条缝。

本来开一条小缝对孩子没什么影响，偏偏这孩子贪嘴，早晨在上一个服务区多吃了几根串串，消化不良，回到车上后肚子有点疼，就头靠着奶奶，脚架在爷爷的腿上平躺着睡觉。

没想到老爷子透气透舒服了，把窗户缝越开越大，结果就把下半身对着窗户的孩子吹凉了，到了下午孩子就上吐下泻，还伴随着一点低烧，搞得一家人非常紧张，生怕是感染了新型冠状病毒。早晨经理来让他们下车，他们还以为是要把他们带走，却想不到意外得救。

占山说："你们真是老天派来搭救我们的活神仙哪，我真不知道怎么感谢你们才好。"

程爹爹说：“客气话就不多说了，我看你们一时半会儿也进不了城，孩子的身体还很虚弱，回去也不能好好调养，不如就在这里暂住几天，等孩子好利索了，到时候看能不能进城再说。”

老占说：“好是好，只是……”

程爹爹知道老占要说什么，就打断了他的话说：“这个点原来有七个知青，四男三女，现在多了个孩子，就算七个半吧，放心，住得下，吃喝我来安排，保证亏待不了你们一家人。”

当下，就让老陈给他爹打了个电话，请陈家上冲那边帮帮忙，平时也送些吃食过来，说不能都要陈家下冲和小兰负担。如果要花钱去买，这个钱由他来出。

于是占山一家开始跟程爹爹他们搭伙过日子。有一天，服务区经理带来了一个人。这人是个记者，在网上看了高速公路流浪司机的视频，很是忧心，就想做个深度报道，好引起社会的关注和救助，正好碰到了服务区经理，就被带到这里来了。

经理让程爹爹向记者介绍一下情况，程爹爹就前因后果，如此这般地跟记者说了一遍。

记者听了，很受感动，就问程爹爹：“你们自己都泥菩萨过江，自身难保，怎么还想到要帮助别人？”

程爹爹说：“这有个么事好说的，谁都有个为难的时候，看到人家有难，总不能见死不救。人心都是肉长的，患难之中，是人都做得到。”

记者似乎觉得程爹爹的回答境界还不够高，就拿电视和报纸上的话来启发他。程爹爹笑笑说：“你也别启发了，我就这点觉悟，怎么想的就怎么说。”

出门的时候，记者看到门前堆了大包小包的东西，很觉稀奇，就弯下腰去，一包一包地扒开来看，发现里面不是新鲜蔬菜，就是大米白面，还有猪肉鸡蛋油盐酱醋和葱姜作料，虽然每样分量不多，但应有尽有，琳琅满目。

记者就问程爹爹这是怎么回事，程爹爹说："这都是周围的乡亲们送来的，放到门外就走，我连人影儿也没见到。患难见人心，怎么样，记者同志，我没说错吧？"

记者感动地点点头说："没错，没错，您老说得没错。"

十二

程爹爹的事，很快就上了报纸，当天便冲上了新浪热搜。程箐得知这个消息，还是刘洁告诉她的。

这天一早，刘洁给程箐来了一个电话，刘洁在电话里大呼小叫地说："伙姐，你爸都上热搜了，你晓不晓得？又是照片，又是视频的，你吓老子哟，老爷子这下要成网红了，恭喜，恭喜，恭喜呀。"

程箐放下电话，点开新浪的热搜榜一看，果然有一条《落难人救落难人　程爹爹的路边收容站》的新闻。看完了这则消息，程箐才知道父亲这些天是怎么过的，心里禁不住一阵酸楚，又从照片和视频中看到父亲还像往常一样谈笑风生，身体也好像还行，又稍得安慰。

就又拿起手机，拨通了父亲的电话。程箐说："这么大的事，你居然不告诉我，你那天在电话中说，你在以前的知青点上过年，我还真以为你跟知青点上的乡亲们玩高兴了，在你的小陈儿家过舒服了，把我们都忘了，原来你在电话里每次说'还好，还好'，都是骗我的呀。"

又埋怨老陈说："这个陈哥也是，你在电话中打哈哈，他也该给我们说点实情。"

程爹爹却在那边轻描淡写地说："你都知道了哇，知道了就行，别大惊小怪的。么事大事不大事，又没有死人翻船，这不都好好的吗？疫情来了，能跟平常一样吗？我就不喜欢说什么落难不落难的，我这不是回乡探亲吗？这些记者，个个都是标题党。"

程箐说："你先别骂标题党，没有这样的标题，你能上热搜吗？上不了热搜，我能这么快知道你的真实情况吗？你还打算对我们瞒多久呀？"

程爹爹说："我就是不想让你知道，免得你小题大做，生出些幺蛾子来。你也不要埋怨小陈儿，是我不让他说的。"

程箐说："算了，算了，不说了，反正我也说不赢你，我这就跟防控部门和街道社区联系一下，看有没有办法把你们搞回来。"

程爹爹说："你也不要联系了，报上一登，网上一挂，就有一些部门跟我们联系上了，说正在想办法，你就别再添乱了。省内省外都有人打电话来，有的还从微信上打钱过来。乡亲们送来的东西堆得像座山，一年半载都吃不完，我正在着急该怎么办，不知情的，还以为我趁机发国难财。"

程箐说："你先别着急，我在网上帮你发个声明，代你谢谢大家，也请大家不要再捐钱捐物了，东西你们就慢慢吃，钱也可以转捐给更需要的人。这件事就交给我来办，你只负责叫村里和乡亲们别再送东西就行了。"

程爹爹说："这个办法好，看来，关键时刻，你还是有点用的。"

程箐说："那是。"

程箐在电话里埋怨父亲不告诉她实情，其实，就是让她知道了实情，她也顾不上。

自从那天刘洁开车去高速路口帮月儿接了衣物以后，程箐就没让刘洁的那台红色特斯拉消停过。像月儿这样的情况，丁月娥后来又碰到过几次，倒不是都像月儿这样住在郊区，而是分布在市区的四面八方，来来去去交通不便。以往有公交车好办，无非是赶早赶晚的事儿，现在不同了，公交停了，就只能靠私车，没有私车的，就得打的，或叫网约车。

问题是，不是人人都有钱招手打的，也不是个个都叫得起网约车，这样一来，就有不少透析患者，只有靠步行来去。有的患者不得不半夜起床，等赶到医院，人已经累得上气不接下气，接着就要上机透析，连医生和护士都看不过去，不忍心让他们立马上机。但不上机又不行，机器人员都有限，时间排得满满的，一点空当也没有。有的患者透完了以后，实在没有力气再走回家，就像月儿那样歪在医院的长椅上过夜，等体力恢复了第二天再走回去。回去以后在家里睡了一晚上又要来，像这样走来走去，剩下的一点精力，都耗在路上了。有的睡在椅子上着了凉，咳嗽发烧，又怕是感染了新型冠状病毒，吓得要死。程箐就亲眼看到一个来透析的老人，一早起来，又是鼻涕，又是眼泪，喷嚏连天的，值班的护士马上把她带走了。

程箐送丁月娥和月儿搞透析，遇到这种情况，就立马打电话给刘洁，不是说有个病人刚透完，家离得远，要她送一下；就是说有个病人赶着要透析，一时来不了，要她接一下。

刘洁就像当年的基干民兵一样，召之即来，连个顿儿都不打。接送的次数多了，刘洁就跟程箐说："你老人家干脆费点心，摸个底，把需要接送的病人编个号，排个队，到时候我自己去接送就是，省得你一天到晚惊嗷鬼叫的，不知情的，还以为我在搞非法运营，用私车挣外快。"

程箐知道刘洁的脾气，就说："还是我们刘爷爽快，那就偏劳你了。"

刘洁说："反正北京的公司我也回不去了，闲着也是闲着，不如为抗疫做点贡献，也算我不枉为武汉的姑娘伢。"

程箐于是就跟丁月娥和月儿一起拟了一个名单发给刘洁，从这天起，刘洁就当起了义务接送病人的志愿者。

刘洁的志愿者没当几天，医院的血透室果然像丁月娥预料的那样关闭了，透析病人开始疏散到市内各处的指定医院，接送的事情变得十分复杂。

那些原来由刘洁接送的病人，有的后来有发热症状，或确认感染了新冠病毒的，就进了既收治发热病人同时又可以透析的双定点医院。

那些没有发热症状的透析患者，在血透室关闭之后，虽然也有指定的透析医院，但这些医院大都是临时接受这样的任务，不是没做好准备，就是正在改造扩容，许多都不能马上接受患者透析。而患者的透析又耽误不得，耽误了，搞不好就要死人。

这样一来，刘洁就不得不带着这些患者在武汉三镇转悠，到处去寻找现在还能透析的地方。有时一个病人就占去了她一天的时间，其他病人也就顾不上了。看着一些熟悉的病人着急上火地给自己打电话，刘洁的心里说不出有多难受。

这天上午，刘洁刚把一个病人送到一家医院，就看见医院门口有个老太太坐在花坛边上，戴着个口罩，哭得稀里哗啦的。

刘洁上去一问，跟老太太一起的一个护工模样的中年妇女说，老太太是来搞透析的，原来透析的医院血透室关闭了，把她安排到这家医院，谁知这家医院说他们还没准备好，暂时不能接受透析。老太太已经错过了一次透析，现在觉得浑身难受，就坐在这里哭起来了。

刘洁就问是谁送她们过来的，护工说，是原来那家医院的一个志愿者。刘洁又问有他的电话吗，护工说有，就给了她一个手机号码。

刘洁拨通了对方的手机。接电话的是个男的，还没等刘洁开口，就说："晓得，晓得，等我把这个送到就来。"

刘洁觉得好笑，就说："你问都不问，就说晓得，晓得，你晓得个屁呀。"

对方说："你这人说话怎么这么没有礼貌，什么叫晓得个屁呀，不就是要转送透析病人吗？你总得让我一个一个地来，人又不是货物，可以批量派送。"

刘洁说："我看你就是把病人当货送，卸了就走，也不管有没有人接收。"

听刘洁这样一说，那人就急了，说："你这样说，就不是没礼貌，而是没良心，我一早起来，已经送了三个病人到三家医院，到现在连早都没过，饿得前胸贴后背，你还说这种话，真是没良心。"

说完，像突然想起了什么，就问："你到底是什么人哪，找我有么事？"

刘洁见问，也不隐瞒，就说："我跟你一样，也是个志愿者，也在做你做的事，转送透析病人。"就把刚才见到的一幕在电话里跟对方说了一遍。

那人说："这我倒没想到，我还以为把病人送到就行了。"又问："那你说怎么办呢？"

刘洁说："为今之计，只有先问清楚情况，再有针对性地送人，否则，送了也白送，总不能这边关了血透室，那边又不能透析，把病人吊在中间打秋千，出了人命谁负责？"

那人说："你说的也是，这事关系重大，电话里三句两句说不清楚，不如我们见个面，好好合计合计。”

又说：“我现在在一家私立医院，这里还能接收几个病人透析，你把你送的病人和那个老太太一起带过来，我们见面再说。”

跟刘洁通话的，是个名叫秦松的年轻人。

秦松是老太太原来透析的那家医院的勤杂工，平时主要负责管理病房陪护用的沙发躺椅之类的用具，这两年在肾科病房当班。疫情来了，肾科病房被征用收治发热病人，不需要陪护用具，他也就被闲置起来了。

正好这两天开始转移透析患者，有些患者的家离指定医院远，没有交通工具，他就自告奋勇地当了志愿者，开着他的一台二手的富康车，挨个儿把这些患者从家里接送到指定医院。

原以为只把人送到就行，谁知道还有个医院能不能接收的问题。当下就想，还是女人心细，否则好心办坏事，把人家撂在街边上，叫天天不应，叫地地不灵，岂不是害了人家？

一会儿，刘洁到了，两人互相通了姓名，又把病人送到血透室，办好了交接，就开始商量刚才在电话里说的事。

根据刘洁这几天接送透析患者的了解，疫情发生后，全市需要透析的患者，高达数千人，原来为这些患者透析的医院，也有数十家。这些医院现在大都被征用收治发热病人，要把这数千透析患者从这数十家医院疏散出来，转移到一些指定医院，除了那些有发热症状，或确诊为感染了新冠病毒的透析患者，可以确保有专门的双定点医院收治外，更多透析患者能不能被指定的医院接收，就得靠运气。

往往是，上面安排得好好的，谁谁谁从哪家医院转到哪家医院，清楚明白，下面的医院却因为条件不足，一时接收不了。如果是平时遇到这种情况，可以换一家医院，可这时候又没有可换的。

这就需要有人从中协调，做好指定医院和转移病人之间的衔接工作。负责这件事的市血透质控中心没有足够的专职人员做这项工作，只有干着急。

刘洁在大公司做过管理，知道宏观调控的计划要落到实处，不是那么容易。既要摸清指定医院的情况，做好与病人之间的衔接工作，保证精准转移，又要解决转移过程中部分病人的交通问题，工作量很大，情况也很复杂，光靠医疗部门，显然不能解决问题，得有社会力量参与。

自己既然已经在这一行当了志愿者，与这些患者有缘，干脆一不做二不休，顺手把这件瓷器活揽下，像社会上的那些志愿者团体一样，成立一个志愿者联盟，在网上网下征集志愿者，协助医疗部门做好这项工作。

刘洁是个风风火火的人，平时做事喜欢独断专行，老板欣赏她能独当一面，却烦她常常自作主张。这会儿脑子里既然闪过了这个念头，就不管秦松赞不赞成，同不同意，也没想到要听听他的意见，瞬间就拿出了个一揽子计划，又如此这般地跟秦松叨咕了一遍。听得秦松只有点头的份儿，没有插嘴的工夫。

当下做了分工，让秦松经办具体事务，自己负责联络调度。同时口授了一个征集志愿者公告，逼着秦松马上发出去。

办完了这些事，刘洁又给这个志愿者联盟起了个名字，叫洁松志愿者联盟。

秦松没听明白，还以为是叫接送志愿者联盟，就说："这个好，这个好，接送，接送，又接又送。"

刘洁见他那副憨厚的样子，哭笑不得，就问："听说过陈毅元帅的诗吗？要知松高洁，待到雪化时。洁松，洁松，高洁的青松，懂不懂？"

秦松摇摇头说："没听过，不懂。"

刘洁说："我叫刘洁，你叫秦松，一人出一个字，这该懂吧？"

秦松说："这个我懂，就是合伙开公司，是吧？"

刘洁说："你这样说也行，只是这个公司只赔本，不赚钱。"

秦松说："对，对，不赚钱，不赚钱，我一分钱都不想赚。"

刘洁说："这还差不多，像个爷们儿，走，现在我请你过早去，你饿得前胸贴后背，我也是后背贴前胸，都一样，空心锅盔。"

十三

洁松志愿者联盟运行没多久，程爹爹和老陈他们就回来了。

程箐上次在电话中说，要跟防控部门和街道社区联系一下，想办法把他们搞回来。其实，用不着搞，也不用想什么特别的办法，不久，就有一个正式的渠道让他们回来，只不过要填一个返汉申请表格，接受健康审查，经过社区街道和区指挥部层层审批，通过后，就可以接受返回安排。

程爹爹他们在知青点上单独居住，每天接受测温检查，等于是在做自我隔离。村里听说能让他们返回武汉，平时又没有发现什么异常，就主动开了防疫证明。手续齐全，条件具备，报上去很快就批下来了，程爹爹他们就收拾东西准备回家。

听说程爹爹他们要离开村子回家，村里人都有点舍不得，就像当年的知青招工一样，既希望他们早点回城，又有点恋恋不舍。毕竟这些时日在一起比邻而居，虽然彼此不能亲密接触，但时刻想着对方的冷热安危。

队长父子的心情就更加复杂了，庆幸、抱愧、遗憾、不舍，什么都有。这些时日，一提起程爹爹他们，队长对儿子就没有好脸色，这一来就变得和善多了。

这天，队长在饭桌上对儿子说：“明天他们要走，你好歹得组织人送一下，上门不方便，就在村口放一挂鞭，搞一班响器敲打一下，省得人家说我们不讲情义。”

队长的儿子说：“这好办，我叫上冲那边也搞一下，他们回去也要从上冲过，八爷接程爹爹过年没过成，正好弥补一下。”

正这么说着，队长突然接到程爹爹打来的一个电话。

程爹爹在电话中说：“我们就要回去了，感谢的话就不多说，要说也说不尽。村里人的情义、你们父子俩的恩德，就留待我们日后慢慢报答。跟我们住在一起的老岑师傅，有一车荔浦芋头，他们公司的老板叫他不要拉回去了，就分给这里的乡亲，让乡亲们尝尝新，上冲那边也请队长分一点过去，哪怕一家只分到一个，也是我们的一点心意。”队长也不跟程爹爹客气，就说：“你们的心意，我代表上冲下冲的村民领了，谢谢你们，也谢谢岑师傅的老板。还是那句话，日后有时间，常回家来看看，到那时候，上冲下冲一起摆酒，我们喝他个一醉方休。”

第二天一早，村口便站满了来送行的村民，虽然人人口上都戴着口罩，村主任让他们分开站立，但锣鼓喧天，鞭炮齐鸣，人声鼎沸，倒也不减送行的气氛。程爹爹他们坐在老岑的货车厢里，频频挥手，眼里都含着热泪。

车过陈家上冲路口，老陈看见自己的父母和女儿站在人群前面，向他们挥手。父亲摘下口罩，大声叫着程爹爹的名字，说：“对不起哈，接你过年，倒让你遭罪，实在是对不起啊，明年再接你过来，明年要早点来啊。”程爹爹站在车厢门边，本想挥挥手，说几句话，不料车身一抖，不是老陈拉着，就差点被甩到车下去了。老陈本来也想跟女儿说几句话，这样一来，就只好扶着程爹爹坐下了。自从大年初二到陈家下冲来接程爹爹以后，老陈就再也没有跟女儿面对面地说过话，虽然在知青点上，老陈每天都定时跟老婆和女儿通电话，说些彼此和家里的情况，但还是禁不住心中想念。好在女儿的大学推迟开学，还可以在乡下跟爷爷奶奶多住些日子，也省了老陈的那份担心。

办了手续，进武汉很顺利。进了市区，就要分手。分手的时候，程爹爹知道大家的心里都很难受，就笑着说："天上一朵花，地上一朵花，各回各的家！这些时日大家碰在一起，挺不容易，是前世修来的缘分，以后不要把这个缘分断了。"

大家都想说点什么，但摘下口罩，又什么都说不出来，就都上来跟程爹爹拉手，又互相道别。程爹爹目送来接他们的车，一辆辆消失在空荡荡的街道尽头，才转身和老陈跟来接他们回家的程箐钻进刘洁的红色特斯拉。

回到武汉以后，老岑和老占听说程爹爹的女儿有个朋友，搞了个志愿者联盟，接送像老陈的老婆这样的患者透析，就都报名加入了刘洁的志愿者联盟。

老岑没有自己的私车，就和老占轮番开着老占的那台黑色丰田。老占的那个生鲜超市又开张营业了，需要照顾生意，不能全天候接送透析患者，于是就用的士司机的运营办法，跟老岑搭班挑土。

老陈回来后，就跟刘洁说，以后他爱人和月儿的透析，就不麻烦他们接送了，他可以用自己的摩托车接送，让他们腾出车来接送别的患者。

丁月娥和月儿原来透析的医院血透室关闭后，分在同一家指定的医院搞透析。她们的透析不在同一个时段，老陈说他一个人接送搞得过来。

刘洁说："不行，月儿还好说一些，你爱人的情况比较严重，我也不瞒你，医生叮嘱我们，接送的时候要格外小心，还要我们带上急救药品，教我们有事时怎么抢救。你那台破摩托，跑起来疯疯癫癫的，又没个防护，叫她怎么受得了！万一有个么事，你后悔都来不及，你要为我分担，行，月儿就交给你，你爱人绝对不行，她是我们的重点保护对象。”

打了一段时间的乱仗，洁松志愿者联盟转移透析患者的事，渐渐地理出了一个头绪。各指定医院该改造的改造，该扩容的扩容，条件也已经具备，加上像雷神山医院这样新增的医疗机构组建了血透小分队，减轻了透析的压力，各指定医院的透析，也相对稳定。洁松志愿者联盟的工作重心，就由保证患者精准交接和解决无车患者的交通问题双管齐下，转移到主要是接送无车患者按时透析的事情上来，工作也变得井然有序，俨然像一个运转有序的公司。

经过这段时间的磨合，刘洁和秦松也增进了相互了解，虽然依旧是一半火焰一半海水，但珠联璧合，彼此默契。

程箐就叫刘洁趁机把秦松收了，刘洁说：“这事可不像搞个同盟这么撇脱，我得有情，他得有意，不能剃头挑子一头热。”

程箐就用孝感话打趣她说：“那你就在他身上花点小钱（情）呗。”

刘洁就笑，说：“我在他身上花点钱（情）不难，就看他能不能像那天早晨孝感人甩早点一样，舍得面（命），跟我这种人过日子，他得像猫一样，有九条命才行。”

程箐就说：“你连这点钱（情）也舍不得花，就留着你的钱（情），等着当个猪不啃的老富婆吧。”

刘洁说：“猪不啃就猪不啃，狗不理还天下有名呢。”

……

回国来这些日子，程箐总算见到自己的老父亲了，父女俩都有说不完的话。

程爹爹回武汉前，程箐事先从丁月娥那里把自己和父亲的衣物，都搬回了自己的家。看着母亲的遗像，程箐心如刀绞，觉得自己枉为人女，对不起母亲的在天之灵。母亲不在，父亲无人照顾，自己已经回国了，大过年的，却让老父亲流落在外，虽然碰上疫情，事出有因，但想想总觉得于心有愧。

程爹爹说："你也不要伤心，人事总由天定，没有这次疫情，我也不会结识这么多人，你也不会拉刘洁去当志愿者，刘洁不成立这个志愿者联盟，也就没有这么多的透析患者受益。"

又问小陈儿的爱人最近的情况怎么样，说小陈儿一心陪着他，没有好好照顾他爱人，要是有个什么事，他才真对不起小陈儿夫妇呢。

程箐本来不想在这时候谈这些事，但看父亲这样担心，想想还是把实情跟他说了。

自从老陈带着程爹爹下乡后，丁月娥的情况就一天不如一天。丁月娥的透析，开始一段时间还有效果，老陈对丁月娥的未来还充满信心。虽然他也知道，这种病不可逆，要治好是不可能的，但只要人还在，大不了就像有些癌症患者说的，带病生存呗。他自己也无非是多打一份工，在医院当护工之外，再定时接送老婆透析。当护工年纪大了还可以退休，接老婆透析却可以享受终身不退的待遇。透析病人透个十几二十年的，常见，有些透析病人最终活到七老八十，不比常人寿短。老陈常常拿这些话来宽慰丁月娥。

丁月娥知道丈夫的一片苦心，只好笑笑说："我也不想活那么久，只要多陪你几年就行。你不想退休，别往我身上扯，你又没当官，退不退休随你的便。"

说归说，笑归笑，其实，丁月娥心里清楚，自己的病情正在恶化，自己的丈夫想一辈子接送她透析，只是一厢情愿，说不定她哪天蹬腿就走了，想接送她也接送不成。

老陈送程爹爹下乡前，丁月娥就经常胸闷气短，还伴随有剧烈的咳嗽，有时咳得一晚上睡不着觉，咳狠了痰里还带着血丝。老陈要她去看医生，她总说是受凉了，有点感冒，不要紧。后来封城了，看病不便，没有门诊，更不能住院调理，只能靠透析来维持。

程箐接手照顾丁月娥以后，丁月娥就把实情跟她说了。丁月娥说："你也不要怕，死生由命，富贵在天，这都是改变不了的。我跟着你陈哥，没享受过荣华富贵，他也没亏待过我。如今又有你这样的亲妹子，大老远从国外回来照顾我，我真不晓得是哪辈子修来的福分，阎王就是现在叫我去，我也知足。"

程箐说："嫂子你快别说了，既然你知道这都是定数，咱们就快快乐乐过好每一天，再说，各人有各人的情况，你还没有到那一步，就不要往那里想，你的宝贝女儿大学还没有毕业，你还有许多事情要做，上天是不会就要你走的。"丁月娥说："那就好，但愿上天多给我留些日子，我还真有些事情放心不下。"

十四

程箐知道，丁月娥说的放心不下的事情，不光是自己的亲人，还有她现在正在做的事。

丁月娥是个闲不住的人，自从医生要她透析之后，她虽然辞了原来的那份工，但在家里也没闲着，除了家务活儿，有空还到隔壁菜场帮忙检菜，挣些钱贴补家用。菜场经理看她是个病人，有心照顾，不固定她上班的时间，有空就来，按件计酬。

这活儿不重，只需要把批发市场送来的蔬菜，一件一件地打开，把黄叶和烂帮粗粗地择一下，堆码在旁边等待上架即可。丁月娥就这样利用透析的间歇在菜场上班，每月也能挣个千儿八百的。

老陈看她拖着个肿腿一坐就是半天，于心不忍，总劝她停了别干，可丁月娥就是停不下来，直到封城后，菜场关门，丁月娥这才歇工回家。

封城过后不久，菜场又重新开张。重新开张后的菜场，不再像以前那样，开门营业，而是在网上接受团购，然后集中派车送到取菜点，由接龙团购的顾客取走。

丁月娥因为跟菜场的经理熟，又租住在这个小区，见居民吃菜困难，到超市菜场去买又不安全，就跟程箐商量，想把这件事揽下来，做点牵线搭桥的工作。

程箐回国这些时日，亲眼看到封城后的武汉人过日子不易，也想尽自己的力量做点贡献，但碍着她是从国外回来的，又没有个工作单位，很多事不便参加。听丁月娥这样一说，觉得这件事可行，自己也能帮得上忙，就说："你身体不好，管管跟菜场那边的联络就行，组织接龙和收货分发的事，就交给我来干，我忙不过来，还有月儿可以打打下手，我的身体好，手机玩得比你溜，接龙团购也在行，这些事交给我，你就放心。"

丁月娥见程箐愿意参加，自是欢喜不尽。当下就跟菜场经理和小区物业联系，在自家的租屋门前，把这个蔬菜团购收发点建起来了。

自从建了这个团购群，有了这个收发点之后，程箐、丁月娥和月儿就忙得不亦乐乎。

原以为这事简单，就在手机上给小区要买菜的住户接个龙，排排队，然后通知菜场送菜，菜到了，各自到点上来取走便是。

谁知开始以后，问题便层出不穷。有的住户不会接龙，不停地打电话要程箐教教；有的住户接了又退，退了又接；有的住户自己先接了，又把序号让给别人；有的住户嫌自己的序号太靠后了，干脆另起炉灶，重新接龙，这样一来，群内就不免秩序大乱，重新理顺又得费时费力。

为了方便购买，菜场把蔬菜和禽蛋鱼肉搭配成套餐，供大家挑选。有些住户又嫌套餐搭配得不合理，想要的没有，不想要的反而有了，想多要的配少了，想少要的配多了；有的嫌菜的品种少了；有的嫌菜不够新鲜。有人就要丁月娥跟菜场交涉，要求菜场按需搭配，菜场无法满足需要；有人又临时提出退群，到别的平台上去自由选购。有个住户说，他们家老爷子每周要喝一次排骨藕汤，要求菜场在套餐里增加新鲜的排骨、莲藕，还要加上葱、姜等作料，说少了这些东西，味道就不正宗。

等到取菜的时候，问题又来了。不是说家里老的老，小的小，没人下楼去取，就是全副武装地跑下楼来，身上穿着塑料雨衣，连脑袋都用塑料袋子套着，鼻子眼睛上打个洞，护目镜上还要缠上一层胶带，像个三 K 党。到了取菜点，也不细看编号，在菜堆里抓起一包就走，提到家里，又说是拿错了，要程箐把他们买的菜拿去调换。

丁月娥和月儿隔一两日就有个半天要搞透析，都是刘洁的志愿者联盟来接送的。点上的事，就主要靠程箐一个人跳出跳进。看着程箐整天忙得脚不沾地，丁月娥和月儿都感到心中不忍。

程箐和刘洁一样，也是个急性子，干事情喜欢干净利落，累一点不要紧，就不喜欢像这样颠来倒去，纠缠不清。

遇到这些扯皮的事，程箐虽然在人前压着性子，有时候也免不了要在丁月娥面前抱怨几句，说这些人太过分了，只顾自己，一点也不体谅别人的难处。非常时期，哪能像平时一样，想怎么样就怎么样。

丁月娥就劝慰程箐说："人上一百，五颜六色。一娘生九子，九子还九个样呢，哪能都像你想的那个样子。再说，这事是我们自愿做的，又不是人家强迫你的，就像你自愿做了人家的媳妇，这家要是有个嘀哆[①]的婆婆，你就得好好受着。”

又说：“以后碰到这些扯皮的事，你别管，我来，你陈哥的妈喜欢嘀哆，我有个嘀哆婆婆，我晓得么样对付。”

丁月娥的性子好，人缘也好，她和老陈在这个小区租住的时间虽然不长，但因为挨着小区的大门，与小区的业主抬头不见低头见，老的少的都脸儿熟。

丁月娥嘴巴甜，出来进去的人，大爷大妈大哥大嫂帅哥美女地叫着，谁听着都受用。年纪大的，提个什么东西进小区，见到了就接过来，帮着送上楼。年纪轻的，夫妇俩赶着要上班，遇到孩子哭闹，也接过来，带进自己的小屋，哄好了再帮着送去上幼儿园。

小区里住的几个孤寡老人，她有时也帮忙照顾，比请的保姆还贴心。

平时哪家有个急事，最先想到的，就是打电话叫丁嫂去帮忙。

小区的人不论老少，都叫她丁嫂。丁嫂是这个小区的总勤务，是他们心目中的活雷锋，现在又见她拖着个病身子在张罗这个团购点，更是感动。

有丁月娥出面，事情就好办得多。往往是程箐感到麻头的事，丁月娥一个电话，对方便说：“好的，好的，就这样办。”或者说：“要得，要得，我听你的。”

打点折扣，有点勉强的，便说：“既然是这样，那就将就吧。”或者说：“你说得也对，我跟家里人说说，做做工作。”事情便都解决了。有的临了还要搭上几句辛苦，辛苦，谢谢，谢谢。

---

① 嘀哆：方言，意思是啰唆烦人。

程箐感到奇怪，就问丁月娥有什么诀窍，丁月娥笑笑说："有什么诀窍，实话实说呗。"

程箐说："那为么事我说实话，他们就不信呢？"

丁月娥又笑，说："那你去问他们，我也不晓得为么事。"

其实，程箐知道，这是丁月娥搭上了住进这个小区的全部人缘才做到的，不是什么人轻易就能学得来的。程箐总听人说，中国是个人情社会，常人都以为，这个人情，就是拉关系，走后门，其实不是，至少不完全是。程箐这回才真正看到，人情面子在中国人的生活中所发挥的巨大作用。

丁月娥和程箐组织蔬菜团购的事，在程爹爹和老陈回来之前，本来是瞒着老陈的，也瞒着程爹爹。瞒着老陈，是怕他担心；瞒着程爹爹，除了这一层担心，程箐还怕挨骂，说她多事，没好好照顾嫂子。

老陈和程爹爹回来以后，见事情已是这样，也没什么好担心的，程爹爹也不骂程箐了，还说："你多干点，别让你嫂子累着了，好歹你还是个中国人，关键时刻，得为祖国做点贡献，不要没了良心。"

程箐就笑他说："到底是上过热搜的，觉悟就是不一般，那天要是有这几句话，没准儿就能上'学习强国'。"

程爹爹说："那是，我那天只是不想在记者面前唱高调，我的觉悟一向就高。"

有老爹支持，程箐干得更欢，每天在安排好程爹爹的生活以后，就按时赶到收发点上去上班。

老陈回来后，团购和收发点上的业务又扩大了，除了蔬菜肉蛋，还有米面油盐等一应日常生活物资。大半是团购了，或住户自己在网上订购了，由商家统一送到收发点，再由收发点分户派送。

社区怕老陈他们忙不过来，还派了下沉干部和志愿者前来协助，又拨了一点经费，补贴他们的日常生活和必要的开支，收发点的工作就更显正规，还得过几次表扬。

为了减少人员接触，货到之后，一般都是由老陈和程箐亲自送上门去，送到便走，不跟主人照面，就像圣诞老人分发圣诞礼物一样。

有些业主觉得老陈他们这样太累了，过意不去，就让老陈把东西放在电梯里边靠门的地方，通知他们守候在电梯口外，等着电梯门开，取了便走。

老陈觉得这方法好，两便，有时实在忙不过来，丁月娥和月儿也帮着往电梯里送送东西。

老陈回来以后，丁月娥的病情越来越严重，眼见身体一天天消瘦下去，睡不着觉，也不想吃东西，浑身瘙痒，四肢无力，动一下就喘气。还常常产生幻觉，有时觉得有人影在眼前晃动，有时又觉得有个声音在远处叫她。丁月娥心里清楚，像她这种情况，拖不了多久。她认识的一个病友，先前也像她这样，不久就走了。

丁月娥不愿意让老陈知道她的病情，一是怕他担心，其二也怕分散他的精力。团购收发虽然不是什么了不得的事，但非常时期，却关系到小区居民的一日三餐和日常生活，马虎不得。所以每次透析回来，在老陈面前，她总是装出若无其事的样子，有时还讲个笑话，八卦八卦，逗老陈高兴，分散老陈的注意。

老陈也知道丁月娥是做给他看的，怕他担心，他也只有强装笑颜。老陈回来后，向医生打听过丁月娥的病情，医生说，像她这种情况，没事则已，有事便是心力衰竭，搞不好便可能导致猝死，要他格外小心。

见丁月娥像这样命悬一线，老陈时时刻刻都悬着一颗心，想起来就有一种不祥的预感，但又没有别的办法，只能在心里默默地求上天保佑。又想着正在透析，真要有什么事，医生会提前跟他打招呼的，暂时也不敢往别处多想。

这天上午，老陈正往五栋三门送一袋大米，见电梯停在顶楼，就伸手按了一下上行的按钮。虽说是可以把东西放在电梯里，让住户自取，但遇上重一点、数量多一点或体积大一点的东西，老陈怕电梯开关的时间太短，取物不便，影响安全，还是坚持把东西送到住户门外。

电梯下到一楼，铁门徐徐打开，老陈提起米袋，正要走进电梯，却见敞开的电梯里，坐着一个人。定睛一看，原来竟是自己的老婆丁月娥。

丁月娥背靠电梯壁坐着，怀里抱着一个蛋糕盒，手上拿着一束鲜花，神态安详，跟睡着了一样。

老陈一瞬间就像被人施了定身法，默默地站在电梯门口，一动不动。等电梯门要关了，才放下米袋，走上前去，弯下腰，轻轻地拿开丁月娥怀里的蛋糕盒和手中的鲜花，一只手搂着她的后背，一只手托着她的双腿，慢慢地把她抱起来，转过身，出了电梯，朝门外走去。

老陈知道，丁月娥是给顶楼的刘爹爹送蛋糕和鲜花的。

刘爹爹是个孤老，这些年，每逢刘爹爹生日，老陈夫妇都要订一个生日蛋糕，买一束鲜花，送到老人家里。

昨天，丁月娥就让老陈在网上订好了蛋糕和鲜花，准备今天上午给刘爹爹送去。刘爹爹说他是在巳时出生，大概就是现在的上午十点钟左右，这个时候送去，正是吉辰。

老陈把丁月娥抱回他们租住的小屋，轻轻地放到床上，就在那一瞬间，他突然想起，刘爹爹这时候一定还在等着丁月娥给他送的蛋糕和鲜花。

丁月娥走了，小区的人都很悲痛。疫情防控期间，不能在家停留，也不能举行任何告别仪式，按规定立即火化，小区的居民也不能出来送她一程。

这天夜晚，天下着小雨，有几户人家的窗台上亮起了蜡烛，有人在自家的阳台上放着哀乐，蜡烛的微光和蒙蒙细雨，随着哀乐播撒在茫茫夜空，把为这个女人悲伤着的人们，送入了沉沉梦乡。

2021 年 9 月 29 日写成于深圳南山

2021 年 10 月 4 日改定于呼和浩特

（原载《作品》2022 年第 8 期）

《护工老陈》创作谈

我写的还是世道人心

《护工老陈》另有一个名字，叫《封城之日》，说的是 2020 年 1 月 23 日，武汉因为新冠肺炎疫情，采取封城措施及其后一段时间的故事。小说中的主要人物都有原型，我只是把他们召集起来，让他们在这个注定要载入史册的时间节点上，以各自的方式，应对疫情。也通过他们，透视疫情下的世道人心。

我最先想写的是护工老陈，老陈是我老伴当年住院时的一个护工领头，我跟他很熟。他们夫妇照顾程爹爹的事，完全是真事。我为这真事所感动，就想写写这个普通人。后来，疫情来了，他陪着他看护的病人，辗转定点透析的医院或血液中心。我在电话里听他说过那些事，当时就问他，为什么不在 10 点封城前歇工出城，他说，走不开，不能丢下病人不管。我想，他管了病人，他爱人哪个管呢。我知道，他爱人也是个常年透析的病人，就在小说中对他爱人封城那天的透析做了安排。谁知我这样一安排，他把程爹爹送回乡下后，就不能再进城来接他爱人回家过年。夫妻俩就这样咫尺天涯地分隔在不同的区间，在疫情肆虐的日子，各自接受命运的安排。我不能让老陈把程爹爹接到乡下后，丢下不管，也不忍心让老陈的爱人在城里无人照顾，只好让程爹爹的女儿从国外回来照顾老陈的爱人，最后，又不得不忍心让老陈的爱人撒手人寰。写到老陈的爱人“背靠电梯壁坐着，怀里抱着一个蛋糕盒，手上拿着一束鲜花，神态安详，跟睡着了一样”，我自己已是泣不成声。

对老陈的爱人丁月娥，我只能说，这是一个充满爱心的善良的女人。

程爹爹是一个爱热闹、耐不住寂寞的人。他平时的生活，就对老陈夫妇有很强的依赖性，我不能指望他在疫情到来之后，能勇敢地面对疫情，主动与疫情作斗争，我只能让他发挥他随遇而安、乐天知命的天性，接受种种隔离措施的安排，直至困守知青老屋。在这困守中，让人得见他的通情达理、乐天安命的品性，也借以显现一个普通人悲天悯人的世俗情怀。

司机老岑的故事，原型在媒体中有各种版本，我把他拉到小说中来，只是想写一个人在一种孤独的处境下，靠什么与孤独作斗争，进而战胜孤独，维持当下的生存。我当然不能让一个卡车司机去做形而上的哲学思考，我只能调动他日常生活中的兴趣爱好，亲情友情，让这些日常生活元素激活他的生命欲求，让他在无奈无助的情况下，去面对孤独。

作品中还写了许多人，我就不一一说了。我只想说，在这次疫情中，这些人都是些普通得不能再普通的个体，都有各自独特的人生经历和个性，他们在彼时彼地所做的事，不论过程中有多少曲折蹉跎，也不论最后的结果如何，都表现了人之为人的爱与善。媒体已经报道了许多抗疫英雄的模范事迹，虽然这些人的某些事迹，也堪称模范，但我所写的，仍不外乎是世道人心。

2022 年 11 月 20 日